중국 현대 단편소설선 1

역자 서문

중국 현대 소설을 전문적으로 연구하는 역자는 간혹 한국 문학 혹은 외국 문학 연구자들, 특히 현대 소설 전공자들로부터 중국 현대 소설을 폭넓게 접할 수 있는 소설선집 혹은 작품집을 추천해달라는 요청을 받는다. 물론 이러한 요청을 해오는 연구자들은 비교문학적 관점에서 본인이 전공하는 외국 현대 소설의 비교 대상으로서 중국 현대 소설을 살펴보려는 경우가 대부분이지만, 때로 중국 현대 소설에 대한 순수한 문학적 호기심에서 비롯된 경우도 적지 않다. 이러한 요청에 답하기 위해 기존에 번역되어 출판된 소설선집이나 작품집을 추천하지만, 이것만으로는 다양한 시대의 여러 작가와 상이한 창작 경향의 작품을 맛보려는 이들의 욕구를 충족시키기는 결코 쉽지 않았다.

이러한 곤란은 아마도 우리나라에서 번역·출판된 현대 소설이 대개 유명작가 중심의 장편소설에 치우쳐 있다는 점과 깊은 관련이 있을 것이다. 다시 말해 현재까지 우리나라에 소개된 중국 현대 소설은 일부 역자의 고군분투에 의한 몇몇 단행본을 제외하고는, 루쉰(魯迅)을 비롯한 일부 유명 작가의 작품, 게다가 장편소설이 대부분을 차지하고 있으며, 그나마 1980년대 이후 본격적으로 창작 활동을 시작한 작가의 작품이 주류를 이루고 있다. 이러한 상황인지라 1920년대 이후에 활동했던 다양한 작가의 상이한 문제의식과 창작 경향을 보여주는 작품을 감상할 수 있는 기회는 매우 제한적이라고 할 수밖에 없다.

물론 이러한 편향은 주지하다시피 우리나라의 출판계가 안고 있는 불가피한 한계, 이를테면 출판시장의 협소함, 장기적 출판 기획의 부재, 독서 인구의 감소로 인한 수익 구조의 열악함 등의 요인에서 비롯되었다고 할 수 있다. 이러한 관점에서 본다면 이 역서 시리즈의 출판은 지금까지의 관행을 깨고 중국 현대 소설의 다양성을 독자에게 선보이려는 시도라고 할 수 있다. 왜냐하면 이 역서 시리즈는 우리나라 독자에게 거의 알려져 있지 않은, 1920년대부터 1940년대에 활동했던 작가의 단편소설을 가능한 한 다양하게 소개하고자 하기 때문이다. 이 역서 시리즈를 통해 여러 작가의 다양한 문제의식과 창작 경향을 감상할 수 있기를 바란다.

이 역서 시리즈 가운데의 첫 권인 《중국 현대 단편소설선 1》은 중국 최초의 현대 소설로 평가받는 〈광인일기〉를 비롯하여 주로 1920년대에 발표된 단편소설을 소개했다. 중국 현대 소설은 일찍이 량치차오(梁啓超)가 제창한 '소설계혁명'으로부터 싹이 텄다고 할 수 있는데, 이는 이전까지 소설을 심심풀이의 오락적 수단으로 간주하던 소설관에서 벗어나 사회 개량을 위한 수단으로 여기는 효용론적 소설관으로의 전변을 의미한다. 여기에서 한 걸음 더 나아가 중국 소설이 인간의 발견과 개인의 자유의지를 담아냄으로써 근대성에 다가가기 시작한 것은 1910년대 중반의 신문화운동의 성과에 크게 힘입었다.

사상계몽운동의 성격을 지닌 신문화운동은 백화문운동과 휴머니즘에 입각한 문학혁명과 사상혁명을 통해 새로운 근대 중국을 기획했다. 이러한 신문화운동의 문제의식을 최초로 소설의 형태로 담아낸 이는 루쉰(魯迅)이었다. 그는 중국 근대화의 핵심적 과제로서 '국민성의 개조'를 자신의 문학적 실천과제로 설정함으로써, 중국 사회의 모든 병폐의 근원으로서 봉건이데올로기를 비판하고 중국인의 의식 구조의 열근성을 폭로하는 데 힘을 기울였다. 루쉰의 이러한 문학정신을 가장 명료하게 보여주는 작품이 바로 최초의 현대 소설이라 일컬어지는 〈광인일기(狂人日記)〉이며, 중국인의 수구적 보수성과 허위적 기만성을 보여주는 대표적인 작품이 〈쿵이지(孔乙己)〉라고 할 수 있다.

중국 사회에 대한 루쉰의 비판정신은 이후 5·4운동을 거쳐 결성된 문학사단인 문학연구회(文學硏究會)에 계승되었다. 1921년 1월에 결성된 문학연구회는 '인생을 위한 문학'이라는 구호를 제창하여 현실사회의 구체적 문제를 작품에 담아낼 것을 주장하면서 현실주의의 창작방법을 제시하였다. 기본적으로 계몽이라는 문제의식에서 출발한 이들의 창작 경향은 흔히 '문제소설(問題小說)'이라 일컬어졌는데, 인생의 가치와 의의, 중국의 갖가지 사회문제를 제

기함으로써 현실 사회와 인간의 삶을 개량하고자 하는 창작의도를 지니고 있었다. '문제소설'은 실제생활에 대한 섬세한 관찰이나 체험에 바탕한 것이 아니라 작가 자신의 관념적 세계관이나 인생관에서 출발했기 때문에, 일부 작품의 경우 작가 자신의 주관적 관념이 지나치게 개입됨으로써 관념화하는 폐단을 드러내기도 했다. 이 역서에서는 '문제소설'의 대표작으로서 왕퉁자오(王統照)의 〈상념에 잠겨(沉思)〉, 쉬디산(許地山)의 〈그물 치는 거미(綴網勞蛛)〉, 예사오쥔(葉紹鈞)의 〈곤경 속의 판선생(潘先生在難中)〉을 실었다.

이러한 '문제소설'의 폐단을 극복하기 위해 제창되었던 것이 자연주의였는데, 이 사조는 작가의 주관적 서정과 관념이 작품에 지나치게 개입하는 것을 비판하면서 '실제적 관찰'과 '객관적 묘사'를 강조했다. 자연주의가 제창됨에 따라 당시 베이징과 상하이에 거주하고 있던 농촌 출신의 젊은 작가들은 자신이 잘 알고 있는 농촌 사회의 현실과 농민의 삶을 작품의 제재로 삼았다. 루쉰에 의해 '향토소설(鄉土小說)'이라 일컬어진 새로운 창작 경향은 주로 피폐한 농촌 사회와 비참한 농민의 삶을 그려내거나, 농촌의 봉건적 악습과 농민의 우매하고 마비된 의식을 그려내기도 하고, 도시 문명에 대한 회의 속에서 농촌을 목가적인 전원으로 묘사하면서 향수의식을 드러내기도 했다. 이 역서에서는 '향토소설'의 대표작으로서 왕루옌(王魯彦)의 〈쥐잉의 출가(菊英的出嫁)〉와 〈동년의 비애(童年的悲哀)〉, 쉬제(許傑)의 〈노름꾼 지순(賭徒吉順)〉, 펑자황(彭家煌)의 〈천쓰데의 소(陳四爹的牛)〉, 젠셴아이(蹇先艾)의 〈수장(水葬)〉을 실었다.

1920년대에 문학연구회와 더불어 새로운 창작 경향을 보여준 문학사단은 창조사(創造社)였다. 1921년 중반에 결성된 창조사는 '예술을 위한 예술'이라는 구호를 제창하여 문학을 공리적 도구로 간주하는 문학관에 반대했으며, 주관적 서정과 내면세계의 묘사 및 자아의 표현을 중시하여 낭만주의적 창작방법을 제시했다. 창조사의 동인들은 강렬한 반봉건 정신으로 기성의 권위와 질서에 반발하여 당시 중국 젊은이들에게 커다란 반향을 일으켰는데, 특히 자아의 내면세계를 거침없이 드러낸 사소설(私小說) 형식의 자전적 소설은 당시의 중국 사회에 논란을 낳기도 했다. 이 역서에서는 자전적 소설의 대표작으로서 위다푸(郁達夫)의 〈타락(沉淪)〉과 〈봄바람에 취한 밤(春風沉醉的晚上)〉을 실었다.

더욱 많은 작품을 소개하려 했음에도 지면의 제한으로 말미암아 뜻을 이루지 못했으나, 이 작품만으로도 1920년대 중국 현대소설의 다양한 문제의식과 창작 경향을 맛볼 수 있으리라 기대한다. 번역 중의 미비한 점이나 그릇된 점은 모두 역자의 불민함으로 말미암은 것인 바, 제현의 질정을 기다린다. 여러 가지 어려움에도 불구하고 이나마 책꼴을 갖춘 것은 어문학사 편집부의 정성 덕분이기에 고마움을 표하지 않을 수 없다.

2018년 2월

이주노

목차

루쉰은 저장성(浙江省) 사오싱현(紹興縣)에서 태어났다. 본명은 저우수런(周樹人), 아명은 장서우(樟壽)이며, 필명은 루쉰, 탕쓰(唐俟) 등 다양하다.

근대 중국을 대표하는 작가이자 사상가, 문화운동가로서 《외침(吶喊)》, 《방황(彷徨)》, 《새로 엮은 옛 이야기(故事新編)》 등의 소설집, 산문시집 《들풀(野草)》 외에, 《아침 꽃 저녁에 줍다(朝花夕拾)》, 《이심집(二心集)》, 《삼한집(三閑集)》 등의 잡문집을 남겼다.

이 책에 실린 〈광인일기(狂人日記)〉는 1918년 5월 《신청년(新靑年)》 제4권 5호에 발표되었으며, 〈쿵이지(孔乙己)〉는 1919년 4월 《신청년》 제6권 4호에 발표되었다.

루쉰

(魯迅, 1881~1936)

광인일기 狂人日記

모 씨(某氏) 형제는, 지금 그 이름을 밝히진 않지만, 모두 내 중학 시절의 절친한 벗들이다. 여러 해 떨어져 지내다보니 소식이 차츰 끊기고 말았다. 일전에 우연히 그중 하나가 크게 앓는다는 소식을 들었는데, 마침 귀향하던 터라 길을 에돌아 찾아가 가까스로 그를 만났더니 환자는 그의 아우라고 했다. 보러 오느라 먼 길에 수고했으나 이미 나아 모지(某地)의 후보로 부임했노라는 것이었다. 그러고선 껄껄 웃더니만 일기 두 권을 꺼내 보이면서 말했다. 당시의 병증을 알 수 있을 터, 옛 친구에게 주어도 괜찮겠지. 가지고 돌아와 읽어보니 그 병이 피해망상증의 부류임을 알았다. 하는 말이 뒤엉키고 순서도 없는데다가 황당한 말도 많았으며, 날짜도 적혀 있지 않았으나 먹 색깔과 글씨체가 일정하지 않은 것으로 보아 일시에 쓴 것은 아님을 알 수 있었다. 간간이 문맥을 갖춘 곳도 있어 여기 몇 편을 뽑아내어 의사들의 연구 자료로 제공한다. 기록 중에 말이 틀렸을지라도 한 자도 고치지 않았다. 다만 모두 시골 사람이라 세상에 알려져 있지 않으니 별 상관이야 없겠지만, 그래도 인명만은 모두 고쳤다. 책 이름은 저자 본인이 완쾌한 후에 붙였으니 고치지 않았다. 7년 4월 2일에 적다.

***

1

오늘 밤은 달빛이 참 좋다.

달을 보지 못한 지가 어느덧 30여 년, 오늘 보니 정신이 유난히 상쾌하다. 이제야 지난 30여 년 온통 흐리멍덩했음을 깨달았다. 하지만 모름지기 조심하고 또 조심해야 하는 법. 그렇지 않다면 저 자오(趙) 씨네 개가 왜 날 흘긋흘긋 쳐다보겠는가?

내가 겁먹을 만도 하다.

2

오늘은 전혀 달빛이 없다. 나는 심상치 않으리라는 걸 알았다. 아침에 조심스레 문을 나서는데, 자오구이(趙貴) 영감의 눈초리가 수상쩍었다. 나를 겁내는 것도 같고, 나를 해치려는 것 같기도 했다. 게다가 열여덟 명은 귀엣말로 나에 대해 쑥덕거리면서 내가 볼까 겁을 내고 있었다. 길거리의 사람들 모두가 마찬가지였다. 그들 가운데 제일 험상궂은 놈이 입을 쩍 벌린 채 나를 향해 히죽거렸다. 머리끝에서 발꿈치까지 소름이 쫙 돋았다. 그들의 꿍꿍이

셈이 벌써 다 짜져 있다는 걸 알았다.

난 전혀 겁내지 않고 가던 길을 그대로 걸었다. 앞쪽의 떼 지은 꼬마 녀석들도 저만치에서 날 두고 쑥덕거렸다. 눈초리도 자오구이 영감과 똑같고 얼굴색도 죄다 푸르죽죽했다. 내가 저 녀석들과 무슨 원수가 졌기에 이러는 걸까. 참다못해 버럭 소리를 질렀다. "뭐야, 이놈들!" 아이들이 줄행랑을 놓았다.

나는 생각했다. 내가 자오구이 영감과 무슨 원수를 졌지? 길거리의 사람들과는 또 무슨 원수를 졌을까? 20년 전에 구주(古久) 선생의 해묵은 장부를 걷어찬 바람에 구주 선생이 몹시 언짢아하던 일밖에 없다. 자오구이 영감이 그를 알진 못하지만 틀림없이 소문을 듣고 분개하여 내게 누명을 씌워 적대하자고 길거리 사람들과 약속을 했을 것이다. 하지만 꼬마 녀석들은? 그 당시라면 아직 세상에 태어나지도 않았을 텐데, 오늘 무엇 때문에 겁먹은 듯, 해치려는 듯한 수상쩍은 눈알을 부라리는 걸까? 이건 정말 나를 두렵게 만들고 어리둥절하게 하며, 또 마음 아프게 하는 일이다.

'그래, 알았다! 이건 녀석들의 애비 에미가 가르쳐준 게야!'

3

밤에는 늘 잠을 이룰 수가 없다. 일이란 모름지기 이리저리 따져보아야 알 수 있는 법.

그들 중에는 지현(知縣)에게 칼이 씌운 자도 있고, 신사(紳士)에게 귀싸대기를 맞은 자도 있고, 아전(衙前)에게 마누라를 뺏긴 자도 있으며, 애비 에미가 빚쟁이 독촉에 목숨을 끊은 자도 있다. 당시 그들의 얼굴빛은 어제처럼 무섭지도 않았고 사납지도 않았다.

제일 기이한 것은 어제 길거리의 그 아낙네이다. 제 자식을 때리고 입으로 "이 웬수야! 물어뜯어도 시원찮을 놈아!"라고 말하면서 눈은 날 바라보고 있었다. 나는 섬뜩한 놀라움을 감출 길이 없었다. 그러자 시퍼런 얼굴에 송곳니를 드러낸 한 떼의 사람들이 왁자지껄하게 웃음을 터뜨렸다. 천라오우(陳老五)가 다급히 쫓아와 억지로 나를 끌어 집으로 돌아왔다.

집으로 끌고 오자 집안사람들은 모두 나를 모르는 체했다. 그들의 눈초리도 다른 사람들과 똑같았다. 내가 서재로 들어섰더니 곧 밖에서 문을 잠가버렸다. 영락없이 닭이나 오리를 가두듯. 이렇게 하여 나는 더 이상 내막을 캘 수 없게 되었다.

며칠 전, 늑대촌의 소작인이 흉작을 하소연하러 왔다가 큰형에게 하는 이야기가, 그들 마을에 흉악하기 짝이 없는 자가 여러 사람에게 맞아죽었는데, 몇몇 사람이 담이 커진다면서 그 자의 간과 심장을 파내 기름에 튀겨 먹었다는 것이다. 내가 한 마디 거들었더니 소작인과 큰형이 나를 힐끗 쳐다보았다. 오늘에야 비로소 그들의 눈초리가 바깥의 저자들과 아주 똑같다는 것을 알았다.

생각해보니 나는 머리끝에서 발끝까지 소름이 돋았다.

그들이 사람을 잡아먹을 줄 안다면, 나를 잡아먹지 말라는 법이 있을까.

보라고. "물어뜯겠다!"는 아낙네의 말이나, 시퍼런 얼굴에 송곳니를 드러낸 사람들의 웃음이나, 엊그제 소작인의 말은 모두 암

호인 게 분명해. 나는 간파해냈다. 그들의 말 속에는 온통 독이 가득하고 그들의 웃음 속에는 죄다 칼로 가득 차 있음을. 희번드르르 늘어서 있는 그들의 이빨은 바로 사람을 잡아먹는 도구인 것이다.

내 스스로 생각하기에 악인(惡人)은 아니지만 구(古) 씨네 장부를 걷어찬 후부터는 그렇다고 말하기도 어려워졌다. 그들에겐 무슨 다른 속셈이 있는 모양이지만, 나는 전혀 가늠할 수가 없다. 하물며 그들은 서로 사이가 틀어지기만 하면 누구라도 악인이라고 말하는 바에야. 큰형이 내게 문장작법을 가르쳐주던 때를 나는 아직도 기억하고 있다. 아무리 훌륭한 사람이더라도 그를 몇 마디 뒤엎으면 큰형은 동그라미 몇 개를 쳐주었으며, 못된 사람을 몇 마디 싸고돌면 "기상천외한 발상이 군계일학"이라고 말했다. 그러니 내가 저들의 속셈이 도대체 어떠한지 어찌 짐작할 수 있었겠는가. 하물며 잡아먹으려는 때였으니.

무릇 일이란 모름지기 이모저모 따져보아야 알 수 있는 법. 예로부터 늘 사람을 잡아먹어 왔다는 것은 나도 기억하고 있지만 그다지 확실하지는 않다. 그래서 역사를 뒤적여 조사해보았다. 이 역사에는 연대가 없고 페이지마다 '인의도덕(仁義道德)'이라는 글자가 비뚤비뚤 적혀 있었다. 나는 어차피 잠을 이루지 못하던 터라 한밤중까지 꼼꼼히 살펴보다가 글자의 틈새에서 글자를 알아보았는데, 책 빼곡히 쓰여 있는 두 개의 글자는 '식인(食人)'이었다!

책에는 이토록 많은 글자가 쓰여 있고, 소작인들은 그토록 많은 이야기를 했건만, 하나같이 방긋 웃음을 머금고서 수상쩍은 눈을 부릅뜬 채 나를 보았던 것이다.

나도 사람이니, 그들은 나를 잡아먹으려 하는구나!

4

아침에 나는 한동안 조용히 앉아 있었다. 천라오우가 밥을 들여왔다. 채소 한 접시에 찐 생선 한 접시. 이 생선은 눈깔이 희고 딱딱한데다 입을 쩍 벌리고 있는 모양이 사람을 잡아먹으려는 그 놈들과 똑같았다. 몇 젓가락 먹었지만 미끌미끌한 게 생선인지 사람인지 분간할 수 없어서 뱃속의 것을 몽땅 토해내고 말았다.

"라오우! 내 답답하기 짝이 없어 마당을 좀 거닐고 싶으니 큰 형님께 말해주게." 라오우는 아무 대꾸도 없이 나가더니, 잠시 후에 와서 문을 열어주었다.

나는 꼼짝도 하지 않은 채 그들이 나를 어떻게 쥐고 흔들지 곰곰이 따져보았다. 그들이 나를 가만히 내버려두지 않을 거라는 건 알고 있었다. 아니나 다를까! 큰형은 늙은이 하나를 이끌고서 천천히 걸어왔다. 그 늙은이의 눈에는 흉악한 빛이 가득 차 있었는데, 내게 들킬까봐 땅바닥을 향해 머리를 수그린 채 안경테 너머로 흘끔흘끔 나를 살펴보았다. 큰형이 말했다. "오늘은 퍽 나아 보이는구나." 나는 대답했다. "그렇습니다." 그러자 큰형이 말했다. "오늘은 허(何) 선생께 널 진찰해 주십사고 부탁드렸다." 나는 대답했다. "좋습니다!"

사실 이 늙은이가 분장한 망나니라는 것을 내가 어찌 모르겠는가! 맥을 짚어본다는 핑계로 살이 쪘는지 말랐는지 살펴보려는 것임에 틀림없었다. 이 공로로 자기도 고기 한 덩어리를 나눠 받아먹겠지. 난 두려워하지 않았다. 비록 사람을 잡아먹진 않지만 담은 그들보다 훨씬 컸다. 나는 두 주먹을 불쑥 내밀고서 그가 무슨 수작을 부리는가 보았다. 그 늙은이는 앉아서 눈을 감은 채 한참 만져보다가 한동안 멍하니 있더니, 그 흉측한 눈을 뜨고서 말했다. "잡생각일랑 말고, 조용히 며칠 요양하면 나을 겁니다."

잡생각 말고 조용히 요양하라고! 요양해서 살이 오르면 그들이야 물론 더 많이 먹을 수 있겠지만, 내겐 무슨 이익이 있으며 어떻게 '나을 수 있다'는 말인가? 사람을 잡아먹고 싶어 하면서도 음흉스러워 어물쩍 감출 생각에 선뜻 손을 쓰지 못하는 저놈들의 꼬락서니가 정말 우스워 죽겠다. 나는 참을 수 없어 큰소리로 웃음을 터뜨렸더니, 기분이 매우 좋아졌다. 이 웃음 속에 용기와 정의감이 충만해 있다는 것을 나는 알고 있다. 늙은이와 큰형은 아연실색했다. 나의 이 용기와 정의감에 압도당한 것이다.

그러나 내게 용기가 있자 그들은 더욱더 날 잡아먹고 싶어 했다. 이 용기의 덕을 조금이라도 보려는 것이다. 늙은이는 성큼 문을 나서더니 멀리 가지 않아 큰형에게 나직한 목소리로 말을 건넸다. "빨리 먹어치웁시다!" 큰형도 머리를 끄덕였다. 알고 보니 당신도! 이 커다란 발견은 뜻밖의 일인 듯하지만, 이미 짐작하고 있던 터였다. 패거리를 모아 나를 잡아먹으려는 자가 바로 내 형인 것이다!

사람을 잡아먹는 자가 내 형이다!

나는 사람을 잡아먹는 자의 동생이다!

나 자신은 남에게 잡아먹히지만, 여전히 사람을 잡아먹는 자의 동생인 것이다.

5

요 며칠 한 걸음 물러서서 생각해보았다. 가령 그 늙은이가 분장한 망나니가 아니라 진짜 의사라 해도 사람을 잡아먹는 자이기는 마찬가지다. 그의 원조 스승인 이시진(李時珍)이 쓴 『본초(本草) 뭔가』라는 책에는 분명히 사람고기를 구워 먹을 수 있다고 쓰여 있다. 그런데도 자기는 사람을 잡아먹지 않는다고 말할 수 있을까?

우리 집 큰형에 대해서도 추호도 억울한 누명을 씌우는 것이 아니다. 그는 내게 글을 가르칠 때, 자기 입으로 "자식을 바꾸어 먹을 수 있다"고 말한 적이 있다. 또 한번은 우연히 어떤 나쁜 사람의 이야기가 나왔었는데, 그는 그놈을 죽여야 할 뿐만 아니라 "살은 먹고 가죽은 깔고 자야 한다"고 말했다. 나는 그때 나이가 어렸던지라 한참 동안이나 가슴이 콩당거렸다. 엊그제 늑대촌의 소작인이 와서 심장과 간을 먹었다는 이야기를 했을 때도 그는 이상히 여기기는커녕 연신 고개를 끄덕였다. 속셈이 예전과 다름없이 잔인하다는 것을 알 수 있다. '자식을 바꾸어 먹을' 정도라면 뭐든 바꾸어 먹을 수 있고, 누구든 잡아먹을 수 있을 것이다. 예전에는 그의 설교를 듣기만 하고 어물쩍 넘어갔는데, 이제는 알게 되었다. 그가 설교를 늘어놓을 때 입가에 사람 기름이 칠해져 있었을 뿐만 아니라, 마음속에는 사람을 잡아먹고 싶은 생각이 가득하다는 것을.

6

칠흑처럼 어두워 낮인지 밤인지 모르겠다. 자오 씨네 개가 또 짖어댄다.

사자 같은 음흉함, 토끼 같은 겁약함, 여우 같은 교활함…….

7

나는 그자들의 수법을 알았다. 제 손으로 죽이는 건 내키지도 않고 또 그럴 배짱도 없다. 재앙이 있을까 두려울 테니까. 그래서 그자들은 여럿이 연락을 취하여 그물을 치고는 나를 자살하도록 몰아넣고 있는 것이다. 며칠 전 거리에서 남녀의 모습이나, 요즈음 큰형의 행동을 살펴보면 충분히 알 수 있다. 제일 좋기로야 허리띠를 풀어 대들보에 스스로 목을 매달아 죽는 일이다. 그자들은 살인의 죄명도 쓰지 않고도 소원을 이룰 테니, 물론 기쁨에 넘쳐 목메어 우는 웃음소리를 터뜨리겠지. 그렇지 않고 두려움과 근심으로 죽게 된다면, 조금 야위긴 했어도 이 정도라면야 하고 머리를 끄덕일 게다.

하지만 그자들은 죽은 고기밖에 먹을 줄 모르지! 어느 책에선가 '하이에나'에 대해 읽은 게 기억난다. 눈빛과 모습은 흉측하기 그지없고 항상 죽은 고기만 먹는데, 아무리 커다란 뼈다귀도 잘게 씹어 삼켜버린다니 생각만 해도 오싹하다. '하이에나'는 늑대의 친척이며, 늑대는 개의 일족이다. 엊그제 자오 씨네 개가 나를 흘긋거리던데, 그놈도 공모하여 이미 줄을 놓은 모양이다. 그 늙은이는 땅바닥만 내려다보고 있었지만, 나를 어찌 속일 수 있을까보냐.

제일 가련한 건 내 큰형이다. 그도 사람인데, 어찌 일말의 두려움도 없이 패거리를 모아 나를 잡아먹으려 하는 걸까? 여태껏 익숙해져서 잘못이라 생각하지 않는 걸까? 아니면 양심을 잃어버려 뻔히 알면서도 일부러 범하는 걸까?

나는 사람 잡아먹는 사람을 저주하는 걸 먼저 형부터 시작해야겠다. 사람 잡아먹는 것을 말리는 것도 먼저 형부터 착수해야겠다.

8

사실 이런 이치는 지금쯤이면 그자들도 이미 알고 있어야 마땅할 터이건만…….

느닷없이 누군가 왔다. 나이는 스물 안팎, 얼굴 모습은 똑똑히 보이지 않는데, 만면에 웃음을 띤 채 나에게 고개를 끄덕였다. 그의 웃음도 진짜 웃음 같지 않았다. 나는 그에게 물었다. "사람을 잡아먹는 일이 옳은가?" 그는 여전히 웃으면서 대답했다. "흉년도 아닌데 왜 사람을 잡아먹는단 말입니까?" 이놈도 사람 잡아먹기를 좋아하는 한 패거리임을 나는 금방 알아차렸다. 나는 용기백배하여 끈질기게 따졌다.

"옳은 일인가?"

"그런 일을 물어서 무얼 하시려구요? 당신은 참…… 농담을 잘하십니다. ……오늘은 날씨가 참 좋군요."

날씨야 좋지, 달빛도 밝고. 하지만 네게 물어봐야겠어.

"옳은 일인가?"

그는 그렇다고 여기진 않았다. 그는 모호하게 대답했다. "그렇진……."

"옳지 않다고? 그런데 그자들은 왜 기어이 잡아먹으려는 거지?"

"그런 일은 없어요……."

"없다고? 늑대촌에서는 지금도 잡아먹고 있고, 책에도 쓰여 있어. 시뻘겋고 싱싱하다고!"

그는 안색이 새파랗게 변하더니 눈을 부릅뜨고 말했다. "혹 있을 수도 있겠지요. 여태껏 그래왔으니까……."

"여태껏 그래왔다면 옳단 말인가?"

"당신과 이런 이야기는 하지 않겠어요. 아무튼 이런 이야긴 하지 마세요. 당신 말은 틀렸어요!"

내가 벌떡 일어나 눈을 부릅뜨자 그자는 보이지 않았다. 온몸이 땀으로 후줄근히 젖어 있었다. 그자는 내 큰형보다 훨씬 어린데, 뜻밖에도 역시 한 패거리였다. 이건 틀림없이 그의 애비 에미가 미리 가르친 것이다. 어쩌면 이미 그의 자식들에게도 가르쳤을

지 모른다. 그래서 꼬마아이들까지도 모두 나를 사납게 쳐다보는 것이다.

9

사람을 잡아먹으려 하면서도 다른 사람에게 잡아먹히는 건 두려워 모두들 의심에 가득 찬 눈초리로 서로 상대의 얼굴을 훔쳐본다.

이런 생각을 버리고 마음 놓고 일하고, 길을 걷고, 밥 먹고 잠을 잘 수 있다면 얼마나 편안할까. 이건 단지 문지방 하나, 고비 하나일 뿐인데……. 그자들은 그런데도 부자, 형제, 부부, 친구, 사제, 원수와 생면부지의 사람들 모두가 한패가 되어 서로 격려하고 견제하면서 죽어도 이 한 걸음을 내디디려 하질 않으니.

10

아침 일찍 큰형을 찾아갔다. 그는 안채 문밖에서 하늘을 쳐다보고 있었다. 나는 형의 뒤로 걸어가 문을 막고 서서 유달리 차분하고 살갑게 말을 건넸다.

"큰형님, 형님께 드릴 말씀이 있습니다."

"그래, 말해보렴." 그는 얼른 얼굴을 돌려 고개를 끄덕였다.

"몇 마디 되지 않는데, 입이 떨어지지 않네요. 큰형님, 아마 애초의 야만인들은 모두 사람을 잡아먹었겠지요. 나중에 생각이 달라져서, 어떤 자는 사람을 잡아먹지 않고 꿋꿋이 착해지려고 하여 사람으로 변하고 참된 사람으로 변했습니다. 반면에 어떤 자는 여전히 사람을 잡아먹었습니다. 마치 벌레처럼 말입니다. 어떤 자는 물고기, 새, 원숭이 같은 것으로 변했다가 마침내 인간으로까지 변했지요. 또 어떤 자는 착해지려고 하지 않아 지금까지도 벌레입니다. 사람을 잡아먹는 인간은 사람을 잡아먹지 않는 인간에 비해 얼마나 부끄럽습니까. 이것은 아마도 벌레가 원숭이를 보고 부끄러워하는 것과는 비교도 안 될 겁니다.

역아(易牙)가 제 자식을 삶아서 걸주(桀紂)에게 먹인 건 그래도 먼 옛날 일입니다. 그러나 누가 알았겠습니까? 반고(盤古)가 천지를 개벽한 이래 역아의 아들을 잡아먹기에 이르고, 역아의 아들로부터 쉬시린(徐錫林)을 잡아먹기에 이르고, 쉬시린으로부터 다시 늑대촌에서 붙들린 사람을 잡아먹기에 이를 줄을. 작년에 성 안에서 범인이 처형되었을 때에는 폐병을 앓고 있는 환자가 만두로 그 피를 찍어 핥아먹기도 했습니다.

그들이 날 잡아먹으려 하고 있습니다. 형님 혼자서는 어찌 해볼 도리가 없겠지요. 그렇다고 꼭 그들 패거리에 끼어들어야 합니까? 사람을 잡아먹는 놈들이 무슨 짓인들 못하겠습니까. 그들은 나를 잡아먹을 것이고, 형님도 잡아먹을 것이며, 심지어 같은 패거리 안에서도 서로 잡아먹을 겁니다. 하지만 한 걸음 방향을 틀기만 하면, 또 즉시 고치려고만 한다면, 사람들 모두가 태평해질 겁니다. 여태껏 그래왔더라도 오늘 당장 착해질 수 있으니, 안 된다고 말씀하세요! 큰형님! 나는 형님이 그렇게 말할 수 있으리라

믿습니다. 엇그제 소작인이 소작료를 줄여달라고 했을 때 형님은 안 된다고 말씀하셨어요."

처음에 형은 냉소만 띠고 있더니, 이내 눈빛이 흉측해지다가, 내가 그들의 속내를 들추어내자 얼굴이 온통 새파래졌다. 대문 밖에 서 있던 한패, 그 속에는 자오구이 영감과 그의 개도 있었는데, 모두들 머리를 내밀어 두리번거리면서 밀고 들어왔다. 어떤 자는 헝겊으로 가린 듯하여 얼굴을 알아볼 수 없었고, 어떤 자는 여전히 시퍼런 얼굴과 송곳니에 입술을 오므린 채 웃고 있었다. 나는 그들이 한패이고 모두 사람을 잡아먹는 놈들이란 것을 알고 있었다. 그러나 그들의 생각이 아주 다르다는 것도 알고 있었다. 여태껏 그래왔으니 잡아먹어야 마땅하다고 여기는 부류가 있고, 잡아먹어서는 안 되는 줄 알지만 여전히 잡아먹으려 하고 그러면서도 남이 폭로할까봐 겁을 내고, 그래서 내 말에 길길이 날뛰지만 입술을 오므린 채 냉소를 흘리는 부류도 있다.

이때 큰형이 별안간 흉측한 얼굴을 드러내더니 고함을 질렀다.

"모두 나가요! 미친놈이 무슨 구경거리라고!"

나는 이때 다시금 그들의 교묘한 수법을 알았다. 그들은 고치려 하기는커녕 진즉 짜놓은 게 있었으니, 미친놈이라는 이름을 준비해 두었다가 내게 뒤집어씌운 것이다. 장차 잡아먹더라도 태평무사할 뿐만 아니라 어쩌면 사정을 감안해줄 사람도 있을 것이다. 흉악한 사람을 여럿이서 잡아먹었다는 소작인의 이야기도 바로 이 수법이다. 이것은 그들의 상투적인 수법이다!

천라오우도 몹시 화를 내면서 곧장 들어왔다. 하지만 내 입을 어찌 틀어막을 수 있겠는가! 나는 기어이 이 패거리에게 말해야겠다.

"너희는 고칠 수 있어! 진심으로 고쳐먹으라고! 장차 사람을 잡아먹는 자는 이 세상에서 살아가도록 용납되지 않을 거란 걸 알아야 해.

너희가 고치지 않으면 너희 자신도 먹혀버리고 말 거야. 설사 애를 줄줄이 낳는다 해도 참된 인간에게 멸절되고 말 거야! 마치 사냥꾼이 늑대 씨를 말리듯이! 벌레처럼 말이야!"

그 패거리는 모두 천라오우에게 쫓겨났다. 큰형도 어디론가 가버렸다. 천라오우는 방으로 돌아가자고 나를 달랬다. 방 안은 온통 캄캄했다. 들보와 서까래가 모두 머리 위에서 덜덜 떨렸다. 한참 떨다가 커지더니 내 몸 위에 쌓였다.

무겁기 그지없어 꼼짝도 할 수 없었다. 나를 죽이려는 것이었다. 그 무게가 거짓이라는 걸 나는 알았다. 몸부림친 끝에 빠져나오니 온몸이 땀범벅이다. 하지만 기어이 말해야겠다.

"너희들, 지금 당장 고쳐야 해. 진심으로 고쳐먹으라고! 장차 사람을 잡아먹는 자는 용납되지 않을 거란 걸 알아야 해……."

11

해도 뜨지 않고 방문도 열리지 않는다. 매일 두 끼의 밥.

젓가락을 들자 큰형이 떠올랐다. 누이동생이 죽은 것도 전적으로 그 때문이라는 걸 깨달았다. 그때 누이동생은 겨우 다섯 살이었다. 그 귀엽고 애처로운 모습이 아직도 눈에 선하다. 어머니는 끝없이 우셨다. 형은 울지 말라고 어머니를 달랬는데, 아마 자기가 잡아먹었는지라 어머니가 우시자 조금은 마음이 불편했을 것이다. 아직도 마음이 불편할 수 있다면…….

누이동생은 큰형에게 잡아먹힌 것이다. 어머니가 알고 계셨는지 어떤지 나는 알지 못한다.

어머니도 알고 계셨을 게다. 우시면서도 아무 말씀이 없으셨는데, 아마도 당연한 일이라고 여기셨으리라. 내가 네댓 살 때라고 기억한다. 대청 앞에 앉아 바람을 쐬고 있었는데, 큰형이 내게 말했다. 부모님이 병이 나면 자식된 자는 살을 한 점 베어 삶아 드시게 해야 훌륭한 사람이라고. 어머니 역시 안 된다고 하시진 않으셨다. 한 점을 먹을 수 있다면 물론 통째로도 먹을 수 있다. 그러나 그날의 우시던 모습은 지금 떠올려 보아도 마음 아프다. 참으로 이상한 일이다!

12

생각을 할 수가 없게 되었다.

4천년 동안 내내 사람을 잡아먹어온 곳. 오늘에야 깨달았다. 나 또한 그 속에서 섞여 살았다는 것을. 큰형이 집안일을 주관하던 때 마침 누이동생이 죽었다. 그가 음식 속에 섞어서 몰래 우리에게 먹이지 않았으리라는 법은 없다.

나도 모르는 사이에 내 누이동생의 살점을 먹지 않았다고 장담할 수는 없다. 이젠 내 차례인 거야…….

4천년 동안 사람을 잡아먹은 이력을 가진 나, 애초에는 몰랐지만 이젠 알겠다. 참된 사람을 만나기 어려움을!

13

사람을 잡아먹어본 적이 없는 아이들이 혹 아직도 있을까?

아이들을 구해야 할 텐데…….

1918년 4월

쿵이지 孔乙己

루진(魯鎭)의 술집 구조는 다른 곳과는 달랐다. 곱자 모양의 커다란 계산대가 거리에 붙어 있고, 계산대 안에는 언제든지 술을 데울 수 있도록 뜨거운 물이 준비되어 있다. 정오 무렵이나 해질 녘이면 일을 마친 일꾼들이 늘 동전 네 푼에 술 한 사발을 사서 — 이건 이십여 년 전의 일이고, 지금은 한 사발에 열 푼으로 올랐을 것이다 — 계산대 밖에 기대선 채 뜨뜻하게 마시면서 쉬곤 했다. 한 푼을 더 내면 소금물에 데친 죽순이나 회향두(茴香豆) 한 접시를 사서 안주로 삼을 수 있었다. 열 몇 푼을 내면 고기요리를 살 수 있지만, 이곳의 손님들은 대부분 짧은 옷차림의 막벌이꾼이라 대개는 이렇게 호사스럽지 않았다. 오직 장삼(長衫)을 입은 손님들만이 가게 이웃의 방 안으로 거들먹거리며 들어가 술과 고기를 주문하여 느긋이 앉아 마실 수가 있었다.

나는 열두 살 때부터 마을 어귀에 있는 셴헝(咸亨)주점에서 사환 노릇을 했다. 주인은 내 꼬락서니가 너무 어리숙해서 장삼 입은 단골을 시중들지 못할 것 같으니 밖에서 잔일이나 하라고 말했다. 바깥의 짧은 옷차림의 단골들은 말 상대하기는 수월했지만, 이러쿵저러쿵 횡설수설하는 사람도 적지 않았다. 그들은 곧잘 술독에서 황주(黃酒)를 퍼내는지 자기 눈으로 확인하려 하고, 술주전자 밑바닥에 물이 있나 없나를 살피고서도 또 술주전자를 뜨거운 물에 넣는지 직접 보고서야 마음을 놓았다. 이렇게 엄중한 감독 아래에서 술에 물을 타기란 여간 어려운 일이 아니었다. 그래서 며칠이 지나자 주인은 다시 내게 이 일도 재대로 못한다고 나무랐다. 다행히 소개해준 사람의 체면 덕분에 쫓겨나지는 않았지만, 술을 데우는 지루한 일만 맡게 되었다.

이때부터 나는 종일토록 계산대 안에 서서 내 일만 하게 되었다. 별다른 실수는 없었지만 늘 단조롭고 지루한 느낌만 들었다. 주인은 얼굴이 험상궂고 단골들도 말투가 고운 구석이라곤 없어서 활기 넘칠 일이 없었다. 오직 쿵이지(孔乙己)가 가게에 왔을 때에야 몇 번 웃을 수 있었기 때문에 지금까지도 잘 기억하고 있다.

쿵이지는 선 채로 술을 마시는 사람들 중에서 장삼을 입은 유일한 사람이었다. 그는 훤칠한 키에 창백한 얼굴의 주름 사이에는 상처 자국이 떠나지 않았고, 마구 흐트러진 수염을 희끗희끗 달고 있었다. 입은 옷이 비록 장삼이긴 하나 꾀죄죄하고 너덜거려 십여 년 동안 꿰매지도 빨지도 않은 듯했다. 그는 사람들에게 말끝마다 '이니라' 따위를 다는 바람에 사람들을 알쏭달쏭하게 만들었다. 그의 성이 쿵(孔)이었으므로 사람들은 아이들의 습자교본에 적혀 있는 '상대인쿵이지(上大人孔乙己)'라는 알 듯 말 듯한 글귀에서 별명을 따서 그를 쿵이지라고 불렀다. 쿵이지가 가게에 오기만 하면 술을 마시던 손님들은 모두 그를 보고 웃었으며, "쿵이지, 얼굴에 새 상처가 또 늘었구먼!" 하고 소리치는 사람도 있었다.

쿵이지는 대꾸도 하지 않은 채 계산대 안쪽을 향해 크게 외쳤다. "술 두 사발 데워줘, 회향두 한 접시하구." 그러고선 아홉 푼을 늘어놓았다. 사람들은 또 일부러 큰소리로 떠들어댔다. "자네 또 틀림없이 남의 물건을 훔쳤구먼."

쿵이지는 눈을 부라리면서 대답한다. "왜 이리 터무니없이 남의 청백을 더럽히는 거야 ……" "청백은 무슨 놈의 청백? 내가 엊그제 이 눈으로 똑똑히 보았네, 자네가 허(何) 씨댁 책을 훔쳤다가 거꾸로 매달려 매 맞고 있는 걸!"

쿵이지는 얼굴을 벌겋게 붉히더니 이마에 퍼런 힘줄을 줄줄이 불퉁거리면서 항변했다. "책을 훔치는 건 도둑질이라고 할 수 없지……. 책을 훔치는 건! ……독서인(讀書人)의 일을 도둑질이라 할 수 있나?" 그러곤 이어 '군자는 원래 가난하다'느니, '……가 아니리오' 따위의 알아듣기 어려운 말을 하여 모두를 박장대소하게 만들었다. 이리하여 가게 안팎은 유쾌한 분위기로 가득 차게 되었다.

사람들이 뒷전에서 수군대는 말에 따르면, 쿵이지는 원래 글깨나 읽었는데, 끝내 과거에 붙지도 못하고 생계도 꾸릴 줄 모르는 바람에 갈수록 곤궁해져 남의 밥을 빌어먹게 되었다고 한다. 다행히 글씨는 잘 썼기에 남 대신 책을 베껴주고 입에 풀칠할 수 있었다. 그런데 안타깝게도 그에게는 못된 버릇이 있었는데, 술 마시기만 좋아하고 일에는 게으르다는 점이었다. 앉아서 일한 지 며칠 만에 사람과 책, 종이, 붓, 벼루까지 한꺼번에 종적을 감추어버렸다. 그런 일이 몇 번 되풀이되자, 그에게 책을 베껴달라고 부탁하는 사람도 없어졌다. 그래서 쿵이지는 어쩔 수 없이 어쩌다 도둑질을 하게 되었던 것이다. 하지만 우리 가게에서 그의 품행은 남보다 훌륭해서, 여태껏 외상을 미룬 적이 한 번도 없었다. 간혹 현금이 없어 잠시 칠판에 달아두기도 하지만, 한 달을 넘기지 않고 반드시 갚아서 칠판 위에 적힌 쿵이지란 이름을 지워버렸다.

쿵이지가 술을 반 사발 들이켜고서 새빨갛던 얼굴빛이 점차 본 모습으로 돌아오자, 옆 사람이 또 물었다. "쿵이지, 자네 정말 글을 알아?" 쿵이지는 이렇게 묻는 사람의 얼굴을 빤히 쳐다보면서 대꾸할 필요가 없다는 기색을 내비쳤다. 그들은 계속해서 물었다. "그런데 자네는 어째서 반쪽짜리 수재(秀才)도 따내지 못했지?" 그러면 쿵이지는 금방 풀이 죽고 불안한 표정을 지으면서, 얼굴에 잿빛을 드리운 채 입속으로 우물우물 중얼거렸다. 이번에는 '이로다' 따위로 하나도 알아들을 수가 없었다. 그럴 때면 모두들 껄껄 웃음을 터뜨렸고, 가게 안팎은 유쾌한 분위기로 가득 찼다.

이럴 때에는 나도 덩달아 웃었으며, 주인도 결코 나무라지 않았다. 오히려 주인까지도 쿵이지를 볼 때마다 그런 것을 물어 사람들의 웃음을 자아냈다. 쿵이지는 그들과 이야기를 나누어서는 안 된다는 것을 알고 있었기에 아이들에게만 말을 걸었다. 언젠가 그가 내게 물었다. "너 글공부를 했느냐?" 내가 고개를 약간 끄덕이자, 그가 말했다. "글공부를 했다고? ……그럼 한번 시험해 볼까. 회향두의 '회' 자는 어떻게 쓰는 거지?"

나는 '밥 빌어먹는 주제에 날 시험할 자격이나 있나'라는 생각이 들어 고개를 돌린 채 상대하지 않았다. 쿵이지는 한참을 기다렸다가 진지하게 말했다. "쓸 줄 모르나 보지? ……내 가르쳐 주마. 이런 글자는 외워두어야 한다. 앞으로 가게 주인이 되면 장부 정리에 필요할 테니까." 나는 속으로 나와 주인의 등급은 아직 까마득할 뿐만 아니라, 우리 주인은 회향두를 장부에 올려본 적이 없다는 생각이 들어 우습기도 하고 또 성가셔서 건성으로 대답했다. "누가 가르쳐 달랬어요? 초두 밑에 돌아올 회 자 아니에요?"

쿵이지는 몹시 기분이 좋은지 두 손가락의 긴 손톱으로 계산대를 두드리면서 고개를 끄덕였다. "옳거니, 옳거니! ……그 회(回) 자에는 네 가지 서법이 있는데, 알고 있느냐?" 나는 더 이상은 참을 수 없어 입을 삐쭉거리고는 멀리 가버렸다. 쿵이지는 막 손톱에 술을 적셔 계산대에 글자를 쓰려던 참이었는지라, 내가 미적지근한 태도를 보이자 한숨을 푹 내쉬면서 몹시 안타깝다는 표정을 지었다.

몇 번인가는 이웃집 꼬마들까지 웃음소리를 듣고 우르르 몰려와 쿵이지를 에워쌌다. 그러면 그는 아이들에게 회향두를 한 사람 앞에 하나씩 나누어주었다. 아이들은 콩을 먹고 나서도 흩어지지 않은 채 접시만 바라보고 있었다. 그러면 쿵이지는 허둥지둥 다섯 손가락을 펴서 접시를 덮고는 허리를 굽히고서 말했다. "이제 없어! 이제 남은 게 별로 없다고!" 그는 몸을 똑바로 세워 다시 콩을 흘긋 보고는 고개를 저으며 말했다. “이제 없어, 많지 않아. 많다고? 많지 않도다.” 그러면 아이들은 모두 깔깔대면서 흩어졌다.

쿵이지는 이처럼 사람들을 유쾌하게 해주었다. 하지만 그가 없어도 사람들은 그렇게 지냈다.

어느 날, 아마 추석을 이삼 일 앞두고서였을 것이다. 천천히 장부를 정리하던 주인이 칠판을 내리면서 문득 말했다. “쿵이지가 오랫동안 오지 않았구먼! 아직 열아홉 푼이나 외상이 남았는데!” 그제야 나도 그가 확실히 오랫동안 오지 않았다는 느낌이 들었다.

술을 마시던 손님 한 사람이 말했다. “그자가 어떻게 오겠어? ……다리가 부러졌는데.” 주인이 깜짝 놀라 되물었다. “어, 그래요?” “맨날 도둑질만 하더니. 이번에는 정신이 나갔지. 딩거인(丁擧人) 댁에서 도둑질을 하다니! 그 집의 물건을 훔칠 수 있겠어?” “그래서 어떻게 되었대요?” “어찌 되었냐고? 자백서를 쓰고 난 다음에 두들겨 맞았지. 오밤중까지 두들겨 맞다가 다리까지 부러졌다더군.” “그래서요?” “그래서 다리가 부러졌다니까!” “부러지고 나서 어떻게 됐소?” “어찌 되었냐고? ……그걸 누가 아나? 아마 죽었겠지.” 주인도 더 이상 묻지 않은 채 다시 천천히 장부를 정리했다.

추석이 지나자 가을바람이 나날이 차가워졌다. 머지않아 초겨울이었다. 나는 진종일 불을 끼고 지내면서도 솜옷을 입어야만 했다. 어느 날 오후, 손님이 한 사람도 없어서 눈을 감은 채 앉아 있었다. 그런데 갑자기 "술 한 사발 데워줘"하는 소리가 들려왔다. 몹시 낮았지만 귀에 익은 목소리였다. 눈을 떠보았지만 보이는 사람은 아무도 없었다. 자리에서 일어나 바깥쪽을 내다보니, 바로 그 쿵이지가 계산대 밑에서 문턱을 마주하여 앉아 있었다. 그의 얼굴은 거무죽죽하고 야위어 이미 꼴이 말이 아니었다. 너덜너덜한 겹옷차림에 책상다리를 한 채 아래에 거적을 깔고서 그것을 새끼줄로 어깨에 둘러매고 있었다.

나를 보자 그가 다시 말했다. "술 한 사발 데워줘." 주인이 머리를 내밀고서 말했다. "쿵이지인가? 자네 아직 외상이 열아홉 푼이나 남았어!" 쿵이지는 풀이 죽은 표정으로 고개를 쳐들어 말했다. "그건…… 다음번에 갚겠소! 이번에는 현금이오. 좋은 술로 주시오." 주인은 평소처럼 웃으면서 그에게 말했다. "쿵이지, 자네 또 물건을 훔쳤구먼!" 하지만 이번에는 별로 변명하지 않은 채 그저 한 마디만 대꾸했다. "실없는 소리 마오!" "실없는 소리라니? 훔치지 않았다면 왜 다리가 부러졌지?" 쿵이지는 나지막이 말했다. "넘어졌소. 너, 넘어져……." 그의 눈빛은 더 이상 묻지 말라고 주인에게 애원하는 듯했다.

그때는 이미 몇 사람이 모여들어 주인과 함께 웃음을 터뜨렸다. 나는 술을 데워 들고 나가 문턱 위에 놓았다. 그는 해진 옷주머니에서 동전 네 푼을 더듬어 꺼내더니 내 손에 놓았다. 그의 손은 온통 흙투성이였다. 알고 보니 그는 그 손으로 걸어온 것이었다. 잠시 후 술을 다 마신 그는 사람들의 웃음과 지껄임 속에서 앉은 채로 그 손으로 느릿느릿 걸어갔다.

이후로 다시 오랫동안 쿵이지를 보지 못했다. 연말이 되자 주인은 칠판을 내리면서 말했다. "쿵이지는 아직도 외상이 열아홉 푼이 남아 있군!" 이듬해 단오절이 되자 또 말했다. "쿵이지는 외상이 아직 열아홉 푼이 남아 있군!" 하지만 추석에는 아무 말이 없었고, 연말이 되도록 그의 모습은 다시는 보이지 않았다.

나는 지금까지도 끝내 그를 보지 못했다. 쿵이지는 틀림없이 죽었을 것이다.

1919년 3월

왕퉁자오는 산둥성(山東省) 주청(諸城)에서 태어났으며, 필명은 시루(息廬), 룽루(容廬)이다.

1921년에 정전둬(鄭振鐸), 선옌빙(沈雁冰) 등과 함께 문학연구회(文學硏究會)의 창립을 발기했으며, 문학연구회 회원으로 활동했다. 《봄비 내리는 밤(春雨之夜)》, 《나팔 소리(號聲)》, 《서리 자국(霜痕)》 등의 단편소설집과 장편소설 《황혼(黃昏)》, 산문집 《북국의 봄(北國之春)》, 시집 《동심(童心)》 등을 남겼다.

이 책에 실린 〈상념에 잠겨(沉思)〉는 1921년 1월 《소설월보(小說月報)》 제12권 1호에 발표되었다.

왕퉁자오

(王統照, 1897~1957)

상념에 잠겨 沉思

한수윈(韓叔雲)은 자신의 화실에 앉아 서쪽의 널따란 유리창을 향해 그윽한 눈길을 던지고 있었다. 그는 서른두세 살 먹은 중년의 화가이다. 그가 이 방에 거처하면서 최근 삼사 년 사이에 그린 작품 중에서 몇 작품은 사회적으로 대단한 호평을 받았다. 하지만 그는 늘 자신의 예술품이 그의 천재성을 만족스럽게 발휘한 것은 아니라고 여겼다. 그래서 최근에는 예술 가치가 높으면서도 인생의 참된 아름다움을 표현할 수 있는 그림을 회화전람회에 보내 빛나는 영예를 안고 싶었다. 그녀가 내 작품의 누드모델이 되어주기로 했으니 이보다 더 나은 일은 없다고 그는 생각했다. 요즘 여자들 가운데 그녀는 여배우이지만, 자신의 몸을 남김없이 자신의 붓 끝에 드러내어 나의 화가적 재능을 표현해내기를 진심으로 바라는, 그런 정신을 가지고 있었다. 이거야말로 진정한 곡선미이다. 아! 이거야말로 나의 평생에 가장 마음에 드는 예술 표현이다! 그녀의 아름다움과 온화함, 아니 그녀의 커다랗고 새까만 눈만이라도 그려낼 수 있다면, 우리 회화계의 작가들은 모두 붓을 놓아야 할 것이다.

이런 생각에 그는 대단히 기분이 좋았다. 이런 기분은 고결한 유쾌함이요, 예술가의 예술적 충동의 유쾌함이었다.

때는 마침 봄 저녁이라 그는 회색의 나사(羅紗, 두꺼운 모직물) 양복 차림에 보랏빛 비단 무늬의 나비넥타이를 매고 새하얀 옷깃을 받쳐 입고 있었다. 그의 얼굴 가득 한없는 기쁨의 표정이 어려 있었다. 창 너머의 해 그림자는 천천히 맞은편 화원 속의 누각 지붕으로 옮겨가고, 무지갯빛 어린 금빛 석양의 잔광은 흰 배와 푸른 날개를 지닌 채 하늘을 나는 비둘기 떼를 되비치는데, 그 반짝이는 빛에 눈이 부셨다. 비둘기 떼가 하늘로 날아올라 우는 소리 역시 마치 자연의 아름다움을 마음껏 드러내는 것 같았다.

화실 안은 고요하고 차분하며 평온한 분위기로 가득 차 있었다. 한수원은 비스듬한 탁자에 기대어 맞은편의 벌거벗은 미인의 윤곽을 세밀한 붓 터치로 그려내고 있었다. 그는 그제의 기쁨을 가슴속에 간직한 채 지금 그의 온 예술적 천재성을 동원하여 그 생동감 넘치는 누드모델을 꼼꼼히 살펴보았다. 충이(瓊逸) 여사는 서쪽 창 아래 수놓은 타올이 깔려 있는 소파 위에 비스듬히 누운 채 자신의 턱을 어루만지고 있었다. 부드럽고 매끈한 머리카락이 자연스럽게 풀어진 채 흘러내렸다. 촉촉함 가운데 연분홍빛을 띠고 있는 피부빛과 한눈에도 깊은 감동을 안겨주는 두 눈동자, 그리고 머리카락에 반쯤 잠겨 있는 귓바퀴의 윤곽은 형언할 수 없는 아름다움을 드러내고 있었다. 허리에 비스듬히 걸친 밝고도 얇은 빨간 비단은 소파 위에 반쯤 쌓여 있고, 반쯤은 바닥의 양탄자 위에 끌려 있었다.

물결처럼 고운 비단 속에는 고운 옥 같은 몸매가 비단의 색깔과 잘 어울린 채 슬쩍 드러나 보였다. 아무것도 신지 않은 맨발은 대단히 매끈하고 깨끗하여 마치 운모석을 깎아 만든 것처럼 보였다. 자연스럽고 평온한 그녀의 태도는 상념에 잠긴 듯 만 듯한 표정을 한결 더 풍기고 있었다. 유리창은 비단결의 장막으로 가려져 있지만, 옅은 햇빛이 그녀의 몸에 비쳐 고요함을 자아내는 광경을 더욱 드러냈다.

두 사람은 아무 말이 없었다. 화실 안은 예술적 의미와 그윽한 향내로 충만했다. 그 향내는 조그마한 탁자 위의 작약꽃 향기와 그녀의 육체에서 풍겨오는 향기였다. 이 화가의 영혼은 이 향내에 깊이 빠져들었다.

두 시간 반이 흘렀다. 홀연 창 너머에서 목소리가 들려왔다. 한수원은 여태껏 남의 목소리로 작업이 방해받는 걸 용납지 않았다. 이때 홀린 듯 온 정신을 다해 그림을 그리면서 자신의 예술적 재능을 발휘하던 터라, 그 목소리는 그의 마음을 흩뜨려버렸다. 정성스럽게 붓 터치를 계속하려 해도, 그의 생각은 오르락내리락하여 어떻게 해도 안정시킬 수가 없었다. 뜻밖에 전해진 문 두드리는 소리는 그의 사념을 깨트리고 말았다. 잇달아 이어지는 초인종 소리가 크게 울렸다. 그는 화가 치밀었다! 더 이상 그릴 수가 없어서 그는 붓을 던져버리고서 화실을 뛰어나갔다. 대문 입구에 이른 순간 그는 저도 모르게 머리를 돌려 충이를 바라보았다. 그녀는 손으로 턱을 어루만지면서 미동도 하지 않았다. 새하얀 팔뚝 위의 살갗 속 정맥이 똑똑히 보였다.

대문이 열렸다. 얼핏 보니 신문기자 같기도 하고 선생 노릇을 하는 젊은이 같기도 했다. 그는 정교하게 만든 엷은 벨벳 모자를 손에 들고 바람을 부치고 있었다. 날씨가 별로 덥지도 않은데 그의 머리에는 땀방울이 맺혀 있었다. 그의 얼굴빛은 창백한 가운데 활달하고 빼어난 기색을 드러내고 있었다. 문이 열리자 한수원이 말할 틈도 주지 않은 채 성큼 들어서면서 말했다.

"미스터 한이…… 당신입니까?"

한수원은 갈피를 잡을 수 없었다. 원래는 엄청나게 화가 나 있었는데, 이제 의혹이 더해져 급히 말했다.

"그렇소. 나요만……."

"잘됐네요. …… 화실이 어딥니까? ……흥, ……대화가! ……." 말을 끝내기도 전에 안으로 뛰어들려고 하자, 한수원이 그를 가로막으며 물었다. "젊은이, ……당신은 누구요? 왜 이러는 거요? ……"

"나? ……《일일신문》의 기잔데…… 충이 여사 안에 있지요?……"

그는 대꾸하면서 날카로운 눈빛으로 한수원을 주시했다. 수원은 그가 어떤 사람인지 알게 되자 저도 모르게 화가 치밀어 젊은이의 팔을 붙들어 밖으로 끌어내려 했다. 바로 이때 충이 여사가 빨간 비단 가운 차림으로 화실의 서쪽 창을 열더니 깜짝 놀란 목소리로 말했다.

"누군가 했더니 당신이로군요…… 당신! 미스터 한, 그 사람을 방으로 들여보내주세요."

가슴 가득한 분노를 젊은이에게 터뜨리려는 참에 뜻밖에도 충이 여사가 창안에서 이렇게 말하자, 그는 그 사람을 자신의 화실로 들어가게 했다. 그는 손가락이 부들부들 떨릴 지경이었다. 그 젊은이는 그를 안중에도 두지 않은 채 화실로 뛰어들었다. 수원 역시 벌건 얼굴에 숨을 거칠게 내쉬면서 그를 따라 들어왔다.

충이는 기쁨이 가득한 얼굴로 빨간 비단 가운을 걸치고 있었다. 윤기 나는 촉촉한 눈동자는 한없는 즐거움을 담고 있었다. 젊은이가 들어오자, 그녀는 두 손으로 그의 양팔을 꼬옥 잡았다. 그러나 젊은이는 방 안의 화구, 그리고 엷은 비단을 걸쳐 입은 알몸을 보더니 그가 들은 말이 전혀 틀린 게 아니라는 걸 느꼈다. 그의 얼굴이 약간 붉어지더니 금세 노기등등해져 아무 말도 하지 않은 채 그녀의 손을 붙잡고서 수원을 바라보았다. 이때 수원의 마음속 예술성은 이미 남김없이 사라져버리고, 심령 중에서 뜨거운 화염이 뿜어져 나와 얼굴은 불처럼 뜨거워졌다. 도저히 견딜 수가 없어서 그 젊은이를 당장 때려죽여버리고 싶은 생각이 간절했다. 그렇게 해서는 안 된다는 걸 알았기에 그는 내동댕이치듯 힘껏 안락의자에 앉았다. 그 힘이 너무 거칠었던지 의자의 용수철이 움푹 파였다. 충이는 움켜잡은 젊은이의 손이 얼음처럼 차다는 걸 느끼면서 이상하다고 생각했다.

젊은이는 그녀에게 차디찬 부자연스러운 미소를 띠는 것 말고는 아무 말도 하지 않았다. 방금 문을 두드렸을 때의 노기는 이미 사라져버린 채 우울한 기색으로 바뀌었다. 그녀는 눈물이 글썽글썽했다. 얼마 후 옷을 갖추어 입은 그녀는 수원에게 작별의 인사도 건

네지 않은 채 젊은이와 나란히 나가버렸다.

수원은 아무 말도 하지 못한 채 젊은이를 따라 나가는 그녀의 뒷모습을 멀거니 바라보았다. 하얀 비단치마의 옷자락 무늬의 흔들림이 마치 실의에 빠진 그를 비웃는 것만 같았다. 젊은이에 대한 그녀의 친밀한 태도를 보자 당장이라도 그와 결투하지 못하는 게 한스러웠다. 어찌된 일인지 그의 원래의 예술성은 완전히 사라져버렸다! 그는 그녀가 누드모델을 해주러 올 시각이 지났음을 까맣게 잊고 있었다. 그의 눈에는 소파 위에 비스듬히 누운 그녀의, 운석을 깎아 만든 듯 탄탄하고 아름다운 몸매가 여전히 보이는 듯했다. 그는 몹시 원망스러웠다. 온몸이 부들부들 떨렸다. 억지로 몸을 일으켜 소파 곁으로 다가갔다. 달콤한 향기가 그의 후각을 간지럽혔다.

그녀는 젊은이와 함께 한 화가의 대문을 나왔다. 그녀의 마음속은 저도 모르게 얼마나 괴로웠던지 젊은이에게 바싹 달라붙지 않고서는 견딜 수가 없었다. 하지만 젊은이는 냉혹하고 창백한 얼굴로 그녀를 대했으며, 때로 그녀의 얼굴을 노려보기도 했다. 두 사람은 아무 말이 없었다.

거리 모퉁이를 두 번 굽이돌자, 느닷없이 치지직 하는 소리가 들려오더니 화려한 자동차 한 대가 맞은편에서 돌진해왔다. 차에는 운전수 한 사람만 타고 있었는데, 예복 차림에 배지를 차고서 실크 모자를 눈썹까지 깊숙이 눌러 쓴 채 얼굴 가득 노기를 띠고 있었다. 쉰 살이 넘어 보이는 관리였다. 그의 모습을 보아하니 어느 연회에서 오는 길인 듯했다. 그러나 그의 자동차가 지날 때 충이의 눈빛이 날카로워졌다. 그녀는 피어오르는 먼지 속에서 차에 탄 이 사람을 보고서 깜짝 놀라지 않을 수 없었다! 이 차량이 가는 노선은 바로 그들이 한수원의 집에서 오던 길이었다. 이때 온갖 생각이 마음속에 파고들면서 의문이 들었다. 어떻게 하루 만에 이렇게 기이한 일들을 겪는 거지?

잠시 후 이 자동차는 한수원 화가의 대문 앞에 멈춰 섰다. 오십여 세의 이 남자는 모던한 예복 차림에 가슴을 쭈욱 내민 채 제법 무거워 보이는 지팡이를 들어 정교하게 옻칠한 대문을 있는 힘껏 마구 두들겼다. 그는 초인종을 누른다는 건 잊은 듯했다. 한 시간이 채 지나지 않아 한수원의 문전은 두 번이나 두들김을 당했다. 이 소리는 화가의 마음을 더욱 격렬하게 뒤흔들었다. 겹겹이 쌓인 노기가 끓어올라 그의 마음을 갈기갈기 찢어 놓는 바람에 그는 미쳐버릴 것만 같았다.

오십여 세의 관리는 한수원과 대문 앞에서 마주섰다. 한수원이 그를 화실로 들여보내지 않았기 때문이다. 이 관리는 오만한 눈빛으로 수원의 노한 듯 미친 듯한 얼굴을 째려보았다. 그의 교활한 눈초리에는 이 화가를 깔보는 태도가 역력했다. 수원은 그를 보자 더욱 분노가 치밀었다. 두 사람은 아무 말이 없더니 듣기 거북할 정도로 거친 소리로 외쳤다. 수원은 두 손으로 힘껏 허리를 받친 채 말했다.

"악당! ……악독한 관리놈! 네게 권력이 있다고? ……흥, ……우리집 대문 앞을 더럽히려고 왔나!"

"허허! 이런 건달 같은 놈, 고등 사기꾼놈아! 사회에서는 돈이

나 명예 따윈 아무것도 아니라고 속이더니, 누드니 뭐니 따위를 그린다는 핑계로 그 여자를 속여! 너, 잘 들어…….”

이때 관리의 눈은 이미 사팔뜨기가 되었는데, 마지막 말에 이르러 아주 단호한 태도를 보였다.

“……뭔데? …….”

“사기꾼놈의 자식! ……앞으로 다시는 그녀를 화실로 끌어들이지 마라, ……흥! ……내 말대로 하지 않으면 ……알아들었어? ……그녀는 내 거야! …….”

교활한 관리의 말이 채 끝나기도 전에, 얼굴에 뭔가 부딪치는 소리가 일더니 눈앞이 깜깜해진 느낌이 들었다. 알고 보니 이때 온화하고 조용한 예술성을 잃어버린 채 미치광이가 되어버린 한수원이 관리의 말을 듣자 도저히 참을 수가 없었던지, 그의 옷깃을 붙들고서 주먹으로 그의 얼굴을 힘껏 내리쳤던 것이다.

이리하여 두 사람은 문 앞 돌계단 앞에서 드잡이를 벌이게 되었다. 지팡이는 부러지고 누구의 것인지는 모르지만 금단추가 발에 짓밟혔다. 두 사람의 가지런했던 머리카락은 마구 흐트러졌으며, 한수원의 보랏빛 비단무늬 나비넥타이도 찢겨지고 말았다. 그들, 관리와 화가의 엄숙하면서도 점잖은 태도는 깡그리 사라지고 말았다. 마음속 미망의 미친 듯한 열기가 그들의 온몸을 태워버렸다!

늦봄의 저녁바람은 어느덧 차가운 기운이 사라지고 꽃향내만을 머금은 채 호수의 푸른 물결 위로 불어오고 있었다. 약간 흐린 날씨에 어두운 구름 조각이 파란 하늘빛을 가리고 있는데, 때로 구름 속에서 놀빛이 새어나오기도 했다. 놀빛은 호숫가의 버들잎에 비쳐 신선하고도 연한 빛을 뿌리고, 그 빛은 거울 같은 호수 위에 되비쳤다. 바람소리가 살랑거리자 버들잎도 바람 따라 사삭사삭 소리를 냈다. 차츰 사방은 안개에 뒤덮였다. 마치 수없이 많은 작은 흰 점들이 사진동판에 찍힌 자그마한 점처럼 대지에 자욱해졌다. 이 시외의 호숫가는 풍광이 가장 아름다운 곳인데, 지금 이때의 풍경은 온통 안개 속에 파묻힌 채 똑똑히 보이지 않았다. 호숫가에는 정자가 하나 있었다. 놀이객이 잠시 쉬어가도록 만든 곳이었다. 무슨 까닭인지 충이는 자신도 모르게 홀로 이곳 정자로 달려왔다.

그녀는 왜 누드모델을 하러 한수원의 화실에 가지 않았을까? 공연하러 극장에 가지 않았을까? 이 봄날의 황혼에 시외로 달려 나와 흐릿한 안개의 장막이 깃든 정자에서 홀로 깊이 생각에 잠겨 있다니!

그녀는 우아한 옷차림에 얼굴에는 몹시 우울한 낯빛을 띠고 있었다. 예전의 포동포동하고 윤기 흐르던 얼굴은 어느덧 파리해지고 눈가도 거무스름해졌다. 그녀의 맞잡은 손은 전혀 힘이 없어 보였다. 주위의 안개와 물, 바람 부는 대로 하늘거리는 버들잎 소리, 그리고 저녁에 날아돌아오는 참새 떼들의 지저귀는 소리가 모두 그녀에게 달려들어 그녀의 마음을 더욱 울적하게만 만드는 것 같았다. 그녀는 안개가 자욱한 정자 안에서 흐릿한 호수의 풍광을 바라보았다. 그녀는 생각에 잠겼다.

나와 알고 지내는 몇 년간 그는 늘 친절하고 진지하며 다정했어도 아무 일이 없었지! 내가 누드모델이 되어준 건 부끄러운 일이 아니야. 유명화가의 예술품이 되도록 도와주었을 뿐 아무 관계도 없어. 금방 그걸 알고 그곳으로 찾아와 내가 무슨 큰 죄라도 저지른 양 그렇게 냉담하게 대하고, 그 이후로 나를 마치 낯선 사람 대하듯 하니, 이게 도대체 무슨 뜻일까? ……한수원도 참 이상한 사람이야. 내 친구가 날 찾아오는 게 뭐가 대단한 일이라고, 마치 남이 자신의 밑그림이라도 빼앗아간 양 그렇게 화를 내는 거야? ……내 영혼은 내 자신의 몸 안에 존재해!…… 여기까지 생각하고서 사방을 바라보니, 안개는 더욱 짙어지고 아무 소리도 들리지 않았다. 그녀는 자신도 모르게 생각을 이어나갔다. 그 밉살스러운 교활한 관리놈. 듣자하니 나중에 한수원과 한바탕 다투다가 경찰이 무마했다지. 내게 치근덕거리더니 내가 만나주지 않으니까 세상에 온갖 더러운 소문을 뿌리다니! 이제 내가 사랑했던 사람은 나를 찾아오지도 않고 더 이상 사랑하지도 않아! 화가는 미치광이가 되어버린 채 더 이상 예술생활도 하지 않아! ……참 이상하지? ……그래, 마침내 내가 자유를 얻은 거야! ……세상 사람들은 왜 나 같은 사람을 이리도 못살게 구는 거지?

이런 생각이 들자 그녀의 마음은 냉수를 끼얹은 듯 벌벌 떨려왔다. 사방은 정적에 잠긴 채 고요하고, 안개는 차츰 걷혔다. 몽롱한 구름 속에서 한 줄기 달빛이 새어나와 안개에 덮인 호수 위로 내리비쳤다. 어둑어둑한 황혼은 그녀를 깊은 생각에 잠기게 했지만, 안개 속에 내리비치는 달빛은 그녀의 마음을 여전히 울적하게 만들 뿐이었다!

한참 동안 깊은 생각에 잠겨 있던 그녀는 귓가에 홀연 꾸욱……꾸욱 하는 소리가 들려와서야 꿈에서 깨어났다. 미풍이 살랑살랑

불어왔다. 고개를 치켜들어 달빛을 빌려 바라보았다. 알고 보니 갈매기 한 마리가 곁에서 날아올라 옅게 안개 낀 호수 속에 잠겨 사라진 것이었다.

1920년 12월

쉬디산의 본적은 광둥성(廣東省) 제양(揭陽)이며, 본명은 쉬짠쿤(許贊堃), 필명은 뤄화성(落花生)이다.

1921년에 정전둬(鄭振鐸), 선옌빙(沈雁冰) 등과 함께 문학연구회(文學研究會)의 창립을 발기했으며, 문학연구회 회원으로 활동했다. 《그물 치는 거미(綴網勞蛛)》, 《상인의 아내(商人婦)》, 《해방자(解放者)》, 《봄복숭아(春桃)》 등의 단편소설집, 산문집 《텅 빈 산에 내리는 비(空山靈雨)》 등을 남겼다.

이 책에 실린 〈그물 치는 거미(綴網勞蛛)〉는 1922년 2월 《소설월보(小說月報)》 제13권 2호에 발표되었다.

쉬디산

(許地山, 1894~1941)

그물 치는 거미 綴網勞蛛

"나는 거미,
운명은 나의 그물."
나는 그물을 다 짜고서
한가운데에 거처한다.

아, 나의 그물은 언제 찢어졌을까!
이렇게 망가지면 나는 어찌 살라고?
삶의 위대한 신은 말하네: "그물을 기워라."
세상에 찢기지 않는 그물은 없네.

내 그물을 다시 짜면
거북의 기둥에 짜리라.
옥구슬의 발과 난간을
혹 무너진 우물과 쓰러진 담,

인적 끊긴 덩굴풀 속에 짤까?
삶의 위대한 신은 내 머리를 쓰다듬으며 말하네:
“스스로 선택하라,
네가 있는 곳마다 번창하고 형통하리니.”

그럴지라도 내가 짜는 그물은 전처럼 연약하여
외력의 충격을 당해내지 못하리니;
내 그물의 형태는 예전처럼 가지런하여—
평행한 실이 이어져 팔각형, 십이각형을 이룰까?
그는 ‘삶의 만화경’을 내게 건네며 말하네:
“안을 보거라,
네가 좋아하는 대로 짜이리라.”

아, 만화경 속의 갖가지 형상과 색깔은
여전히 예와 다름이 없구나!
부탁건대 두 번째 것을 내게 주오,
내 신중히 골랐으니.
“어이구, 욕심 많되 지혜 없는 버러지!
이제부터 혼돈으로 되돌아가라
속에 전과 똑같은 형식이 있다고 말한 이는 여태껏 없었나니.
가거라, 삶의 구조는 이 수십 알의 ‘채색유리 부스러기’로 덧없이 빚어진 것.

두 번째 삶의 만화경은 더 이상 볼 필요가 없느니라."

그날 밤의 달빛은 유난히 밝았다. 오직 수시로 불어오는 미풍만이 동산 가득한 꽃 그림자를 쉼 없이 흔들면서 소리를 냈다. 흰빛이 야자 잎새에서 내려와 상제(尙潔)와 그녀의 손님 스(史) 부인의 몸을 비추었다. 그들 두 사람의 얼굴 모습은 이때 물론 똑똑히 알 수 없었다. 하지만 두 사람이 나누는 음성은 그윽한 메아리처럼 조금도 모호하지 않았다.

주위의 물건들은 그들에게 밀담을 나누라는 듯이 정적 속에 잠겨 있고, 나무 위의 새는 부리를 날개 속에 끼우고 있으며, 풀 속의 벌레들도 소리를 낼 엄두를 내지 못했다. 상제 가까이의 위리(玉狸) 역시 주인의 목소리를 자장가 삼아 코를 골며 깊이 잠들어 있었다. 그녀는 고운 손으로 위리를 쓰다듬었다. 눈빛은 그녀의 손님 몸을 주시한 채 느릿느릿 말을 꺼냈다. "뒤쿠이(奪魁) 부인, 바깥의 쓸데없는 소리는 들을 게 못되어요. 이 일을 전 전혀 개의치 않습니다. 전 운명이 정해져 있다는 견해를 믿지 않지만, 일이야 되어가는 대로 처리해야지요. 미리 방법을 의논할 필욘 없어요."

손님은 냉정한 이야기를 듣더니 애가 달아 말했다. "당신은 자신의 앞날에 너무나 무관심하네요! 오래도록 염려하지 않으면 닥쳐오는 위험을 피할 길이 없어요. 남의 이야기야 믿을 게 못되지만, 당신의 태도를 분명하게 내보여서 의심을 사지 않는 게 좋아요."

상제는 아예 위리를 품안에 안더니 머리를 숙인 채 쓰다듬고만 있었다. 잠시 후 그녀가 냉소를 비치면서 말했다. “허허, 둬쿠이 부인, 당신의 말씀은 틀렸어요! 위험은 내다본다고 피할 수 있는 게 아니에요. 한 시간 후의 일도 우린 정확히 알지 못하는데, 서너 달 혹은 이삼 년이나 오래도록 염려할 수 있겠어요? 내가 잠시 후에 위험에 부딪치지 않고 오늘 밤에 편안하게 잠들 수 있으리라 장담할 수 있겠어요? 설사 오늘 밤에 위험이 닥치리라 정확히 알고서 지금 계획을 짠다 해도 시간이 촉박할 걸요?

우린 모두 자욱한 안개 속을 걸어가고 있는 셈이니, 몸에서 두세 자 벗어나면 앞길의 광경을 누가 알 수 있겠어요? 성경에서 ‘내일 일을 자랑하지 마라, 하루 사이에 무슨 일이 생길지 알 수 없을 터이니’라고 했는데, 잊으셨어요? 아, 우리 모두는 아득한 묘망 속에서 와서 묘망 속에 살다가 묘망 속에서 사라지는 거예요. 이 안개 속에 갇힌 생명의 여정 속을 걷는 게 두렵다면, 차라리 발걸음을 멈추는 게 나을 겁니다. 만약 이리저리 노니는 흥취가 있다면, 설사 앞날과 사방의 광경이 흐릿하여 마음이 즐겁지 않을지라도 가야지요. 어쨌든 앞으로 나아가야지 무얼 염려하세요?

우리의 이전 일이야 당신이나 이곳에 잠시 머무는 일반 사람이나 모두 잘 알지 못해요. 저는 자신의 명예를 더럽히고 싶지도 않고 차마 그 사람에게 창피를 주고 싶지도 않아요. 기왕에 당신이 내게 태도를 명확히 하라고 했으니 이전 일을 당신에게 들려드려야겠는데, 잠시 비밀은 지켜주셔야 해요.

이치를 따지자면야 저도 그의…….”

스 부인이 그녀의 말이 끝나기도 전에 몸을 일으키더니 놀란 표정을 지으면서 고개를 돌려 초조한 음성으로 입을 열었다. “무슨 말씀을, 이게 또 이상하게 되었네요!”

“이건 이상한 일이 아니에요. 잠시 제 이야기를 들어보세요. 들어보면 제 뜻을 알 수 있을 거예요. 전 본래 남의 민며느리여서 이제껏 남과 혼례를 치러본 적이 없어요. 다시 말해 부부의 명분이란 제 몸에 아무 소용이 없다는 겁니다. 당시 난 결코 그를 사랑하진 않았지만, 그의 도움으로 잔악한 시댁에서 탈출할 수 있었어요. 이곳에 와서 추세의 형편에 따라 그를 남편으로 받아들일 수밖에 없었지요…….”

“알고 보니 당신들 집에 그런 특별한 역사가 있었군요. …… 그럼, 당신은 창쑨(長孫) 선생에 대해 정신적인 관계없이 부자연스럽게 결합한 것에 지나지 않다고 할 수 있겠네요?”

상제는 엄숙하게 대꾸했다. “제게 애정이 없었다고 말씀하시는 거예요? 물론 전 남의 몸에 남녀의 애정을 사용해본 적도 없고, 남이 내게 준 것이 진짜인지 가짜인지 따져본 적도 없어요. 부부란 명목상의 일에 지나지 않아요. 사랑하고 안 하고는 정신적 생활에 약간 영향을 미칠 수 있을 뿐, 가정의 조직과는 아무 상관이 없어요.

그가 얼마나 나의 비위를 맞추려고 애썼는지는 저를 아는 사람이라면 다 알고 있지요. 하지만 저는 그의 사랑을 받아들이지 않았어요. 그가 자신의 행위를 한 번도 신중히 하지 않았기 때문이에요. 그가 즐기는 게 많고 성질이 나쁘다는 건 당신도 잘 알잖아요? 교회에 갔다가 나를 창쑨커왕(長孫可望)의 부인이라고 남들이 말하는 걸 들으면 얼마나 창피했다고요. 사랑하지 않는 사람이 주는 사랑이란 다 거짓이라고 늘 생각해왔거든요.

전 그를 사랑하지 않았지만, 집안일은 마땅히 제가 해야 한다고 여겼는지라 기꺼이 해왔어요. 가정은 공적이지만 애정은 사적이니까요. 우리 두 사람의 관계는 정말로 이랬어요. 남들은 저와 탄(譚) 선생의 일을 그르다고 하더군요. 제 가정이 이미 이렇게 되었으니, 제가 어찌 그 사람을 망칠 수 있겠어요?"

스 부인이 말했다. "이제야 당신들 일의 진상을 알았어요. 돌아가 스 선생에게 알려 쓸데없는 소리를 너무 믿지 말라고 해야겠어요. 당신이 착하고 선량한 여자인 걸 알게 되었으니, 하나님께서 틀림없이 도우실 거예요." 그녀는 손으로 상제의 어깨를 가볍게 툭툭 치고서 자리에서 일어나 작별을 고했다.

상제는 그녀를 데리고 꽃그늘 아래를 걷다가 입을 열었다. "이 일의 자초지종을 스 선생께 알려주시길 바라요. 내가 탄 선생과 비밀스러운 관계를 맺고 있다면서 나를 음란한 여자라고 보는 바깥소문에 저는 개의치 않아요. 그 사람조차도 여러 날 돌아오지 않는 걸요. 그는 아마 이 일로 화가 났겠지만, 전 절대 변명하지 않아요. 세상에 진심을 꺼내어 보여줄 수 있는 사람은 아무도 없어요. 설사 꺼낼 수 있다 해도 아무도 제대로 보지 못할 거예요. 그렇다면 제가 입이 아프도록 말할 필요가 있을까요? 사람이란 선입견을 갖게 되면 참모습을 보려고 하지 않지요. 사람마다 선입견이 있는지라 똑같은 일이라도 평가는 사뭇 다를 수밖에 없지요. 이 역시 당연한 일이에요. 남들이 어떻게 나를 비판하고 그가 나를 어떻게 의심하든, 스스로 부끄러움이 없고 하늘의 별과 땅속의 벌레에게 낯부끄럽지 않으면 그만이에요. 안심하세요. 일이 제게 닥칠지라도 대처할 길이 있으니까요. 제 뜻은 이렇습니다. 틈이 나면 다시 이야기하지요."

그녀는 손님을 문까지 배웅하고서 위리를 안고 자기 방으로 왔다. 때는 어느덧 늦은 시각이었다. 달빛은 창문으로 들어와 탁자 위와 잠자리 위에 머문 채 방 안의 물건을 납빛으로 물들였다. 그녀는 창가로 손을 뻗어 벨을 눌렀다. 잠시 후 하녀 퉈냥(妥娘)이 올라왔다. 그녀가 물었다. "페이허(佩荷) 아가씨는 잠들었니?" 퉈냥이 문가에서 대답했다. "진즉 잠들었어요. 밤참이 준비되어 있으니 올려드릴까요?" 그녀는 이렇게 말하면서 전등을 켰다. 일순간에 방 안이 밝아졌다.

등불 아래에서야 침상 위에 비스듬히 누워 있는 상제가 보였다. 깜박이는 눈동자, 부드러운 턱과 뺨, 양파 같은 코, 버들잎 같은 눈썹, 복숭아 틈새 같은 입술, 두드러져 보이는 헝클어진 머리…… 온갖 아름다움이 그녀의 머리에 한데 모여 있었다. 그녀의 체격은 딱 알맞은 정도였다. 입에서 나오는 목소리는 음절이 맞아 음악을 알지 못하는 사람일지라도 그녀의 말을 들으면 리듬을 느낄 수 있었다.

퉈냥이 전등을 밝히자, 그녀가 말했다. "전등을 꺼버리렴. 빛이 너무 강해서 편치가 않구나. 스 부인에게 밤참을 내드릴 걸 깜박했구나. 나도 시장기가 없으니 올릴 필요 없다. 너희도 가서 쉬려무나. 물건은 잘 정리해두고, 양초 하나만 가져다주렴."

퉈냥은 그녀가 시키는 대로 즉시 불을 끄더니 말했다. "선생님께서는 오늘 밤도 돌아오지 않으실 모양인데 대문을 잠글까요?"

"그래, 영원히 돌아오지 않으실 모양이구나. 너희 다 먹고 나면 문단속 잘하고 각자 쉬도록 해라. 밤이 깊었다."

상제는 달빛으로 가득 찬 방 안에 홀로 앉아 있었다. 탁자 위에는 양초가 삼분의 이 넘게 탔는데, 살랑거리는 바람에 불꽃이 일렁거렸다. 머지않아 양초의 촛농도 다할 것이다. 그녀는 자리에서 일어나 촛불을 방 모퉁이의 창문 앞에 있는 자그마한 탁자 위로 옮겼다. 거기에는 쿠션이 하나 있고, 몇 권의 성경과 기도문이 놓여 있었다. 그녀가 매일 밤 잠들기 전에 하는 공부는 이 쿠션 위에 꿇어앉아 성경 두세 구절을 묵송하거나 기도문 몇 구를 암송하는 것이었다. 다른 일은 잊어버릴지라도 이 성스러운 일만큼은 소홀히 하지 않았다. 그녀는 거기에 꿇어앉아 한참 동안 명상에 잠겼다가 눈을 부릅떴다. 불빛은 언제인지 모르게 촛대에서 사라진 지 오래였다.

그녀는 벌떡 일어나 침구를 알맞게 정리하고서 잠자리에 들었다. 하지만 그녀가 어찌 잠들 수 있겠는가? 달빛도 빈객의 예를 좇아 방해하지 않은 채 천천히 그녀와 작별하고서, 동산으로 물러가 꽃과 풀, 나무와 바위 등의 친구들을 둘러보고 떠났다!

달은 작별하고 떠났지만, 그녀는 여전히 눈 한 번 깜짝하지 않은 채 창 너머 하늘을 바라보고 있었다. 마치 마음속 비밀을 하소연이나 하듯이. 그녀는 침상에 누워 몸을 뒤척이다가 홀연 동산 속에서 '쿠당' 하는 날카로운 소리를 들었다. 그녀는 일어나 창가로 다가가 밖을 살펴보았지만, 겹겹의 나무 그림자와 밤안개로 빽빽이 뒤덮여 있는지라 아무것도 보이지 않았다. 그녀는 살금살금 2층에서 내려와 톼냥을 불러 깨우고서 동산 속에 가서 그 괴이한 소리가 어디에서 난 것인지 살펴보도록 했다. 혼자서 갈 엄두가 나지 않았던지, 톼냥은 문간방으로 가서 퇀거(團哥)를 깨워 함께 담에 가서 살펴보자고 부탁했다. 퇀거도 자리에서 일어났다.

톼냥이 간 지 얼마 지나지 않아 돌아왔다. 그녀는 웃음 띤 얼굴로 말했다. "무언지 알아맞혀 보세요? 알고 보니 운수 사나운 도둑이 담 밑에 쓰러져 있네요. 다리를 다치고 머리도 부딪쳐 상처가 나서 땅바닥에 피가 흥건한 채 꼼짝도 못해요. 퇀거가 싸리나무채로 때리고 있어요."

상제는 이 말을 듣고서 방금 전에 지녔던 공포가 한순간에 자애로운 심정으로 바뀌었다. 그녀는 톼냥에게 대꾸할 겨를도 없이 담 밑으로 달려갔다. 퇀거는 거기에서 "이런 쳐 죽일 놈의 자식…… 못된 놈……"이라고 욕하면서 신나게 때리고 있었다. 상제는 담 밑에 이르자마자 그를 제지한 다음, 그와 톼냥에게 상처 입은 도둑을 방 안으로 옮기라고 명했다. 그녀가 그를 자신의 침대 위에 눕히도록 하자, 하인들은 못마땅한 기색이 역력했다. 도둑놈을 이렇게 잘 대우해서는 안 된다고 생각했기 때문이다.

상제는 그들의 속마음을 알아채고서 말했다. "도둑질까지 할 지경으로 내몰린 사람이 제일 불쌍한 거예요. 만약 당신들도 제대로 기회를 잡지 못했다면 아마…….” 여기까지 말하고서 그녀는 자신의 실언으로 인해 그들이 언짢아할까봐 얼른 말을 바꾸었다. “만약 당신들이 그의 처지를 안다면 당신들도 자상하게 돌봐줄 거예요. 상처 입은 사람을 보았으니 어쨌든 구호해야 마땅하지요. 당신들도 늘 ‘고난에 처한 사람을 구제하라’는 말을 들어보았지요. 근심과 환난을 당하면 엉겁결에 입을 잘못 놀릴 때도 있잖아요? ‘저 사람은 고난에 처한 사람이다’라고 생각하여 잘 보살펴주면 안 될까요? 피가 저 쿠션에 묻을까 염려하지 말고 어서 그를 누이세요.” 퇀거는 그를 부축하여 누이면서도 입으로는 웅얼거렸다. “그럼 우리가 저 놈을 위해 의사도 불러줘야 하나?”

“잠깐만, 등을 가까이 비춰보세요. 내가 좀 살펴볼게요. 상처를 치료하는 건 내가 그래도 전문가이니까요. 퉈냥, 위층에 올라가 비상구급약 상자를 가져와요.” 그리고 다시 퇀거에게 말했다. “당신은 물을 한 대접 떠와요.”

하인들은 지시한 대로 각자 일을 처리하러 갔다. 그 도둑은 눈을 감고 있었지만 방금 상제가 한 말을 모두 똑똑히 듣고 있었다. 마음속에 솟구치는 감동이 자신이 도둑임을 잊게 해주어, 그가 마치 세계에서 가장 사랑받는 젊은이라는 느낌이 들었다. 이런 대우는 아마 평생 최초로 받아보았을 것이다. 그는 신음을 토해내더니 낮은 목소리로 말했다. “자비로운 부인, 보살님께서 부인을 보우하실 겁니다!”

그의 태양혈 근처가 심한 상처를 입었고, 다리 부위의 상처는 그다지 심하지 않았다. 그녀는 약솜에 물을 적셔 상처 주위의 핏자국을 깨끗이 닦아낸 다음 붕대로 싸맸다. 일이 마무리되자 날이 어느덧 밝아 있었다.

그녀가 옷을 바꾸어 입기 위해 막 몸을 돌려 위층으로 올라가려던 순간, 밖에서 문을 두드리는 소리가 들려왔다. 그녀는 발걸음을 멈추고서 말했다. "이렇게 이른 시각에 누가 문을 두드리지?"

"경찰인가 봐요."

퉈냥이 이렇게 말하자, 그녀는 초조한 빛으로 물었다. "누가 경찰에 알렸어요?" 부인의 침대위에 누워 있던 도둑은 경찰이 왔다는 소리를 듣고서, 즉시 일어나 바닥에 무릎을 꿇고 빌지 못하는 게 한스러운 듯했다. 하지만 이러한 표정은 피곤에 절어 있는 그의 두 눈에 분명하게 드러났다. 상제는 그 앞으로 달려가 그를 달랬다. "경찰에 알리라고 하지는 않았어요……." 이렇게 말하는 동안 문밖에서 다가오는 발걸음이 방 안으로 들어왔다.

들어온 사람은 경찰이 아니라 이 집의 주인인 창쑨커왕이었다. 그는 상제가 잠옷차림으로 거기에 선 채 누워 있는 사내와 이야기를 나누고 있는 것을 보고, 불같은 분노가 몸의 팔만사천 개의 구멍에서 터져 나왔다. 그는 첫 마디로 물었다. "저자는 누구요?"

이 질문은 상제를 참으로 난처하게 만들었다. 그 상처 입은 사람의 이름조차 물어본 적이 없고, 그렇다고 도둑이라고 말할 수도 없었기 때문이다.

"저 사람…… 저 사람은 부상을 입은 사람인데요……."

커왕은 말이 끝나기도 전에 그녀의 손을 붙들고서 말했다. "당신이 한 짓을 난 이미 알고 있었소. 요 며칠 돌아오지 않은 채 당신의 거동을 유심히 살펴보고 있었는데, 오늘 제대로 꼬리가 잡힌 거요. 내가 당신의 기대를 저버린 적이 있었소? ……함께 올라가 우리 천천히 이야기를 나누어봅시다." 불문곡직한 채 그는 그녀를 끌고 올라가려 했다.

곁에 있던 퉈냥은 사태가 심상치 않음을 보고서 큰 소리로 외쳤다. "저 사람은 도둑이에요!"

"전 도둑입니다, 도둑!" 그 불쌍한 사람도 외쳤다. 커왕은 그를 쳐다보더니 코웃음을 치면서 말했다. "당신이 도둑인 줄은 나도 알아. 굳이 이름을 밝힐 필요는 없어. 잠시 쉬고 있어."

침실로 들어와 커왕이 말했다. "묻겠소만, 내가 당신에게 낯부끄러운 짓을 한 적이 있소? 당신이 학교에 다니고 싶다고 해서 곧바로 보내주고, 교회에 다니고 싶다고 해서 특별히 당신을 위해 차편도 마련해주었소. 이제 당신이 배움이 늘고 신자가 되었는데, 학교가 당신에게 이렇게 하라고 가르치고 교회가 이렇게 하라고 가르칩디까?"

그의 말은 그녀가 왜 변심했는지를 힐문하는 것이었다. 상제가 그의 식견 좁음과 교양 없음을 싫어하여 그를 떠나 탄 씨라는 사람에게 시집가려 한다는 이야기를 남에게 오랫동안 들어왔기 때문이다. 밤에 있었던 일을 그는 전혀 알지 못한 채, 그가 문에 들어섰을 때 상제의 표정을 보고 그녀가 애정행각을 벌이고 있다고 생각했던 것이다. 상제의 입장에서는 그가 이렇게 도둑을 대우하는 게 마땅찮게 여기는 모양이라고 생각했다. 그녀의 자애로운 성격은 타고난 것이라, 그녀는 이렇게 하는 게 자신의 신앙과 받았던 교육에 어긋나지 않는다고 생각하여 대꾸했다. "그래요. 학교에서 이렇게 하라고 가르쳤고, 교회도 이렇게 하라고 가르쳤어요. 당신이 어찌……."

"정말이오?" 커왕은 숨을 삼키더니 갑자기 가슴에서 단도를 꺼내 상제의 어깨를 내리쳤다. 이 불행한 여인은 곧바로 바닥에 쓰러졌다. 그 백옥 같은 얼굴은 마치 연지에 적셔진 듯했다.

그녀는 아무 말도 하지 않았다. 그러나 저항 없는 평온한 태도는 그 어리석은 살인자를 감동시키기에 충분했다. 이 광경에 커왕 마음속의 공포의 정서는 이미 흉포한 노기를 억눌러버렸다. 그는 더 이상 아무 동작도 취하지 않은 채, 그저 한쪽에 정신이 나간 듯 서 있었다. 그는 상제가 꼼짝도 하지 않은 걸 보고서 그녀가 죽었다고 짐작했다. 그때 그는 자신의 죄악이 그를 억누르고 있음을 느꼈다. 그는 더 이상 그곳에 머물 수 없어서 슬그머니 밖으로 달아났다.

그가 달아나는 것을 본 퉈냥은 위층에서 일이 일어났음을 알고서 급히 서둘러 올라갔다. 그녀는 상제가 쓰러져 있는 모습을 보고 저도 모르게 외쳤다. "아이구 맙소사, 하느님!" 그러고서 얼른 다가가 그녀를 안아 일으켰다. 이때 상제가 슬며시 눈을 뜨더니 무언가 말하려고 했으나 말이 되어 나오지 않았다. 그녀가 어깨를 가리켜서야 퉈냥은 어깨에 찔려 있는 단도를 발견했다. 퉈냥은 손에 힘이 빠지고 온몸이 덜덜 떨려, 그녀를 부축할 힘도 없었다. 그녀는 눈물이 그렁그렁한 눈으로 상제를 바라보면서 말했다.

"의사를 모셔올게요."

"스…… 스……" 퉈냥은 그녀가 스 부인을 모셔와 달라는 것임을 알아차리고서 대답했다. "그래요. 스 부인도 모셔올게요." 그녀는 환거에게 집을 보라하고서 차를 불러 구세주를 찾으러 나갔다.

의사는 상제를 침대 위에 누이고 조심스럽게 수술을 했다. 스 부인이 도착했을 때에는 모든 일이 마무리된 후였다. 의사가 스 부인에게 말했다. "창쑨 부인의 상처는 대단치 않습니다. 일주일만 조심하시면 회복될 수 있습니다. 다행히 단도가 어깨뼈에서 바깥으로 빠져나가 폐엽이 손상되지는 않았어요. ……저 두 곳의 상처는 대단치 않습니다."

의사가 떠난 후 스 부인은 침대 가장자리에 앉아 그녀를 위로했다. 이때 정신이 조금 든 상제가 그녀의 벗에게 말했다. "말을 많이 해서는 안 되지만, 바닥 아래의 저 부상자를 우선 병원으로 옮겨주세요. 나머지는 제가 회복되면 이야기해 드릴게요. ……아, 이젠 당신과 떨어져 있을 수 없으니, 며칠만이라도 저와 함께 해주세요."

스 부인은 문을 들어서는 순간 부상 입은 남자가 왜 누워 있는지 영문을 알 수 없었다. 퉈냥이 갔을 때에도 스 부인에게 상세히 말해주지 않았다. 그녀는 상제의 상태를 보고 더 이상 물어볼 수가 없었다. 하지만 상제의 영민함은 칼날에 상하지 않았던 터라, 스 부인이 이 수수께끼를 간파해내지 못했음을 알고서 입을 열었다. "제가 지금은 자세히 말씀드릴 힘이 없으니 퉈냥에게 들어보세요. 신속히 처리해주셔야 하는데, 만약 그가 돌아오면 저 사람의 생명을 해치려 할 거예요."

스 부인은 그녀가 부탁한 대로 일을 처리하고 돌아와 집에 가지 않은 채 그녀와 함께 방에 있었다. 네 살 먹은 계집아이 페이허는 어찌된 일인지도 모르고 그저 훌쩍이다가 웃었다가 하면서 나날을 무사히 지냈다.

일주일, 이주일의 시간이 그녀의 병중에 째깍째깍 지났다. 그녀 역시 차츰 회복되었다. 그녀는 오랫동안 동산에 가보지 않았다는 생각이 들어 스 부인에게 자신을 부축하여 천천히 나가보자고 부탁했다. 그날 저녁 그들이 이야기를 나누었던 버드나무 그늘을 가로질러 동산가의 자그마한 정자 아래까지 와서 잠시 쉬었다. 그녀들이 앉은 곳에는 장미꽃이 만발하여, 맑고 은은한 향기로 가득한 경관이 모든 시름과 병을 덜어주었다.

"여기에 이렇게 고운 꽃들이 있는 줄 까맣게 잊고 있었네요. 조금만 지나면 몇 가지 꺾어가도 좋겠어요."

"잠시 쉬고 계셔요. 제가 몇 가지 꺾어올게요." 스 부인이 꽃을 꺾으러 자리에서 일어났다. 상제는 그녀의 발아래에 커다란 꽃 한 송이가 있는 것을 보고 가리키면서 말했다. "보세요, 당신 발아래에 커다란 꽃송이가 하나 있네요. 보기 좋은데 왜 꺾지 않으세요?"

고개를 숙여 바라보던 스 부인이 꽃을 집어 올리더니 한숨을 내쉬었다.

"왜 그러세요?"

스 부인이 말했다. "이 꽃은 좋지 않아요." 그 꽃은 땅 위에 반만 남은 채 한쪽이 벌레에 상해 있었기 때문이다. 그녀는 상했다는 말을 하면서 상제의 마음에 상처를 줄까봐 염려스러웠기에 이렇게 대답했던 것이다. 하지만 상제가 보기에는 예쁜 꽃임에 분명했기에 자기에게 건네 보여달라고 했다.

"둬쿠이 부인, 그가 나쁘다고 보세요? 이번 일에서 저는 이치를 깨달은 게 있어요! 이 꽃은 비록 반쯤 벌레에게 먹혔지만, 그래도 이렇게 예쁘게 피었네요. 사람의 운명도 이와 마찬가지일 거예요. 그의 생명을 완전히 빼앗아가지 않는다면, 완전하지는 않더라도 삶에서의 아름다움의 일부를 얻어낼 수가 있어요. 당신은 어떻게 생각하세요?"

스 부인은 그녀가 자신의 일을 연상하고 있다는 걸 알고 있던 터라 이렇게 대답했다. "그거야 당연하지요. 인생의 고달픔과 형통함은 우리 삶과 별로 관계가 없어요."

이야기를 나누고 있는 사이에 퉈냥이 스둬쿠이(史奪魁) 선생을 모시고 들어왔다. 그는 상제와 그의 아내에게 인사를 건네고서 그들 맞은편 걸상 위에 앉았다. 스 부인은 남편이 무슨 말을 하려는 걸 개의치 않고 첫 마디에 물었다. "일은 어떻게 해결되었어요?"

스 선생이 입을 열었다. "바로 이 일 때문에 창쑨 부인께 소식을 전하러 왔소. 어제 교회에서 격렬한 논쟁이 벌어졌는데, 몇몇 사람이 커왕 선생의 행위는 창쑨 부인으로 인해 벌어진 일이라면서 크리스마스 행사에 참여할 권리를 박탈해야 한다고 했소. 나와 아펜젠 목사는 그 자리에서 극구 변호했지만 끝내 효과가 없었소." 그는 상제를 바라보며 말을 이었다. "크리스마스 행사에 참여하고 안 하고는 중요치 않습니다. 우리의 신앙은 결코 의식에 속박되어서는 안 되니까요. 우리의 행위는 오직 양심에 부끄럽지만 않으면 되는 겁니다."

"제가 그 불쌍한 사람을 경찰에 넘기지 않았기에 저를 징벌하는 건가요?"

스 선생은 고개를 가로저으면서 말했다. "아니오, 아닙니다. 현재의 문제는 그 일과는 무관합니다. 그제 커왕 선생이 교회에 장문의 편지를 보냈는데, 당신이 그에게 면목 없는 짓을 했으며, 자기를 버리고 남에게 시집가려 한다는 내용이었어요. 그는 당신과 그 사람에 대해 그 사람이 오고간 장소와 시간을 모두 밝혀놓았어요. 그리고 다시는 당신을 만나고 싶지 않다면서 당신과 이혼하지 않는 한 절대로 집에 돌아가지 않겠다고 했답니다. 그가 하는 말을 믿는 사람이 많아, 우리가 아무리 변호해도 돌이킬 수가 없어요. 우리는 사실이 그렇지 않다는 걸 알고 있지만, 입증할 증거를 찾아낼 수가 없었어요. 그래서 이제 만약 법정에 가기를 원치 않는다면 제가 도와드릴 수 있다는 걸 말씀드리려고 해요. 여기는 우리나라와는 달리 공석에서 여자가 말할 지위가 없어요. 하물며 그의 사업이 애초에 당신이 자본을 들여온 터라 이혼을 하게 되면 법률에 따라 적어도 재산의 반을 당신에게 주어야 해요. ……이런 남자라면 원하지 않아도 돼요."

상제가 말했다. "그 사실에 대해서는 이제 변명할 필요가 없을 것 같아요. 제가 이미 사모님께 말씀드렸거든요. 교회에서는 신조 때문에 나의 행위가 도리에 맞지 않다고 하여 크리스마스 행사에 참여하는 걸 막는 거겠지요. 제가 무슨 할 말이 있겠어요!" 마지막 말을 하는 순간 그녀의 목소리가 낮아졌다. 그녀의 안색은 자신과 도리에 대한 신도들의 오해로 인해 몹시 안타까운 듯했다.

"아아, 똑같은 도리가 왜 신도들마다 다를까요?"

스 선생의 이 말에 그녀는 흥분하여 말했다. "그건 물으나마나지요. '물은 똑같은 물인데, 소가 마시면 우유가 되고, 뱀이 마시면 독이 된다'는 말, 자주 듣지 않았어요? 제가 얻은 게 우유가 될 수 있고, 이러쿵저러쿵 남의 일에 간섭하는 사람들이 얻은 게 독이 된다고 장담할 수 있겠어요? 만약 법정에 서게 된다 해도 그럴 필요는 없을 것 같아요. 저는 본래 그와 정식으로 혼례를 치르지 않았으니, 법정에서 이혼을 공포할 하등의 이유가 없어요. 만약 그가 다시는 저를 만나고 싶지 않다면, 제가 나가면 그만이지요. 재산이야 삶의 군더더기이니 필요 없어요. 그와 다투어 뭐 하겠어요? ……그가 내게 베푼 은혜가 이미 적지 않으니 그에게 남겨주지요……."

"하지만 당신이 재산을 몽땅 그에게 넘겨줘버리면, 당신은 당장 살 수가 없어요. 그리고 페이허는요?"

상제는 한참 동안 망설이다가 입을 열었다. "괜찮아요. 제게도 남모르게 모아둔 게 약간 있어요. 일 년밖에 버티지 못하겠지만. 하지만 어쨌든 제 스스로 몸부림쳐야겠지요. 페이허에 대해서는……." 그녀는 다시 잠시 침묵에 잠겼다가 말을 이었다. "좋아요. 그의 뜻이 어떤지 보고, 만약 그가 그 아이를 데려가겠다면 저도 그와 다툴 생각은 없어요. 저 혼자 이곳을 떠나면 되겠지요."

그들 부부 두 사람은 상제의 성품, 즉 그녀가 주견이 강하여 남의 충고를 필요로 하지 않으며, 무슨 일이든 일종의 종교적 정신으로 처리한다는 것을 잘 알고 있던 터였다. 그녀의 태도는 늘 냉정함과 침착함을 보여주었으며, 그녀가 하는 일은 때로 보통 사람의 예상을 벗어나기도 했다.

스 선생은 그녀가 자신의 앞으로의 생활을 잘 해결해나갈 수 있으리라 굳게 믿었던 터라, 그녀의 말을 듣자 더 이상 아무 말도 하지 않은 채 슬쩍 이마를 찌푸릴 뿐이었다. 스 부인은 최근 이 삼주일 동안 그녀를 위해 여러 계획을 세우기도 했다. 그들은 투화(土華)라는 곳에 별장을 한 채 지니고 있었는데, 진즉부터 그녀를 그곳에 보내 요양케 할 생각이어서 이제야 그녀가 입을 열었다. "상제, 당신에게 더 좋은 생각이 있겠지만, 아직 건강이 회복되지 않았으니 곧바로 일을 하려들지 말고 우리 별장에 가서 정양하다가 몇 달 지나서 하면 어떨까요?" 스 선생이 이어 아내에게 말했다. "그게 좋겠소. 길이 조금 멀어도 배편으로는 빠르면 이틀만에 닿을 수 있어요. 우린 멀리 가는 일에 이골이 난 사람들이라 파도의 흔들림 정도야 물론 아무것도 아니지. 만약 가시겠다면 당신이 따라가도 좋지. 창쑨 부인의 적적함도 달래줄 겸."

상제 역시 조용히 쉴 곳을 찾고 있던 참이었는데, 뜻밖에 그들 부부가 그렇게 호의를 베풀자 주저 없이 동의했다. 그녀는 자기 때문에 남에게 폐를 끼치고 싶지 않은지라 스 부인이 따라오는 건 원치 않았다. 그래서 그녀는 말했다. "적적한 생활은 제게 아주 익숙해요. 스 여사는 해야 할 집안일도 많으실 텐데, 어찌 저와 동행하실 수 있겠어요? 아무래도 저 혼자 가는 게 좋겠어요. 두 분의 호의에 정말 감사드립니다. 감사의 마음을 어떻게 표시해야 좋을지 모르겠습니다. 설사 알더라도 만분의 일도 표시할 수 없겠지요. '감격의 정을 형언할 길이 없다'는 말로 대신하겠습니다. 스 선생님, 번거로우시겠지만 그에게 페이허를 어떻게 처리할지 물어봐 주십시오. 이 일만 명쾌히 처리된다면 저는 출발하겠습니다." 이렇게 말하면서 그녀는 방금 꺾은 장미꽃 중에서 예쁜 꽃송이 하나를 골라 스 선생에게 건네 가슴 앞의 단춧구멍에 꽂게 했다. 얼마 지나지 않아 스 선생 역시 자리에서 일어나 작별을 고하고서 그녀를 대신하여 교섭하러 떠났다.

투화는 말레이반도의 서쪽 해안에 있는데, 지역은 넓지 않아도 풍광이 그런대로 그윽했다. 바다에서 나오는 진주가 많은지라 그곳에 사는 주민들 대다수는 보물을 찾으러 온 손님이었다. 상제가 사는 곳은 해변의 종려나무 숲속이었다. 대문 너머로는 진주를 캐는 배들이 수시로 금빛 첨탑과 은빛 파도 사이를 오고갔다. 진주를 캐는 노력은 그녀에게 많은 교훈을 가져다주었다. 그녀는 최근 몇 달 동안 인생이란 바다에 들어가 진주를 캐는 것과 다름없다고 늘 생각해왔기 때문이다. 하루 종일 위험을 무릅쓰고서 바다 속으로 들어가건만 얼마나 잡고 무엇을 잡을지 진주 캐는 이들은 전혀 확신이 없다. 그러나 이러한 감상이 그녀의 생명을 결코 방해하지는 않을 것이다. 그녀는 그들이 매일 미몽에 빠진 채 찾아나서는 것을 보았다. 그녀는 오래지 않아 그녀의 세상살이가 진주를 캐는 일과 똑같다는 것을 깨닫게 되었다. 얼마나 많이 찾아야 할지, 무엇을 얻어내야 할지는 비록 그녀의 기능 아래에 있지 않지만, 그녀는 매일 바다에 들어가야만 했다. 그녀의 본분이 바로 이런 것이므로.

그녀는 자신의 앞날에 대해 조금도 낙심하지 않았으며, 더욱 분발하고자 했다. 커왕이 그들 모녀의 관계를 박탈하여 페이허가 그녀를 따라가지 못하게 했지만, 그녀는 차마 자신의 책임을 포기하지 못한 채 매월 인편으로 몰래 먹을거리와 일용품을 고향집에 보내 그녀의 딸에게 전하게 했다.

그녀는 이미 주부로서의 지위에서 보석상의 서기로 변해 있었다. 그곳에 거주하는 사람들은 모두 그녀를 버림받은 여인으로 여기고서 그녀를 얕보았다. 그래서 그녀가 교유하는 사람들은 죄다 진주잡이 배의 노동자들이었다. 생각이 없는 남정네들은 휴식을 취할 때 그녀의 미모로 인해 다투어 그녀의 관심을 끌고자 했다. 그러나 그녀의 엄숙한 태도는 그들의 사악한 생각을 제압함으로써, 그녀를 자신들의 교육담당으로 인정하도록 마음을 바꾸어먹게 만들었다.

그녀는 줄곧 삼 년 동안 자신의 업무를 보는 외에 그의 동료들에게 몇 마디 영어를 가르치고 성경을 읽어주었으며 약간의 상식을 깨우쳐주었다. 그녀가 무리 속에서 명령하고 부양하는 것은 뜻대로 되지 않은 일이 없었다. 그녀만큼만 유쾌한 나날을 지낸다면 썩 나쁘지는 않은 것이었다.

그렇긴 하지만 그녀에게는 여전히 부족한 게 있었다. 사회적 지위는 그녀의 몫이 없었으며, 가정생활 역시 그녀의 몫이 없었다. 그녀의 마음속에 어떤 느낌이 들었을지 생각해보라. 전자야 그녀에게 그다지 중요치 않았지만, 후자는 그녀의 속마음을 어지럽혔던 것이다! 스 부인이 자주 그녀에게 편지를 보냈지만, 편지를 읽지 않았다. 편지를 읽고 나면 말할 수 없는 상실감이 수천 수백 배나 늘어났다.

자신의 가정을 떠올릴 때마다 그녀는 숲속을 배회했다. 나무 위의 매미는 딸의 목소리로 변해 그녀에게 말했다. "엄마는 딸이 보고 싶지 않아요? 딸이 보고 싶지 않아요?" 이건 본래 기적이 아니었다. 소리 내는 이는 무감각하지만, 듣는 사람은 뜻이 있기 때문이다. 그녀는 벌레의 울음소리에 대해서도 이러했지만, 일체의 소리와 색깔이 어쩌다 그녀의 감각기관에 닿기만 하면 그녀의 가정으로 변해버렸다.

그녀는 수풀 아래에 앉아 멀리 티끌 하나 없는 물결이 한 번 또 한 번 해변으로 밀려오는 것을 바라보면서, 늘 그녀의 딸이 물보라를 딛고서 뛰어오는 듯한 느낌이 들었다. 이게 한두 번이 아니었다. 그날 그녀는 또다시 그곳에 앉아 페이허의 자그마한 사진을 손에 들고 있었다. 그 사진은 최근에 스 부인이 그녀에게 부쳐준 것이었다. 그녀는 사진을 이리저리 뒤집으면서 눈이 아리도록 바라보았다. 그녀는 갑자기 고개를 치켜들었다. 평소에 나타났던 기이한 모습이 다시 보였던 것이다. 누군가 그녀의 딸을 데리고서

해변에서 올라와 수풀을 가로질러 바로 앞까지 걸어오는 게 보였다. 그 사람이 말했다. “창쑨 부인! 오랫동안 뵙지 못했군요. 그동안 평안하셨지요! 제가 당신의 딸을 데리고 찾아왔습니다.”

상제는 이때 눈을 비비고서야 정말로 스 선생이 페이허를 데리고 자신을 찾아왔다는 걸 깨달았다. 그녀는 스 선생에게 대답할 겨를도 없이 힘껏 페이허를 껴안았다. 그녀의 울음소리가 그녀의 사랑하는 마음 깊은 곳에서 우레처럼 터져 나왔다. 페이허는 그녀를 알아보지 못했기에 두려움에 울음을 터뜨렸다. 스 선생은 자신도 모르게 울컥하여 곁에서 눈물을 훔칠 뿐이었다.

세 가지 서로 다른 감정의 울음이 그친 이후, 상제는 울음을 삼키면서 스 선생에게 물었다. “정말로 기뻐요. 당신이 찾아오리라고는 생각지도 못했어요. 페이허가 올 수 있으리라고는 더욱 생각지도 못했어요! …….” 그녀는 묻고 싶은 게 너무 많아 두서가 잡히지 않았다. 그저 페이허를 꼭 껴안고서 넋이 나간 듯 스 선생을 바라볼 뿐이었다.

스 선생은 정중하게 말했다. “부인, 기쁜 소식을 알려드리러 왔습니다.”

“기쁜 소식이라뇨!”

“잠시 진정하시면 제가 자세히 말씀드리겠습니다. 기쁜 소식을 듣자마자 제 아내가 저더러 페이허와 함께 당신을 찾아가라 했어요. 이 일을 우린 이전에 전혀 몰랐는데, 십여 일 전에야 아펜젠 목사의 말씀을 듣게 되었답니다. 목사님이 그해 당신의 일로 해임된 후 어떻게 지내신지는 당신도 이미 알고 있지요.”

"그래요. 저도 알고 있어요. 그분이 낮에는 재봉사로 일하고 밤에는 제빵사로 일하셨잖아요? 하나님이 그분을 도우시리라 굳게 믿었지요. 하나님의 아들께서 '의를 위하여 핍박당한 이는 복이 있다'고 말씀하셨으니까요. 그분이 하시는 일은 잘되시지요?"

"가지 못할 곳이 어디 있겠습니까? 밤낮으로 일하시고도 적당한 때가 되면 곳곳에 가서 복음을 전하셨지요. 그분은 이제 이렇게 고생하실 필요가 없게 되었습니다. 그의 옛 교회에서 그분의 하신 일을 보고서 귀국하여 예전처럼 목사직을 맡아달라고 청하여 지난주에 이미 출발하셨답니다."

"그래요! 하나님 감사합니다! 그분이야말로 오래도록 고난을 받으셨는데, 그래서는 안 되지요."

"바로 목사님이 귀국하신 일로 인해 제가 이곳에 오게 되었습니다. 창쑨 선생께서도 그분의 감화를 받았다는 건 알고 계시지요? 이 일은 자세히 말씀드린다면 그저 기적 같은 일이지요. 제가 오늘 여기에 온 건 당신에게 이 일을 알려드리기 위해서입니다."

"며칠 전에 창쑨 선생이 갑자기 우리 집에 찾아오셨어요. 그는 근간에 우리와 서먹하게 지내면서 수년간 오고간 적이 한 번도 없었습니다. 그래서 우리 집을 방문하자 우린 의아하게 여겼지요. 그의 첫 마디는 당신의 근황이 어떠한지 묻더군요. 그리고 자신의 뉘우침을 간곡하게 말씀하셨어요. 이 뉘우침은 갑작스러운 것이었는데, 목사님이 그를 깨우쳐주신 거라고 하더군요. 이제 제가 그가 했던 말을 그대로 당신에게 들려드릴게요."

최근 이삼 년 동안 아펜젠 목사가 자주 저를 찾아와 이야기를 나누었는데, 언젠가 제게 그의 제과점에 가서 자신의 강론을 들어보자고 청하더군요. 저는 그와 여러 차례 왕래했는데, 그를 저의 훌륭한 스승이라 느꼈습니다. 저는 해결하기 어려운 일이나 의심스러운 일이 있을 때마다 늘 목사님께 가르침을 청했지요. 재작년에 일이 터져 두 사람이 헤어진 후 상제관(尙潔官)의 정조에 대해 의심을 품거나 집안의 하인들이 그녀를 그리워하는 이야기를 들을 때마다 마음속으로 몹시 후회스러웠습니다. 하지만 '사나이의 말 한 마디는 천금의 값어치가 있는 법인데, 무슨 낯으로 거두어들일 수가 있으랴'라고 늘 생각해왔지요. 기왕에 틀렸다면 끝까지 틀리고 말아야 한다고 생각한 거지요. 하지만 세월이 흐를수록 제가 잘못했다는 생각이 더욱 간절해졌습니다.

아펜젠 목사님이 떠나실 즈음에 마지막으로 제게 교훈의 말씀을 주실 때 성경 한 장을 강론하셨는데 많은 감동을 받았습니다. 모임이 끝난 후에 그분이 제게 말씀하시더군요. 제가 하기를 바라시는 일이 있는데, 상제관을 돌아오게 하라는 것이었습니다. 그분이 제게 마가복음 제10장을 읽어주시더군요. 그 교훈을 얻은 후 제 자신이 비열하고 잔혹하며 음탕하다는 것을 더욱 느끼고서 그녀에게 미안한 마음을 금할 길이 없었습니다. 이제 당신에게 부탁하건대, 먼저 페이허를 데리고 그녀를 찾아가 딸을 위해 저를 용서해주기를 빈다고 전해주십시오. 당신들이 먼 저 가면 저도 뒤따라가겠습니다.

"후회한다는 말을 많이 했습니다만, 저도 구구히 말씀드리지 않겠습니다. 그가 오게 되면 직접 당신에게 자세히 말씀하시겠지요. 참 이상스러운 일입니다만, 목사님이 이 일에 대해 이전에는 한 번도 제게 이야기하신 적이 없었거든요. 그런데 떠나실 즈음이 되어서야 이 일을 꺼내셔서 그를 제게 보내주셨으니, 이게 신의 기적이 아니면 무엇이겠습니까?"

이 이야기를 듣는 상제는 별달리 기뻐하는 기색을 드러내지 않은 채 입을 열었다. "제 행위는 본래 남이 알아주기를 바란 것도 아니고, 또 남의 동정이나 찬사를 받기 위함도 아니었습니다. 남이 저를 대하는 대로 당하면서 여태껏 따지지도 않았습니다. 남이 저를 해칠지라도 저는 용서했는데, 하물며 그 사람이야? 그가 자신의 경솔함을 깨달았다면 정말 기뻐할 일입니다. ……제 집에 가서 한번 보시겠습니까? 함께 가보시지요."

그들은 길을 함께 걸으면서 이야기를 나누었다. 스 선생이 이곳에서의 일이 어떠하냐고 물었지만, 그녀는 자신이 겪은 갖가지 고충을 말하고 싶지 않아 그저 이렇게만 말했다. "이곳에 와서 몇 년간 일한 것도 헛된 것은 아니었어요. 잃어버린 수많은 진주를 찾아냈으니까요! 그 영성의 진주들은 물론 바다에 뛰어들어 찾는 것만큼 쉽지는 않았지만, 끝내 이삼십 개는 찾아냈어요! 이밖에는 드릴 말씀이 없군요."

상제는 자신이 하던 일을 마무리 지은 후 그를 기다려도 오지 않자 스 선생과 함께 돌아가기로 작정했다. 그의 동료들과 작별인사를 나누려고 진주잡이 배에 가는 길에, 현지인과 함께 맞은편에서 오는 커왕을 만났다. 커왕을 알아본 그녀는 웃음을 띤 채 몇 걸음 앞서서 그를 맞으며 말했다. "커왕, 잘 지내셨지요!" 커왕은 그녀를 보자 역시 정중하게 인사를 건네면서 말했다. "존경하는 부인, 내가 행한 모든 일이 나의 몸을 해치고 그대와 나 두 사람의 감정을 해치고 말았소. 앞으로 다시는 이렇지 않겠소. 내가 얼마나 많은 죄를 당신에게 지었는지 잘 알고 있소, 참으로 당신을 볼 면목이 없지만, 나의 잘못을 마음속에 담아두지 말기를 바라오. 오늘 여기에 온 것은 나의 뉘우침의 행위를 표명함과 아울러, 당신이 돌아와 모든 것을 관리해달라고 청하기 위해서요. 당신은 이제 어디를 가시겠소? 당신이 스 선생과 먼저 출발하고, 내가 뒤따라 돌아가리다."

상제는 그의 간절한 태도를 보고서 이전과 사뭇 다른 사람이 되었음을 느끼면서 마음속에 절로 즐거움이 가득 찼으며, 몰래 그녀의 하나님이 그의 몸에 드러낸 기적에 감사드렸다. 그녀가 말했다. "아, 지난 일은 꿈속의 연기와 같은 것, 이미 허공 속에서 흩어졌는데, 또다시 이야기를 꺼낼 필요가 있나요? 세상 사람들 모두 하루 사이의 원망과 분노, 일체의 가슴 아픈 일들을 밤까지 쌓아두어서는 안 되는데, 하물며 수년이나 지난 일인데요? 그런 일들은 모두 기억 저편에 던져버리세요. 저는 원래 배에 가서 함께 일했던 동료들에게 작별인사를 건네려던 참이었어요. 그런데 왜 우리와 함께 돌아가지 않나요? 다른 볼 일이 남아 있는가요? 스 선생이 지금 그의 별장, 즉 내가 거처하는 곳에 있는데, 우리 함께 그곳으로 가시지요. 잠시 후에 나와서 작별인사를 해도 괜찮아요."

"아니, 그럴 필요는 없어요. 당신은 당신 일을 보고, 나는 그를 만나러 가면 돼요. 제가 처리해야 일이 남아 있으니까요. 아무래도 당신들과 함께 돌아가지는 못할 것 같은데, 무슨 일인지는 나중에 알려드릴게요."

"그러시다면 이 원주민을 따라가세요. 여기에서 그리 멀지 않아요. 전 먼저 배에 들렀다가 갈 테니 잠시 후에 만나요."

그녀는 투화에서 돌아와 스 선생 댁에 머물렀다. 커왕이 오기를 기다렸다가 함께 그녀의 옛집으로 돌아갈 생각이었다. 그런데 뜻밖에도 며칠이 지나도 그의 모습이 보이지 않았다. 그녀는 그제야 커왕이 투화에 있을 적에 했던 말의 의미가 매우 함축적이었음을 깨달았다. 하지만 그는 도대체 어디를 간 것일까? 무얼 하러? 그녀가 생각에 잠겨 있을 때 스 선생이 편지 한 통을 가지고 들어와 그녀에게 말했다. "부인, 커왕을 기다릴 필요 없이 내일이나 모레 돌아가셔야겠습니다. 그가 제게 편지를 보내왔는데, 당신에게 행했던 부끄러운 일들은 격렬한 사랑에서 비롯된 일이라면서 당신을 사랑했기에 당신에게 상처를 입혔다고 씌어 있군요. 이제 그는 예전의 사악한 행위와 조급한 성격을 고치고, 아울러 최근 몇 년간 당신이 받은 고초를 보상하기 위해 당신과 잠시 떨어져 있겠답니다. 그는 이미 페낭섬으로 떠났습니다. 당신에게 직접 편지를 쓰지 못한 것은 당신이 상심할까봐 염려한지라, 제게 써주어 당신을 위로하도록 한 것입니다. 이전의 모든 재산은 모두 당신 것이라 자신이 오랫동안 독차지해서는 안 되니, 그가 돌아올 때까지 마음껏 사용하시라고 말씀하시더군요."

"상황을 보아하니 당신이 먼저 돌아가시는 게 낫겠네요. 저는 이곳에서 사람을 보내 그를 찾아 돌아가는 게 어떻겠어요? 아, 그가 뉘우친다고 이렇게까지 할 줄은 전혀 예상치 못했어요!"

그녀의 일처리는 아주 침착했다. 스 선생이 이야기할 때에도 그녀의 낯빛은 전혀 변하지 않았다. 그녀가 말했다. "사랑을 위해서라고요? 사랑을 위해 저를 떠난다고요? 물론 사랑이란 날카로운 도끼와 같아서, 운명을 쥐어짜는 데 사용하는 경우가 운명을 정리하는 데 사용하는 경우보다 더 많은 법이지요. 그가 기왕 자신의 여정을 정했다면, 굳이 품을 들여 그를 찾을 필요가 있을까요? 전 정해진 견해가 없으니, 형편 되는 대로 따르겠어요."

상제가 돌아오는 날 마침 비가 내렸다. 마치 하늘이 동산 속의 화초와 나무를 말끔히 목욕시켜 그들의 옛주인을 맞게 하는 듯했다. 그녀가 대문을 들어서자, 대청을 정리하고 있던 퉈냥이 그녀를 보고서 소리쳤다. "부인, 돌아오셨군요! 우리가 얼마나 보고 싶어 했다고요! 당신 방이 어지러우니 우리가 깨끗이 치운 다음에 올라가시지요. 우선 정원을 돌아보셔요. 부인이 심은 갖가지 꽃나무가 잘 자랐어요. 뒤쪽의 반려지도 우산을 펼친 듯 무성해지고 열매도 많이 맺었답니다. 한번 구경하세요. 스 부인이 진즉 페이허 아가씨와 함께 오셨는데, 지금 동산에 있어요."

그녀는 퉈냥과 몇 마디 이야기를 나누고서 동산으로 갔다. 한 굽이를 돌자 스 부인과 페이허가 나무그늘 아래의 걸상에 앉아 있는 게 보였다. 그곳은 몇 년 전 그녀가 칼에 찔렸던 그날 밤에 스 부인과 함께 앉아 이야기를 나누던 곳이었다. 그녀는 다가가 스 부인과 나란히 앉았다. 스 부인이 이런저런 이야기를 했는데, 모두 그녀를 위로하는 말이었다. 그녀는 자신의 운명이 그다지 좋지 않으리라고 믿지 않았듯이, 스 부인이 숙명론적 해석으로 그녀를 위로하면 그녀를 만족시킬 수 있으리라는 것 또한 믿지 않았다. 그러나 그녀는 스 부인에게 자신이 추호도 우울하지 않다는 걸 알려줄 적당한 말이 금방 떠오르지 않았다. 그녀는 저도 모르게 고개를 들었다가 페이허가 나뭇가지로 장미꽃 위의 거미줄을 걷어내는 것을 보았다. 그녀는 한참 동안 물끄러미 쳐다보다가 한 가지 의미를 생각해냈다.

그녀가 입을 열었다. "아, 이런 비유를 들면 당신이 제 뜻을 아실 거예요."

"나는 거미와 같고, 운명은 곧 나의 그물이랍니다. 거미는 독이 있든 없든 모든 곤충을 뱃속에 집어삼키고 고개 들어 그물을 짜지요. 거미가 제일 먼저 내뿜는 아지랑이 같은 실은 바람에 불려 얼마나 멀리 날아갈지 모르지만, 다른 것이 달라붙는 때가 오면 그의 그물이 이루어지지요.

거미는 그 그물이 언제 찢어질지, 어떻게 찢어질지 모르지요. 일단 찢어지면 그 녀석은 잠시 얌전히 숨어 있다가 기회가 오면 다시 짠답니다.

찢어진 채 나무 끝에 남아 있는 거미줄은 그래도 그물은 그물이에요. 태양이 위에서 내리쬐어 모든 가는 실을 오색영롱하게 비추고, 때로 자그마한 물방울이 맺히면 찬란하고 아름다운 모습을 드러내지요.

사람과 거미의 운명이 이런 게 아닐까요? 모든 그물은 죄다 자신이 짠 것이니, 온전하기도 하고 모자라기도 하겠지만 되어가는 대로 내버려둘 수밖에 없지요."

스 부인이 막 말을 하려는데, 퉈냥이 와서 방 정리가 끝났으니 들어오시라고 말했다. 그들은 이야기를 나누면서 그 자리를 떠났다.

동산 속은 사람이 떠난 채 정적에 잠겼다. 그제야 그 거미는 살금살금 잎새 뒤에서 기어 나와 그물의 찢겨진 부분으로 한 걸음 한 걸음 향하더니 천천히 깁기 시작했다. 이걸 기워서 뭘 하려는 거지? 녀석은 거미니까 이렇게 하지 않을 수 없는 거겠지!

예사오쥔은 장쑤성(江蘇省) 쑤저우(蘇州)에서 태어났다. 별명은 예성타오(葉聖陶), 필명은 류산(柳山), 구이산(桂山), 잉산(郢山) 등이다.

1921년에 정전둬(鄭振鐸), 선옌빙(沈雁冰) 등과 함께 문학연구회(文學研究會)의 창립을 발기했으며, 문학연구회 회원으로 활동했다. 문학 활동 초기에는 아동을 위한 동화를 많이 창작했으며, 본격적인 창작 활동에 들어서서 사회제도의 불합리와 인간의 참혹한 운명을 많이 다루었다. 《격막(膈膜)》《화재(火災)》 등의 단편소설집, 장편소설 《니환즈(倪煥之)》, 산문집 《각보집(脚步集)》 등을 남겼다.

이 책에 실린 〈곤경 속의 판 선생(潘先生在難中)〉은 1925년 2월 《소설월보(小說月報)》 제13권 2호에 발표되었다.

예사오쥔

(葉紹鈞, 1894~1988)

곤경 속의 판 선생 潘先生在難中

1

기차역은 사람들로 북적거렸다. 사람들은 저마다의 생각에 따라 서로 다른 표정을 짓고 있었다. 인력거꾼은 번호 달린 옷의 호주머니에 두 손을 찌른 채 잠든 듯 서 있었다. 특별수당을 받을 시간까지는 아직 멀었다는 것을 그들은 알고 있기에, 너무 일찍 신경을 쓸 필요가 없었던 것이다. 분위기는 울적하기 그지없었다. 사람들은 숨을 쉬기가 답답하다는 느낌이 들었다. 아마 비가 곧 쏟아질 모양이었다. 전등이 켜진 지 잠깐되었는데, 평소보다 어두운 듯했다. 바라보니 모든 사람들이 안개 속이나 꿈속에 잠겨 있는 듯했다.

게시판의 칠판에는 서쪽에서 오는 급행열차가 4시까지 연착된다는 내용이 공지되어 있었다. 이 공고는 몇 시간 전에 진즉 사람들의 눈에 익었는지라, 지금은 퇴색해버린 연극 팸플릿인 양 그것에 눈길을 주는 사람은 한 명도 없었다. 이번 주일 내내 거의 매일 매 편의 열차마다 이런 공고가 붙다보니 사람들도 으레 그렇거니 여기고 있었다.

수많은 사람들의 마음을 애태웠던 열차가 들어오는 게 분명해지자, 착 가라앉았던 기차역이 일시에 소란스러워졌다. 하차하는 손님의 안도의 한숨, 손님을 기다리는 사람의 들뜬 마음, 그리고 인력거꾼의 보잘것없는 돈벌이는 잠시 제쳐두고, 랑리(讓里)에서 오는 판 선생만 이야기하기로 하자. 그는 열차가 플랫폼에 들어서기도 전에 이미 주도면밀하게 계획을 마련해놓았다. 그가 앞장을 서서 오른손에 검정 가죽가방을 들고 왼손으로는 일곱 살짜리 아이를 이끌면, 일곱 살짜리 아이는 그의 형(올해 아홉 살)을 이끌고, 형은 다시 그의 엄마를 이끌기로 했던 것이다. 판 선생의 말로는, 사람이 많아 두루 보살필 수 없으니, 이렇게 이끌면 머리와 꼬리가 하나되어 한 마리 뱀처럼 어디든지 뚫고 갈 수 있다는 것이다. 모두들 단단히 움켜쥐고 절대 손을 놓아서는 안 된다고 그는 여러 차례 타일렀다. 그러고도 만에 하나 잊어버릴까봐 또 거듭거듭 자신의 왼손을 흔들었다. 이 경고를 전보를 치듯 뒤로 차근차근 전달하라는 뜻이었다.

머리와 꼬리가 하나되어 움직이는 건 물론 옳은 일이지만, 폐단이 전혀 없을 수가 없었다. 열차가 멈추려는 순간, 모든 승객과 물건이 승강구 쪽으로 몰리는 바람에 뱀처럼 이어진 판 선생 일가는 '꼬리가 길어 빠져나오지 못하게' 되었던 것이다. 그는 검정 가죽가방을 선봉대 삼아 가슴과 배로 있는 힘껏 앞으로 내밀어 그나마 승강구에서 두 번째 떨어진 창까지 나아갈 수 있었다. 그런데 일곱 살짜리 아이는 여전히 승강구에서 네 번째 떨어진 창에서 여러 승객과 좌석 사이에 끼어 꼼짝달싹을 못하고 있었다. 아이의 두 팔은 하나는 앞으로, 다른 하나는 뒤로 길게 벌려진 채, 앞뒤에서 끌어당기는 힘이 워낙 센지라 아이의 팔이 떨어져 나갈 지경이었다. 아이는 다급하게 고함을 질렀다. "아야, 내 팔! 내 팔!"

몇몇 승객들이 울음 섞인 고함소리에 허리 아래에 아이가 끼어 있는 것을 알게 되었다. 유심히 살피다가 그들 네 명이 손에 손을 붙든 채 하나로 꿰어 있음을 본 승객 한 명이 나무랐다. "어서 손을 놓아요. 그렇지 않으면 아이 팔이 끊어지겠소!"

"아니 어찌 이렇게! 아이를 안지 않고!" 다른 승객이 한심하다는 듯한 어조로 중얼거리면서도 앞으로 나갈 기회를 노리고 있었다.

"아니요." 판 선생은 마음속으로 그들의 말이 틀렸으며 손으로 끌어당기는 게 묘책이라고 여기면서 이 묘책을 어찌 사람마다 다 이해할 수 있을 성싶냐고 그들에게 변명하려다가, 생각을 돌려 입 아프게 떠드느니 정신을 가다듬는 게 낫다 싶어 다음 말을 꿀꺽 삼켜버렸다. 일곱 살짜리 아이는 여전히 "내 팔! 내 팔!"이라고 고함을 지르고 있었다. 판 선생은 앞으로 나아갈 수도, 뒤로 물러설 수도 없어서 약속을 어긴 채 먼저 손을 놓고 말았다. 그러고는 허둥지둥 명령을 내렸다. "너희들 나를 봐라! 나를 봐야 한다!"

열차 바퀴가 움찔하더니 궤도 위에 멈추어 섰다. 승강구에서 튀어나가듯이 많은 사람이 뛰어내렸다. 판 선생은 앞쪽이 느슨해진 느낌이 들었지만, 뒤쪽에서 오는 힘이 갑자기 거세진 바람에 그의 발이 떠밀려 앞으로 움직일 수밖에 없었다. 고개를 돌려 자신의 대오를 부르고 싶었지만 그것도 여의치 않았다. 그래서 앞쪽 사람의 뒤통수에 대고 고함을 질렀다. "너희들 나를 따르거라! 나를 따라와야 한다!"

그는 승강구에서 튕겨져 나왔다. 몸을 돌려 뒤를 바라보니 아이들도, 아내도 보이지 않았다. 그들이 열차 안에 끼어 있으리라 여겨 승강구를 지키는 것이 온당한 방법이라 여겼다. 수백 명이 내리고서야 승강구 발판 위의 사람들 틈새로 일곱 살짜리 아이의 상반신이 보였다. 울상이 된 아이의 얼굴이 전등 빛에 비쳤다. 그는 앞으로 나아가려다가 몇 번이나 뛰어내린 승객에게 부딪쳐 제자리걸음을 하고서야 왼팔로 아이를 안아 내렸다. 잠시 후에 판 선생 부인도 아홉 살짜리 아이와 함께 내렸다. 그녀는 연신 가쁜 숨을 몰아쉬더니 잇달아 '아이구, 아이구' 신음을 토하면서, 마치 위로해주기를 바라는 아이처럼 처연한 눈빛으로 판 선생의 얼굴을 쳐다보았다.

마침내 마음을 가라앉힌 판 선생은 자신의 대오가 다 내린 것을 보고서 다시 명령을 내렸다. "방금 했던 것처럼 손을 끌어 잡아라. 저기 플랫폼을 봐라, 사람이 엄청나게 많지. 개찰구도 엄청나게 붐빌 거야. 손을 잡지 않으면 흩어지고 말 거야!"

일곱 살짜리 아이가 덜컥 겁이 났는지 그의 무릎을 끌어안고 말했다. "아빠, 안아줘."

"쓸모없는 자식 같으니라고!" 판 선생은 화가 치밀었지만 꾹 눌러 참고서 몸을 쭈그려 아이를 안아 올렸다. 동시에 큰아이에게 자신의 두루마기 뒷자락을 잡게 하고 한손으로는 엄마를 꽉 붙잡으라고 타일렀다. 자신의 두 손이 비어 있지 않았기 때문이다.

판 선생 부인은 여태껏 이런 고역을 당해본 적이 없던 터라, 간신히 열차에서 내렸는데 또 앞에서 밀치락달치락해야 한다는 두려움이 들자 저도 모르게 넋두리를 했다. "이럴 줄 알았어. 차라리 집에서 죽지 다시는 피란가지 않을 거야!"

"후회는 무슨 얼어 죽을!" 판 선생은 화가 치밀어옴과 동시에 연민을 느꼈다. "여기까지 왔으니 후회한들 무슨 소용이 있겠소. 그래도 목숨만은 안전해졌잖소. 갑시다. 발밑 조심하고!" 이리하여 한 꾸러미가 된 네 사람은 인파 속으로 비틀비틀 다가갔다.

한바탕 밀치닥질 끝에 판 선생은 꿈을 꾸듯 개찰구의 비좁은 문을 빠져나왔다. 그는 급류 속의 물방울처럼 옆으로 몸을 돌릴 여지도 없이 그저 사람들의 기세에 떠밀려 발이 땅 위에 닫지도 않은 채 걸었다. 잠시 후 기차역의 쇠 난간을 빠져나와 전차 궤도를 넘어 시멘트로 포장된 곁길로 들어섰다. 황망히 몸을 돌려 뒤를 바라보니, 전등 빛에 반사되어 하얗게 비치는, 헤아릴 수 없이 많은 얼굴과 가방, 보따리들이 일제히 자신을 향해 밀려오고 있었다. 불현듯 자신의 두루마기 뒷자락을 거머쥔 작은 손이 사라졌다는 느낌이 들었다. 언제 놓아버린지도 알 수 없었다. 그는 말할 수 없이 낙심하여 그저 저도 모르게 여기저기 몸을 마구 돌릴 뿐이었다. 몇 바퀴를 돌고 돌아도 그들의 자취는 보이지 않았다. 패가망신했다는 생각이 그의 마음속으로 엄습해오자, 주체할 수 없이 흐르는 눈물에 멀리 보이는 전등 빛과 사람의 모습이 희미해졌다.

다행히 안고 있는 아이가 눈이 밝았던지 제 엄마 이마의 성긴 머리카락을 보고서 금방 알아보더니 손을 들어 가리켰다. "엄마가 저기 있어요!"

아이의 말에 판 선생은 기쁘긴 했지만 믿기지 않아 눈을 아이 옷에 대고 문질러 닦고서 바라보았다. 잠시 찾고 있자니 과연 그의 아내가 멍청한 쥐마냥 사람들 속에서 큰아이를 앞세우고 헤매고 있는 것이 보였다. 그들은 아직도 전차 궤도를 넘어서지 못하고 있었다. 그는 앞으로 내려가면서 "큰애야!"라고 외치면서 그들을 방금 서 있던 곁길로 이끌었다. 그는 안았던 아이를 내려놓고 안도의 한숨을 푹 내쉬고는 한 손으로 얼굴 위의 땀을 닦으면서 말했다. "이젠 됐다!" 확실히 잘된 것이다. 저 쇠 난간만 벗어나면 생명을 지켜줄 사람이 있을 테니, 전쟁과 약탈 따윈 당하지 않을 것이다. 게다가 흩어졌던 아내와 자식도 다행스럽게도 금방 찾았으니, 어찌 네 목숨과 가죽가방 하나를 훼멸과 위험 속에서 건진 게 아니겠는가?

"인력거!" 판 선생이 그럴듯한 가락으로 외쳤다.

그 소리에 인력거꾼들이 일제히 인력거를 끌고서 모여들어 어디까지 가느냐고 물었다.

그는 고개를 약간 치켜들고서 마치 위엄을 부리듯이 두 개의 손가락을 휘두르며 말했다. "두 대면 돼! 두 대!" 그는 잠시 생각에 잠겼다가 이어 말했다. "동전 열 푼에 사마로(四馬路)까지. 갈 테면 가고 말 테면 마!" 이건 그가 '상하이내기'임을 분명히 드러내는 것이었다.

잠시 흥정이 이루어지더니 마침내 한 대에 동전 열두 푼을 내기로 정했다. 판 선생 부인은 큰아이를 데리고 한 대에 타고, 판 선생은 작은아이와 검정 가죽가방을 가지고 한 대에 탔다.

인력거꾼이 속도를 내서 발을 내디뎌 달리려는 순간, 등에 총을 멘 인도 순경이 한 팔로 앞에서 길을 막는 바람에 움츠리듯 멈출 수밖에 없었다. 작은아이는 그 사람의 무서운 생김새에 겁을 먹었는지 저도 모르게 얼굴을 돌려 아빠의 품속에 파묻었다.

판 선생은 눈치를 채고서 얼른 설명해주었다. "겁낼 것 없어. 저 사람은 인도 순경이란다. 빨간 머릿수건을 보렴. 우리가 사는 곳엔 저런 사람이 없어서 이곳으로 피란온 거야. 저 사람은 총을 둘러메고 우릴 보호하는 거야. 수염이 아주 근사하지, 너도 보렴. 나한의 수염과 똑같아."

아이는 겁이 나는지 나한과 똑같은 수염도 보려 하지 않더니, 딸랑거리는 소리를 듣고서야 곁눈으로 슬쩍 훔쳐보니 휘황찬란한 가게들이 번쩍번쩍 스쳐 지나는 것이었다. 저쪽의 집집마다 휘황하게 불이 밝혀져 있었다. 그는 그제야 아버지의 가슴에 얼굴을 파묻지 않았다.

사마로에 이르러 여러 곳의 여관을 잇달아 찾아갔지만, 만원이라고 크게 적힌 팻말만 걸려 있었다. 한눈에도 사정해보아야 통할 것 같지 않았다. 응접실에까지 침대를 놓은 걸로 보아 만원인 게 뻔했다. 맨 마지막에 간 여관에도 만원이라 쓰여 있었는데, 점원 하나가 느릿느릿 입을 열어 물었다. "방을 구하시오?"

"그렇소만, 여기에 빈 방 있소?" 한 가닥 안도감이 판 선생의 온몸을 스쳐 지나갔는데, 마치 자기 집에 온 듯한 느낌이 들었다.

"있긴 있는데, 방금 셋집을 얻었다고 손님이 나갔거든요. 선생이 조금만 늦었으면 이 방도 없어졌을 텐데."

"그 방에 우리가 들지." 그는 작은아이를 내려놓고 돌아서서 아내와 큰아이를 부축하여 내리면서 말했다. "우리 운수가 좋은 셈이로구먼. 뜻밖에 방이 있다니!" 곧바로 인력거 삯을 지불하면서 아낌없이 원래의 삯에 동전 한 푼을 보태주었다. 재수가 좋을 때 남에게 선심을 쓰면 그 후로도 운수가 계속 좋다는 걸 믿고 있었다. 하지만 인력거꾼은 만족하기는커녕 여기저기 오랫동안 돌아다녔다면서 동전 다섯 푼을 더 내야 한다고 말했다. 결국 여관의 점원이 나와 조정한 끝에 판 선생은 동전 네 푼을 더 쓰고 말았다.

그 방은 아래층에 있는데, 침대 하나, 전등 하나, 탁자 하나와 의자 둘 외에 있는 것이라고는 방 안 가득 연기 같은 공기뿐이었다. 판 선생 가족이 점원을 따라 들어섰을 때 비린내가 코를 찔렀는데, 그 안에는 간간이 지린내가 섞여 있었다. 판 선생은 불쾌한 듯 "냄새 한 번 고약하구먼!"이라고 중얼거렸다. 옆방에서 음식을 기름에 튀기는 소리를 듣고서야 원래 주방이었다는 것을 깨달았다. 곰곰이 생각해보니 냄새야 역겹지만, 그래도 총알받이 되거나 노숙하는 것보단 훨씬 낫겠다 싶어 대수롭지 않게 여기면서 흐뭇한 표정으로 의자에 앉았다.

"저녁을 드셔야지요?" 점원이 가방을 내려놓더니 고개를 돌려 물었다.

"난 고기국밥 먹을래." 작은아이가 손가락을 깨물면서 말했다.

판 선생 부인은 그를 흘겨보면서 엄하게 꾸짖었다. "고기국밥은 무슨! 피란온 주제에 굶지 않으면 됐지. 이것저것 따지기는!"

큰아이가 물색을 모른 채 판 선생을 쳐다보면서 말했다. "오늘 상하이에 왔는데, 양요리 한번 사줘요."

판 선생 부인은 끝내 화가 치미는지 고개를 돌려 나무랐다. "양심이라곤 눈곱만큼도 없는 것 같으니라고. 너희들은 아무 것도 먹을 자격이 없어. 산채로 굶어야……."

판 선생은 약간 난처한지 아무 일도 없다는 듯이 말했다. "애들이 뭘 알겠소." 그러고는 점원에게 말했다. "우린 도중에 요기를 했으니, 계란볶음밥 두 그릇만 가져다주시오."

점원은 알아들은 둥 마는 둥 고개를 끄덕이며 나갔다. 그가 문을 나서자마자 판 선생은 그를 불러 세우더니 말했다. "사오싱주 한 근에 열 푼 어치 훈제생선도 가져오시오."

점원의 발걸음 소리가 들리지 않자, 판 선생은 기분 좋은 듯 부인에게 이야기를 늘어놓기 시작했다. "이 시각이야말로 기뻐하면서 술 한잔해야 할 때요. 생각해보오. 전쟁으로 위험천만한 곳에서 무사한 곳으로 왔으니 이게 첫 번째 기쁨이요, 방금 갑자기 나와 헤어져 한참 동안 찾지 못해 애를 태우다가 둘째 녀석 눈치가 빠른 덕에 (그는 말하면서 둘째를 끌어당겨 한 손으로 토닥거렸다) 금방 당신을 알아보고 내가 맞으러 갔으니 이게 두 번째 기쁨이오. 어허, 기쁘고도 즐거우니, 도도하게 취해보세!" 그는 잔을 들어 마시는 시늉을 하면서 껄껄 웃어댔다.

판 선생 부인은 아무 소리 없이 골똘히 생각에 잠겨 있었다.

쓸 만한 것들은 가죽가방에 넣거나 교회에 우편으로 부쳐놓긴 했지만, 남겨둔 물건이 아직 적지 않았다. 왕 어멈도 믿을 수 있을지 없을지 알 수 없는 노릇이다. 게다가 옆집 가난뱅이들이 자기네 일가족이 죄다 빠져나가고 왕 어멈만 남아 지키고 있다는 걸 알게 될지도 모를 일이다. 또 왕 어멈이 밤에 문이나 창문을 잠그고 자지 않으면 어떡하지? 마당의 세 마리 암탉, 미처 다 만들지 못한 둘째의 바지, 주방 속의 구운 오리고기……가 떠올랐다. 정말 전기가 통하듯이 순식간에 갖가지 일이 마음속에 솟구쳐 오르자 이상하게도 불안해졌다. 그래서 "어찌 될지 누가 알겠어요!"라고 한숨을 푹 내쉬었다.

두 아이는 실망에 빠져 있었다. 상하이가 평소 아버지가 입버릇처럼 말했던 것처럼 놀기 좋고 재미있지 않다는 것을 느꼈던 것이다.

성긴 빗방울이 창밖에서 방 안으로 들어왔다. 판 선생이 자리에서 일어나 "정말 비가 내리는구나. 지금 내리는 게 그래도 다행이야"라고 말하고서 문을 닫았다. 갑자기 창문에 가려져 있던 '손님 준수사항'이 눈에 띄었다. 그는 아주 중요한 일이 떠올라 눈 한 번 깜짝이지 않고 그 쪽지를 뚫어져라 쳐다보았다.

"에누리 없이 2원이라!" 그는 깜짝 놀라 소리쳤다. 고개를 돌려 휘둥그레진 눈으로 아내를 바라보면서 혀를 쑥 내밀었다.

2

이튿날 아침, 복도에는 점원들이 긴 걸상 위에 몸을 움츠린 채 단잠을 자고 있는데, 어찌나 비좁은지 천장 위로는 아침 햇빛이 거의 들지 않고, 몇몇 방에는 전등이 여전히 희끄무레하게 켜져 있었다. 하지만 판 선생 부부는 벌써 방 안에서 이야기를 나누고 있었고, 두 아이는 오늘의 상하이가 어젯밤보다는 나으리라는 기대에 부풀어 잠시 깨어났다가 좀 더 자라는 부모의 말에 여전히 침대에 누운 채 서로 간지러움을 태우면서 장난을 치고 있었다.

"여보, 당신은 절대로 돌아가서는 안 돼요." 판 선생 부인은 애가 타서 말했다. "이 신문의 이야기를 보아도 그걸 믿어야 할지 말아야 할지 누가 알겠어요? 천신만고 끝에 도망쳐 나왔는데, 금방 돌아가야 할 까닭이 뭐 있겠어요!"

"알기야 나도 알지. 하지만 구(顧) 국장의 성미가 꼬장꼬장해서 말이야. '이곳에는 아직 전쟁이 없으니 학교는 평소대로 연다'는 이 말은 분명히 그의 말이라니까. 그 통신원은 나도 잘 아는 터이고 교육국의 직원인데, 어찌 믿지 못하겠소? 그러니 꼭 돌아가야 한단 말이오."

"돌아가면 위험하다는 건 알아야 해요!" 판 선생 부인은 처량하게 말했다. "아마 이삼 일이면 우리 고장에 놈들이 쳐들어올 텐데, 당신이 돌아가 학교를 연다 해도 공부하러 올 학생이 있겠어요? 설사 우리 고장에 쳐들어오지 않는다 해도, 교육국장이 당신더러 왜 학교를 열지 않았냐고 나무라면 당신도 대답할 말이 있잖아요? '생명이 중요합니까, 학교가 중요합니까?'라고요. 그도 목숨 가진 사람인데, 당신을 닦달하진 못할 거예요."

"당신이 뭘 안다고!" 판 선생이 업신여기는 듯 대꾸했다. "그런 말은 집 안에 숨어 있거나 침대 모퉁이에 엎드려 있는 당신 같은 사람이나 할 소리지, 우리 같은 사람이 입에 담을 수 있는 말이겠소! 날 말리지 마시오. (이때 그의 목소리는 달래는 투로 바뀌어 있었다.) 가기는 기어이 가야겠지만, 위험이 닥치지 않도록 나는 나대로 방법을 강구하겠소. 그리고 (그는 자신의 영민함에 슬며시 웃음을 지었다.) 당신은 집 안에 두고 온 물건을 걱정하지 않았소? 내가 돌아가면 알아서 잘 돌볼 테니, 당신도 걱정 말고 이곳에 있으시오. 시국이 잠잠해지면, 내가 곧바로 당신들을 데리러 오겠소."

판 선생의 부인은 남편의 고집을 꺾을 수 없다는 것을 알았다. 돌아가서 집 안 물건을 살핀다니 퍽이나 좋긴 하지만, 소문이 이리 심각한지라 한 번 가면 구슬을 바다에 내던지듯 꼭 건져낼 수 있으리라 누가 보장하겠는가! 생이별의 서글픔이 마음속에 솟아오르자 더는 남편을 바로 쳐다볼 수 없어 눈가에 눈물이 흘러내릴 것만 같았다. 그녀는 지금 이러는 게 상서롭지 않다는 생각이 들었다. 좋지 못한 일이 지금 일어난 것도 아닌데, 어찌 처량하게 눈물을 흘리는가. 그래서 억지로 꾹 참고서 스스로를 위로하듯 말했다. "그렇다면 형편을 잘 살피시다가 만약 교육국장이 평소대로 학교를 연다는 말을 하지 않으면, 오늘 오후 차편이나 내일 이른 차편으로 돌아오세요. 알고 계시겠지만, (그녀는 도저히 참을 수가 없어서 눈물 한 방울을 손등에 떨구었다가 그것을 팔소매로 닦았다.) 마음을 놓아서는 안 돼요."

사실 판 선생도 심란했다. 국장이 학교를 열라고 하면 개학을 늦추자고 주장할 도리가 전혀 없었다. 돌아가는 것이야 기정사실이지만, 여기 남아 있는 식구들은 어찌 해야 한단 말인가! 아내가 못내 서운해 하는 정을 보니 훌쩍 떠나는 건 너무 매몰찬 행위가 아닐 수 없었다. 하물며 여자와 두 아이 모두 연약한데다 의지할 곳 없이 외지에 머물고 있는 형편이니, 의외의 일이 일어나지 않으리라 어찌 장담할 수 있겠는가? 이런 생각을 하고 있자니 저도 모르게 원망이 일고, 장병을 이동하여 전쟁을 벌이려는 자들이 미워지고, 평소대로 학교를 열라는 교육국장이 미워졌으며, 다 자라 자신을 도울 만한 자식이 없는 게 한스러웠다.

그러나 그는 필경 여자와는 달랐다. 그는 이해득실의 멀고 가까움 등 갖가지 것을 따져보고서 돌아가는 것이 하늘이 정한 법도라고 여겼다. 그래서 분노와 원망을 한쪽으로 치워버리고 전혀 얼굴에 내색하지 않은 채 아내의 말투를 따라 머리를 끄덕이면서 말했다. "국장이 학교를 열 의향이 없다는 걸 알게 되면, 당신 말대로 오후 차편으로 돌아오겠소."

두 아이는 돌아갔다가 다시 온다는 말을 대충 알아들었는지, 작은애가 침대가에 엎드려 아양을 떨면서 말했다. "나도 돌아갈래."

"내가 엄마 아빠를 모시고 돌아갈 테니 너 혼자 여기 남아 있어." 큰애가 장난기 가득한 표정을 지으면서 말했다.

작은애가 듣고서 꺽꺽대는 목소리로 울상을 짓더니 작은 손으로 눈언저리를 닦았지만, 눈에서 눈물이 흘러내리지는 않았다.

"너희들은 엄마와 함께 이곳에 있거라." 판 선생은 목청을 높여 말했다. "말썽 부리지 말고 얌전히 일어나 아침밥 먹어야지." 말을 마치고서 아내에게 몇 마디 당부를 남기고 인력거를 불러 기차역으로 달려갔다.

철로가 끊겨 기차가 다니지 못한다는 행인들이 말이 어렴풋이 들렸다. 판 선생은 생각에 잠겼다. "기차가 다니지 않는다면 생각을 접어야겠지, 곧장 면직시킨다 해도 어쩔 수 없잖은가." 기차가 다니지 않는다는 소식은 그에게 실망을 안겨주었다. 그가 운수가 좋았다면 이런 실망스러운 일에 부닥치지는 않았을 것이며, 그렇다면 행인의 말도 꼭 믿을 수 있는 것은 아니라는 생각이 들었다. 이 의문을 풀려면 오직 인력거꾼에게 희망을 걸어야 한다는 생각에, 그는 발걸음을 서둘렀다.

그의 운수는 사실 나쁘지 않은 편이었다. 기차역에 이르러 살펴보니, 기차가 다니지 않는다는 공고는 없었다. 게시처에는 밤차가 연착되어 네 시에 도착한다고만 적혀 있었다. 이 시각이 되려면 아직 멀었다. 매표소는 전혀 붐비지 않은 채 때때로 한두 사람만이 표를 사고 있었다. 역 안에 모여 있는 사람은 많았다. 일부는 손님을 기다리는 사람들이고, 일부는 구경꾼들이었는데, 사진기를 가지고 있는 이들도 있었다. 이들은 밤차가 도착하면 기차역의 붐비는 장면을 찍어 《풍운변환사(風雲變幻史)》의 한 페이지를 장식할 작정이었다. 수화물보관소에는 각양각색의 상자와 이부자리가 가득 쌓여 있어 거의 양철 지붕에까지 닿을 지경이었다.

그의 마음은 위로받는 듯하기도 하고, 서글픈 듯하기도 했다. 그는 멈추었다가 나아갔다가 하는 사이에 마침내 삼등실 표 한 장을 끊어 차에 올라탔다. 맑은 햇빛이 기차 안을 환히 비추었으나 그다지 무덥지는 않았다. 자리는 아주 널찍하여 억지로라도 누울 수 있을 정도였다. 그는 "이건 뜻밖인 걸. 마음에 꺼림칙한 일만 없다면 그야말로 유쾌한 여행일 텐데"라고 생각했다.

열차는 도중에 군인의 명령을 받거나 군용열차의 통과를 기다리는 통에 지체되었다. 랑리에 도착하고 보니 벌써 오후 세 시가 지나 있었다. 열차에서 내린 판 선생은 서둘러 집으로 가보니 대문이 굳게 닫혀 있는지라 적이 마음이 놓였다. 어제 왕 어멈에게 재삼재사 당부했던 것이 바로 이 일이었다.

대문을 십여 차례나 두드려서야 왕 어멈이 문을 열었다. 판 선생을 보자, 그녀는 깜짝 놀라 물었다. "아니, 선생께서 돌아오셨네요! 피란가지 않아도 되나요?"

판 선생은 그녀의 물음에 얼버무린 채 집 안으로 뛰어들어 방문 자물쇠를 열고서 방 안 여기저기를 살펴보았다. 바뀐 것은 아무 것도 없었으며, 어제와 똑같았다. 그는 가슴에 걸려 있던 시름이 반쯤 사라지는 느낌이 들었다. 나머지 절반은 사라지지 않아, 그는 방문을 잠그고서 문을 나선 다음 왕 어멈에게 다시 당부했다. "하던 대로 문을 꼭 잠그고 계시오."

왕 어멈은 갈피를 잡지 못한 채 문을 잠그고 들어간 뒤 골똘히 생각에 잠겼다. 그녀는 주인들이 현지에 머물러 있는 채 그녀가 따라가겠다고 할까봐 상하이로 피란을 간다고 속였음에 틀림없다고 여겼다. "그렇지 않다면 어떻게 선생이 돌아왔겠어? 마님과 두 아이는 함께 오지 않았으니, 어디에 숨어 있을까? 하지만 왜 나를 데려가지 않았지? 그건 사람이 많아지면 귀찮으니까 그랬겠지. 그들은 틀림없이 저 서양인의 붉은 양옥집에 거처하고 있을 거야. 병사들도 싸움이 벌어지더라도 그 양옥집은 치지 않는다고 하잖아. 사실 나에게 솔직하게 털어놓고 함께 가자고 해도, 난 내켜하지 않았을 거야. 난 여기에 있어도 겁날 게 없어. 여기서 전쟁이 터진다 해도 난 진즉 수의를 마련해놓았거든." 그녀는 조카딸이 부쳐준 수놓은 꽃신 한 켤레를 떠올렸다. 이 꽃신을 신고 황천에 간다면 염라대왕도 틀림없이 날 달리 볼 거야. 이리하여 야릇한 안도감에 젖은 채, 그녀는 주인이 어디에 있는지에 대해 더 이상 생각하지 않았다.

판 선생은 문을 나서자 곧바로 교육국의 통신원을 찾아가 국장이 평소대로 학교를 열 의사가 있는지를 물었다. 그가 대답했다. "왜 안 열어요? 지금 교사들이 오로지 피란가는 것에만 신경을 쓰고 직무를 돌보지 않는다면서, 이게 바로 교육사업에 종사할 자격이 없음을 나타내는 것이니 이 기회에 깨끗이 쓸어버리겠다고 국장이 말씀하시던데요." 이 말을 들은 판 선생은 부르르 몸서리를 치면서도, 상하이에서 돌아오기로 결정한 자신의 생각이 결국 옳았노라고 칭찬했다.

그는 단숨에 자신의 학교로 달려가 붓을 들어 학생 가족에게 보낼 통지문을 작성했다. 편지의 내용은 이러했다. '병란이 염려

되기는 하지만 자식에 대한 교육은 생활필수품과 마찬가지로 단 하루 한 시각도 그만두어서는 안 되므로, 여름방학도 이미 지났으니 학교는 평소대로 문을 연다. 예전에 세계대전이 일어났을 때 그들은 공중에 포탄 방어망을 치고 그 아래에서 공부를 했으니, 이러한 비상한 정신을 그들만 독차지하게 해서는 안 된다. 바라건대 학부형들은 이 간곡한 뜻을 이해하여 아무 일 없듯이 예전처럼 자제를 보내야 한다. 이는 가정과 학교의 이익일 뿐만 아니라 지역과 국가의 영예이다.'

그는 초고를 작성하여 세 번이나 훑어보았는데, 고칠 데가 없다는 느낌이 들었다. 국장이 이 초고를 본다면 적어도 "내 맘에 제일 들어"라고 적어도 한 마디는 했을 것이다. 그리하여 서둘러 등사용지에 올려 직접 백여 장을 인쇄한 다음, 학교 사환을 시켜 학생들 집에 보냈다. 공무를 끝마치고서 개인적인 일을 다시 생각하기 시작했다. 학교를 연 바에야 상하이에 갈 수는 없다. 그렇다면 그들 세 모자가 여관에서 어떻게 지낼 수 있겠는가! 하지만 그들에게 조심하면서 마음 놓고 지내라고 하는 수밖에 없다. 그래서 방금 쓰고 남은 먹으로 아내에게 부치는 편지를 썼다.

이튿날 그는 찻집에서 확실한 소식을 전해 들었다. 철도가 정말로 막혔다는 것이다! 그는 가슴이 덜컥 내려앉았다. 그의 사랑하는 아내와 두 아들이 느닷없이 바람에 날려 저 멀리 아득한 곳으로 사라져버린 듯했다. 그는 정신없이 학교로 건너갔다. 학교 사환이 어제 맡은 임무를 보고했다. "어제 통지문을 보내려고 돌아다녔는데, 스물 몇 집은 문이 잠긴 채 열려 해도 열리지 않아 문틈으로 통지문을 밀어 넣을 수밖에 없었어요. 삼십여 집은 하인들만 집에 있고 주인들은 상하이로 피란을 갔는데, 당연히 아이들을 데려가 언제 공부하러 돌아올 수 있을지 모른답니다. 나머지 사람들은 알았다고 하고, 목숨도 안전하지 않은 판에 공부는 나중에 보자고 하는 사람들도 있었어요."

"어, 알았소." 판 선생은 이런 일에 신경을 쓰지 않았다. 더욱 깊은 우려가 그의 마음을 사로잡고 있었던 것이다. 담배 한 개비를 다 피운 다음, 그는 가야할 길을 결정하고서 곧바로 적십자회 분회의 사무처로 달려갔다.

그는 회비를 내고 회원으로 등록했으며, 자신의 학교가 널찍하니 부녀수용소로 사용해도 좋다고 선언했다. 이는 자선 행위인지라 당연히 열렬한 환영을 받았으며, 그 덕에 누구에게나 알려진 어엿한 인물이 되었다. 사무처는 그에게 적십자 깃발을 주어 학교 교문에 걸도록 했으며, 그에게 적십자 배지를 주어 적십자회 회원임을 내보이도록 했다.

깃발과 배지를 받아든 판 선생은 마치 구명부를 받든 양 마음에 신비로운 쾌감과 위안이 일었다. "이제 모든 게 안전해졌다! 하지만……." 이 생각이 들자 그는 웃음 띤 얼굴로 사무처 직원에게 "깃발 하나와 배지 몇 개만 더 주십시오"라고 말했다. 학교에 쪽문이 있으니 깃발을 하나씩 걸어야 하고, 배지는 그다지 크지 않아 잃어버릴지 모르니 여분으로 몇 개를 더 받아두는 게 나으리라 싶었던 것이다.

사무처 직원은 그에게 이 물건들은 맛있는 음식도 아니고 갖고 놀 놀잇감도 아니며 많이 갖고 있다 한들 회원은 한 사람일 뿐이니 많이 가질 필요가 없다고 우스갯소리를 했다. 하지만 끝내 그의 말대로 몇 개를 더 주었다.

적십자 깃발이 즉시 첫가을의 미풍에 펄럭였다. 하지만 학교의 쪽문에는 깃발이 걸려 있지 않았다. 알고 보니 판 선생 집의 대문 위로 옮겨놓았던 것이다. 적십자회 배지 하나는 이미 판 선생의 옷깃에 달린 채 자선의 장엄한 빛을 반짝이면서 판 선생에게 새로운 용기를 안겨주었다. 나머지 배지 몇 개는 판 선생이 겹겹이 싸서 몸에 달라붙은 블라우스의 작은 주머니에 숨겨두었다. 그는 "아내에게 하나, 아이들에게 각각 하나씩 주어야지"라고 생각했다. 비록 그들이 저 멀리 아득히 닿기 어려운 곳에 있지만, 믿음직한 보험인 양 그들에게 새로운 용기를 안겨줄 것이다.

3

비좡(碧莊)이란 지역에서 양편 군대가 전투를 벌였다. 랑리 사람들은 죄다 문을 걸어 닫았으며, 가게는 말할 나위가 없었다. 길 위로 때때로 병사들이 지나갔다. 그들은 곧 전방으로 투입될 예정이었다. 그들은 마치 최고의 권위가 자신들에게 부여된 듯 안하무인격으로 기분 내키는 대로 걷어차고 짓밟아 짓뭉개고 박살낼 듯한 태세였다. 이리하여 강제로 인부를 동원하는 일이 발생했는데, 징발된 사람이 틈을 타 도망칠까봐 긴 끈으로 한 사람 한 사람씩 어깨를 묶어 몇 사람은 앞세우고 몇 사람은 뒤따르게 한 채 굴비

두름처럼 끌어갔다. 그래서 사람들은 바깥나들이를 몹시 두려워했으며, 부득이한 경우에는 골목길로 피해 다녔다. 심지어 판 선생처럼 적십자 배지를 단 사람들조차 경계심을 품고서 여봐란 듯이 나돌아 다니지는 못했다. 이리하여 랑리의 거리는 정적에 싸인 채 널찍해보였다.

상하이의 신문이 며칠째 오지 않았다. 현지의 군사기관에서는 자주 전선 소식을 공표했는데, 죄다 "적군 대패, 아군 몇 리 진군" 따위였다. 거리와 골목 어귀에 새로운 소식이 나붙을 때마다, 많은 사람들이 천천히 모여들어 눈여겨보았다. 그러나 이걸 보고 나서도 사람들은 마음이 안정되지 못했다. 마치 이 공보 뒤에 많은 이야기들이 숨어 있는 듯했다. 이리하여 낙담한 사람들은 미간을 잔뜩 찌푸린 채 저마다 흩어졌다.

최근 며칠간 판 선생은 심심하기 짝이 없었다. 가장 견디기 힘든 것은 물론 처자식이 멀리 떨어져 있는데 소식이 막혀 있는데다가 영원히 전할 수 없는 조짐마저 보인다는 점이었다. 그 다음은 자신의 문제였다. "비좡에서 쳐들어온다면 백여 리밖에 안되는데, 이 배지가 쓸모가 있다지만 자필 증서를 써준 사람이 없으니, 만일 이 배지가 쓸모없다면 누구에게 하소연해야 할까? 탄알과 포탄, 약탈과 방화가 장난이 아니라 진짜인 이상, 여기저기 알아보고 길을 터놓아야 되겠어." 이리하여 그는 여기저기 전방의 소식을 수소문했다. 이 소식이 바깥에 떠도는 소문과 다르면 다를수록 소식의 진실성이 크다고 느꼈으며, 이 소식에 근거하여 자신의 이해득실을 요모조모 따져보았다. 만약 거리에서 누군가 황급히 길을 걸으면, 돌연 깜짝 놀란 나머지 이 사람이 확실하고도 무시무시한 소식을 알고 있다고 여겼다. 다만 그와 면식이 없었기에 "무슨 일이오!"라는 소리를 꿀꺽 삼킬 뿐이었다.

적십자회는 사람을 파견하여 전방에서 구호사업을 벌였으므로 군용차를 타고 돌아오는 사람이 자주 있는지라, 소식을 물어보기에는 가장 믿음직했다. 판 선생은 회원이기는 했지만, 사무처에 자주 다니면서 소식을 물어보지는 않았다. 이렇게 하면 대중에게 자신이 겁쟁이라는 걸 드러내는 것이라 여겨 계면쩍었던 것이다. 하지만 적십자회는 필경 진짜 소식을 얻을 수 있는 기관이니 이걸 버려둔다는 건 어리석은 짓이라 생각했다. 그래서 매일 해질녘이 되면 성이 우(吳)인 사람의 집에 들러 묻곤 했다. 우 씨가 별게 없다거나 혹은 전방에서 잘 방어하고 있다고 알려주면, 안도의 한숨을 쉬고 돌아왔다.

어느 날 해질녘에 판 선생은 다시 우 씨네 집을 찾아갔다. 한참을 기다려서야 우 씨가 밖에서 들어왔다.

"별일 없지요?" 판 선생이 다급히 물었다, "포고에 따르면, 어제 적군에게 총공격을 가했다고 하던데요."

"다 글렀어요." 우 씨는 수심에 차서 입을 열었다가 입을 다문 채 입술 주위의 짧은 수염 몇 가닥만 꼬고 있었다.

"뭐라고요!" 판 선생은 화들짝 놀랐다. 온몸이 옭아매어 부자유스러운 듯한 느낌이 들었다.

우 씨는 남이 엿들을 새라 조용히 대꾸했다. "확실한 소식에 따르면, 정안(正安, 비좡에서 떨어져 있는 읍)이 오늘 아침에 함락되었답니다."

"아이쿠!" 판 선생은 미친 듯이 부르짖었다. 그는 한참 머뭇거리다가 뒤돌아서면서 "난 갑니다"라고 말했다.

길거리의 전등은 유난히 어두운 듯한데 등 뒤에서 누군가 쫓아오는 느낌이 들어, 그는 숨을 헐떡이면서 비틀거리는 발걸음으로 집으로 돌아와 왕 어멈에게 당부했다. "문을 닫아걸고 편안히 쉬시오. 난 오늘 밤 일이 있어 돌아오지 못한다오." 그는 옷장 안에서 낡은 솜두루마기를 발견했다. 지난번에 우편으로 보낸 상자에 담지 못해 잃어버렸나 싶어 아쉬워했던 옷이다. 또 아이들의 겹저고리 몇 가지도 있었는데, 자세히 보니 아직도 입을 만했다. 또 아내의 낡은 비단치마도 버리기에는 아까웠다. 그래서 이것들을 마구 한데 싸서 문을 나섰다.

"인력거! 인력거! 복성가(福星街)의 양옥집으로 갑시다. 열 푼 드리겠소."

"열 푼에 가겠다는 사람이 어디 있소?" 인력거꾼이 느물거리며 말했다. "보시오, 요즘 거리에 인력거가 있습디까? 죽기 살기로 벌어먹는 사람 빼고는 진즉 숨어버렸소. 세 푼에 가려면 가고 아니면 그만둡시다."

"그럽시다. 세 푼에!" 판 선생은 달려가 인력거에 편히 앉은 후 "당신도 내 말대로 해주시오. 좀 빨리 달립시다."

"판 선생, 어디 가십니까?" 성이 황(黃)인 동료가 도중에 그를 보더니 말을 건넸다.

"아, 선생님. 저기……." 판 선생은 누구의 목소리인지도 모른 채 경황 중에 대답하려다가, 홀연 대답하는 게 사실 무의미하다는 생각이 들었다. 인력거가 나는 듯이 달리는데, 그 사람이 쫓아와 다시 묻지는 않으리라 생각하여 입을 다물고 말았다.

양옥집은 이미 사람들로 가득 차 있었다. 대부분 열흘 이전에 옮겨와 있었다. 아이들의 울음소리에 등불이 여기저기 밝혀져 있어서 제법 떠들썩한 분위기였다. 주인어른은 판 선생을 만나 말했다. "이곳에는 사실 빈 방이 없습니다. 하지만 선생님의 물건을 이곳에 부쳤던데 거절하기가 딱했지요. 방금 몇 분이 총망히 찾아왔는데, 역시 거절하기 난처하여 잠시 밥 짓는 곁채를 내주어 들게 했습니다. 이제 그분들과 의논하여 선생 한 분을 끼도록 해보겠습니다."

"상의해보시면 되겠지요." 판 선생은 집에 온 듯 평안해졌다. "이런 시국에야 저도 누워 잠잘 수 있으리라 생각지는 않습니다. 그저 앉아라도 있으면 되지요."

그가 짐보따리를 들고서 그 곁채에 들어서는 순간, 그는 눈에 뭐가 씌었나 싶을 정도로 기겁했다. 그는 눈을 몇 번 깜빡이다가 다시 보아도 보이는 건 전과 다름없었다. 창가에 기대앉은 채 맞은편 사람과 이야기를 나누고 있는, 윗입술 위에 짙은 팔자수염이 나 있는 저 사람은 바로 교육국장이 아닌가?

그는 잠시 머뭇거렸다. 이미 들여놓은 발을 빼자니, 이것도 모양새가 썩 좋을 것 같지는 않았다. 그 국장 역시 그를 바라보더니 어색한 얼굴로 웃음을 흘리면서 말했다. "판 선생, 오셨소? 이리 앉으시오." 주인어른은 그 소리에 두 사람이 아는 사이임을 알아차리고서는 뒤돌아서 나갔다.

"국장께서는 먼저 이곳에 오셨군요. 한 사람 더 끼면 불편하지는 않으시겠어요?"

"우린 세 사람뿐이니 당신 한 사람쯤은 끼어드릴 수 있소. 우린 돗자리를 가져왔는데, 다행히 날씨가 아주 춥지는 않으니 번갈아 누워 쉴 수도 있소."

판 선생은 오늘 밤 유별나게 친절한 국장의 태도가 평소에 위엄을 부렸던 것과는 사뭇 다르다는 느낌이 들어 허물없이 성큼 방 안으로 들어서며 말했다. "그럼 실례하겠습니다만, 세 분 선생님과 함께 하룻밤을 보내겠습니다."

이 곁채는 그다지 넓지 않았다. 바닥에 깔린 돗자리에는 안경을 낀 중년 사내가 앉아 있는데, 약간 피곤한 기색이 엿보였지만 잠자고 싶은 생각은 없는 듯했다. 가마 따위의 물건들은 한쪽 벽에 붙여 있고, 창가 쪽으로 세 개의 걸상이 나란히 놓여 있었다. 의자 하나에는 국장이 앉고, 다른 하나에는 머리를 말끔히 빗어 넘긴 스무 살 남짓의 국장 사촌동생이 앉고, 나머지는 비어 있었다. 저쪽 벽 구석에는 버들상자 하나와 옷보따리 세 개가 놓여 있는데, 아마 세 분 선생이 가져온 것이리라. 이것만으로도 방 안은 이미 빈틈이 없었다. 전등 불빛은 촉수가 낮은데다 먼지가 한 겹 끼어 있는지라, 불빛에 비친 사람들의 모습은 흐릿하고 어두웠다.

판 선생도 옷보따리를 벽 구석에 가져다 세 사람의 물건과 합쳐놓은 다음, 돌아와 겸손한 태도로 빈 의자에 앉았다. 국장이 자신의 일행에게 그를 소개한 후 그에게 물었다. "정안 소식을 들으셨소?"

"예. 정안이 함락되었으니 비좡을 지킬 수 있다고 누가 보장하겠습니까?"

"아마 이쪽 편에서 남쪽을 소홀히 한 성싶소. 정안 함락이 바로 그 명확한 증거지요. 저쪽 편 병사들은 정안에서 비좡을 쳐들어오는 게 제일 편할 텐데, 지금쯤이면 이미 그들의 손에 들어갔을지도 모를 일이오. 이리된다면 뒷일은 상상할 수도 없어요."

"그렇게 된다면 난장판이 되고 말겠지요!"

"하지만 이쪽 편의 두(杜) 총사령관도 용렬하고 무능한 사람이 아니라 용병술에 능한 저명한 사람이니, 이쯤이야 간파하고 있을 거요. 틀림없이 막아낼 방법을 짜내겠지요. 아마도 이참에 수세에서 공세로 전환하여 파죽지세로 몰아붙여 저쪽 편의 소굴까지 박살낼 거요."

"그렇게만 된다면 전쟁도 끝날 테니 얼마나 좋겠습니까! 우리처럼 학교를 운영하는 사람은 학교 문을 열어 예전처럼 가르칠 수 있겠지요."

국장은 학교를 운영한다는 말을 듣자 금세 자신의 위엄을 느꼈는지 수염을 비비꼬면서 말했다. "다른 건 차치하더라도 이번 전쟁 때문에 크고 작은 학교들이 입은 손해가 막심합니다!" 그는 이 비좁은 결채에 앉아 느끼는 불편함은 까맣게 잊은 채 마치 교육국장의 으리으리한 사무실에 앉아 있는 듯했다.

돗자리에 앉아 있던 중년 사내가 머리를 치켜들더니 원망스러운 듯 말했다. "저쪽 편의 주(朱) 총사령관은 밉살스럽기 짝이 없어요! 이쪽에서 쳐들어가면 아무 저항도 못하고 패전하고 말 텐데. 그자가 모양새 좋게 양보하면 전쟁은 진즉 끝났을 걸요."

"그 자식은 멍텅구리요." 국장의 사촌동생이 이어 말했다. "끝장을 보지 않고는 물러설 사람이 아니에요. 그저 우리 같은 사람만 이 어둡고 비좁은 방 안에서 쭈그려 앉아 고생하는 거지요." 그의 말에는 장난기가 배어 있었다.

하지만 판 선생은 멀리 상하이에 있는 처자식을 떠올리고 있었다. 그는 그들이 무사한지, 그들에게 무슨 일이 생기지는 않았는지, 그들이 잠은 제대로 자고 있는지를 알 길이 없었다. 잡으려 해도 잡히지 않고 모호하기만 했다. 그래서 자기가 당하는 시달림이야말로 가장 무거운 것이라 여기고서 처연한 눈길로 창 너머 뜨락을 묵묵히 바라보았다.

"도대체 어찌 될지 누가 알겠습니까?" 그는 다시 그 무시무시한 소식과 예상할 수 있는 위험으로 생각을 돌리면서 저도 모르게 이 말을 내뱉었다.

"짐작하기 어렵지요." 국장이 노련한 표정으로 말했다. "용병은 전적으로 기회를 틈나는 것인데, 기회란 게 시시각각 변하는 것이라 우리가 예상할 수 없는 것이오. 이 시각이면 진즉…… 그러니 우린……." 그는 중년 사내를 바라보면서 싱긋 웃었다.

중년 사내와 국장의 사촌동생, 그리고 판 선생은 모두 국장의 웃음이 무얼 의미하는지 알고 있었다. 모두들 여기에 앉아 있으면 아무 일도 없으리라 생각하고 각자 마음 편히 웃는 것이었다.

작은 뜨락에는 풀이 가득 자라 모기와 각종 풀벌레들의 낙원이었다. 곁채에 불이 밝혀져 있는지라 벌레들이 마구 날아들었다. 두려움에 떨고 있는 네 선생은 그들의 좋은 먹잇감이었다. 머리와 얼굴로 달려드는 자그마한 벌레 가운데 모기가 물면 몹시 아팠다. 그들은 때로 말을 끊은 채 불안한 가운데 밖에서 총성이나 사람들의 아우성소리가 들려오는지에 귀를 기울였다. 잠을 잔다는 건 물론 기대할 수 없는 일이었으며, 국장의 말대로 번갈아 잠깐 누워 쉬는 수밖에 없었다.

이튿날 아침, 판 선생의 눈에는 몇 가닥 핏발이 엉켜 있었다. 바람이 불어오자 몸이 으스스했다. 그는 바깥 상황이 몹시 궁금하여 홀로 양옥집 대문을 빠져나왔다. 길거리는 평상시의 아침처럼 꼬리를 치켜세운 개들이 신나게 여기저기 두리번거리고 있었으며, 어쩌다 잠에서 덜 깬 푸석푸석한 눈을 한 채 한두 사람이 지날 뿐이었다. 그는 다시 다른 골목으로 꺾어 들어갔지만, 특별한 소리는 아무것도 들리지 않았다. 어젯밤의 총망한 상황을 돌이켜 생각해보니 쓴웃음만 나왔다. 하지만 생각을 다시 고쳐먹자 별로 웃을 일도 아니었다. 조심하는 게 어쨌든 모험하는 것보다 나으니까.

이십여 일 후 전쟁은 끝났다. 사람들은 머리를 끄덕이며 안도했다. "이젠 됐어요! 전쟁만 없다면 모든 게 평안해요!" 하지만 판 선생은 그다지 흡족하지 않았다. 철로가 아직 개통되지 않아 상하이에 피신해 있던 처자식을 데려올 수 없었던 것이다. 편지는 두 통 왔지만, 너무나 간략해서 안 보느니만 못할 정도로 그리움을 더해 주었다. 그는 다시 자신의 선견지명 없음을 원망했다. 그렇지 않았더라면 피란길에 억울하게 들어간 돈도 허비하지 않았을 것이며, 수십일 간 외롭게 지내지도 않았을 것이다.

그는 교육국에서 틀림없이 개학 문제를 끄집어내리라 짐작하고서 미리 알아보러 갔다. 접대실에 들어가 보니 교육국 안의 몇몇 직원이 종이를 자르고 먹을 갈고 있었다. 마치 혼사라도 치르는 것 같았다.

한 직원이 소리쳤다. "마침 딱 맞게 판 선생이 오셨군요! 글 쓰는 일은 당신이 명필이니, 이 일 좀 맡아주세요."

"이렇게 커다란 글자는 판 선생이 쓰지 않으면 안 되지요." 나머지 몇 사람도 덩달아 외쳤다.

"무얼 쓰라는 겁니까? 전 전혀 모르는 일인데……."

"우린 여기에서 두 총사령관의 개선을 환영하는 일을 준비하고 있어요. 기차역 양쪽에 네 개의 채색 패방(牌坊)을 세워 총사령관의 꽃차가 그 가운데로 통과하게 하는 겁니다. 지금 패방 위에 붙일 글을 써야 합니다."

"나 같은 사람이 그런 글을 쓸 자격이나 있나요?"

"의로운 일에 적극 나서다(當仁不讓)." "일치하여 추천하다(一致推擧)." 몇몇 사람이 떠들썩하게 외쳤다. 붓이 판 선생의 손에 건네졌다.

판 선생은 순간 이 일이 의미가 있음을 느끼면서 붓에 먹통의 먹물을 듬뿍 찍었다. 잠깐 응시하다가 붓을 들어 밀랍 먹인 종이 위에 한 줄로 "공훈은 악비(岳飛)와 이목(李牧)보다 높다(功高岳牧)"라는 네 글자를 쓰고, 두 번째 장에는 "위엄이 동남을 짓누른다(威鎭東南)"라고 썼다. 세 번째 장에는 "품덕이 숭고하고 은혜가 넓다(德隆恩溥)"를 쓰는데, 마지막 '부(溥)' 자를 쓰는 순간 영화 필름을 보듯 강제로 징병된 사람들, 대포 소리, 불타는 가옥, 강간당한 아녀자, 굶주린 남녀의 얼굴, 썩어가는 주검 등이 눈앞을 스쳐 갔다.

옆에서 글 쓰는 걸 구경하던 사람이 찬탄을 금치 못했다. "이 글귀는 정중하고도 간절하며, 글자도 더욱 좋습니다."

"대구가 어떤지 좀 봅시다." 다른 사람이 또 말했다.

1924년 11월 27일

위다푸는 저장성(浙江省) 푸양현(富陽縣)에서 태어났으며, 본명은 위원(郁文)이다.

도쿄대학 경제학부에 재학 중이던 1920년 무렵에 궈모뤄(郭沫若), 청팡우(成仿吾) 등과 문학단체 창조사(創造社)의 결성을 주도했으며, 1921년 자전체 소설인 〈타락(沉淪)〉을 발표하여 문단을 놀라게 했다. 소설집 《타락(沉淪)》 외에, 장편소설 《길 잃은 양(迷羊)》, 《다푸 유기(達夫遊記)》와 《나의 참회(我的懺悔)》 등의 산문집을 남겼다.

이 책에 실린 〈타락〉은 1921년 10월에 출판된 소설집 《타락》에 발표되었으며, 〈봄바람에 취한 밤(春風沉醉的晚上)〉은 1924년 2월 《창조(創造)》계간 제2권 2호에 발표되었다.

위다푸

(郁達夫, 1896~1945)

타락 沉淪

1

그는 요즘 서글플 만큼 고독하다고 느꼈다.

그의 조숙한 성품이 끝내 그를 세상 사람과 어울리지 못할 지경으로 밀어내는 바람에, 세상 사람과 그 사이에 놓인 장벽은 나날이 높아만 갔다.

날씨는 날로 서늘해지고, 그의 학교도 개학한 지 벌써 보름이 다 되었다. 그날은 바로 9월 22일이었다.

맑은 하늘은 구름 한 점 없이 푸르고, 항상 새로운 눈부신 태양은 전과 다름없이 자신의 궤도 위를 한 발 한 발 걸어가고 있었다. 남쪽에서 불어오는 미풍은 술을 깨우는 신선의 음료인 양 향기를 풍기며 살랑살랑 얼굴을 스쳤다. 누렇게 익어가는 논밭 사이로 구불구불 하얀 실오라기 같은 한길 위로, 그 홀로 여섯 치 길이의 워즈워스(Wordsworth)의 시집을 손에 받쳐 든 채 맘껏 느릿느릿 걸어가고 있었다. 이 넓은 들판에는 사람의 그림자라곤 전혀 없는데, 어디에선가 들려오는 먼 곳의 개 짖는 소리가 은은히 그의 고막을 울렸다. 그는 책에서 눈을 떼고서 꿈을 꾸듯 개 짖는 소리가 들리는 쪽을 바라보았다. 한 무더기 잡목과 여기저기 몇 채의 인가만 보일 뿐, 고기비늘 같은 기와지붕 위로 한 겹의 엷은 신기루가 가벼운 비단처럼 나부끼고 있었다.

"Oh, you serene gossamer! you beautiful gossamer!(아, 그대 고요한 비단, 아름다운 비단이여)"

이렇게 한 마디를 부르짖더니, 그의 눈에서는 두 줄기 눈물이 주르륵 흘러내렸다. 그 자신도 무슨 까닭인지 알 수 없었다.

멍하니 한참 바라보다가 그는 갑자기 등 뒤에서 한 줄기 보랏빛 숨소리가 풍겨오는 걸 느꼈다. 바람결 소리에 길가의 여린 풀이 그의 몽환경을 깨버렸다. 그가 고개를 돌려보니 그 여린 풀은 아직도 한들거리고 있었다. 제비꽃의 숨소리를 머금은 부드러운 바람이 그의 창백한 얼굴로 따사로이 훙얼거리듯 불어왔다. 이렇게 맑고 온화한 초가을의 세계 속에서, 이렇게 맑고 투명한 에테르(Ether) 속에서 그의 온몸은 도취된 듯 나른해졌다. 그는 마치 인자한 어머니의 품에 잠들어 있는 듯했다. 마치 꿈속에서 도화원(桃花源)에 이른 것 같았다. 마치 남유럽의 해안에서 연인의 무릎을 벤 채 달콤한 낮잠에 빠져든 것만 같았다.

사방을 둘러보니, 주위의 초목들이 모두 그에게 미소를 짓는 듯했다. 또 창공을 바라보니 끝없이 아득한 대자연이 살래살래 고개를 끄덕이고 있는 듯했다. 꼼짝도 하지 않고 한참 동안 하늘을 쳐다보았다. 푸른 하늘에는 등에 날개를 달고 어깨에는 활을 멘 한 떼의 어린 천사들이 어지러이 춤을 추는 듯했다. 그는 즐겁기 그지없어 자기도 모르게 중얼거렸다.

"이곳이야말로 너의 피난처로다. 세상의 속물들은 너를 질투하고 조롱하며 우롱하지만, 오직 이 대자연, 이 영원토록 늘 새로운 창공과 눈부신 태양, 이 늦여름의 미풍, 이 초가을의 맑은 기운만은 너의 벗이요, 너의 인자한 어머니요, 너의 다정한 연인이다. 그러니 너는 다시 속세로 가서 저 경박한 남녀들과 함께 지낼 필요가 없다. 너는 이 대자연의 품속에서, 이 순박하기 그지없는 시골에서 여생을 보내려무나."

이렇게 한바탕 지껄이고 나자, 그는 자신이 가련하다는 생각에 수만 가지 애수가 가슴속에 밀려들어 단숨에 내뱉을 수 없을 것만 같았다. 그는 눈물을 머금은 채 다시 손에 든 책으로 시선을 옮겼다.

Behold her, single in the field,
Yon solitary Highland Lass!
Reaping and singing by herself;
Stop here, or gently pass!
Alone she cuts and bind s the grain,
And sings a melancholy strain;
O listen! for the Vale profound
Is overflowing with the sound.

이 절을 읽고 나서, 그는 갑자기 한 장을 넘겨 정신없이 세 번째 절을 읽었다.

Will no one tell me what she sings?—
Perhaps the plaintive numbers flow
For old, unhappy, far-off things,
And battles long ago:
Or is it some more humble lay,
Familiar matter of to-day?
Some natural sorrow, loss, or pain,
That has been, and may be again?

이 또한 그의 최근 습관으로, 그는 책을 볼 때마다 차례가 없었다. 수백 페이지의 큰 책은 말할 것도 없고, 수십 페이지밖에 안되는 작은 책인 에머슨(Emerson)의 《자연론(On Nature)》이나 소로(Thoreau)의 《소요유(Excursion)》 같은 책조차도 처음부터 끝까지 제대로 다 읽은 적이 없었다. 처음에 책을 펼쳤을 때 4행이나 5행, 또는 한두 페이지만 읽고도 그 책에 감동되어 단숨에 그 책을 삼켜버리지 못하는 게 안타까웠으며, 서너 페이지를 읽고 나면 다시 아쉬운 마음이 들어 마음속으로 중얼거렸다.

"이런 기이한 책은 단숨에 읽어치울 게 아니라 차근차근 씹듯이 읽어야 해. 단숨에 읽어버리면 나의 열망도 금방 식어버릴 터. 그렇게 되면 희망도, 몽상도 다 사라져버리리니, 어찌 그렇게 할 수 있으랴?"

머릿속으로는 이렇게 생각하지만, 실상 그의 마음속으로는 벌써 약간의 싫증이 나서 그 책을 한편에 밀쳐두고는 다시는 읽지 않았다. 그러다가 며칠이 지나거나 혹은 몇 시간이 지나면 그는 가슴 가득 정열이 용솟음쳐 마치 처음 그 책을 읽었을 때처럼 다른 책을 읽지만, 며칠 전 혹은 몇 시간 전에 그토록 감동을 주었던 그 책도 그에게 잊히고 말았다.

목청을 돋우어 워즈워스의 두 절을 읊조린 다음, 그는 불현듯 이 시를 중국어로 번역하고 싶었다.

'고원의 외로운 추수꾼'

그는 〈The solitary highland reaper〉라는 시제는 이렇게 번역할 수밖에 없다고 생각했다.

보게나, 저 밭에서 홀로
곡식 거두며 제 홍에 겨워 노래 부르는
저 외로운 고원의 아가씨를.
잠시 여기 서 있거나 조용히 지나가게나.
홀로 이삭 자르고 다발 묶으며
애잔한 노래 부르는 아가씨
오, 들어보게나, 깊고 깊은 골짜기에
넘쳐흐르는 저 노랫소리.

이 아가씨 노래에 담긴 이야기 들려줄 이 있을까?

아마도 오래전 먼 곳의 슬픈 이야기
옛날 옛날의 싸움 이야기를
이 서러운 곡조가 담고 있을까?
아니면 오늘날의 사연이 깃든
좀 더 소박한 노래
지금까지 있어 온, 앞으로도 있을
일상의 슬픔, 여읨, 괴로움에 대한 노래일까?

단숨에 번역해낸 그는 갑자기 멋쩍게 느껴졌는지 자조하듯 중얼거렸다.

"이게 대체 무엇인가? 교회의 찬송가처럼 무미건조하지 않은가? 영국 시는 영국 시이고 중국 시는 중국 시인데, 꼭 번역하여 맞추어볼 필요가 있을까!"

이렇게 말하고 그는 저도 모르는 사이에 슬며시 웃음을 지었다. 사면을 둘러보니 해는 이미 기울고 있었다. 대평원의 저쪽, 서쪽 지평선 위로 높은 산이 둥둥 떠 있는데, 온 하늘 석양을 흠뻑 받아 산 주위에는 몽롱한 증기가 서린 채 연분홍빛을 되비치고 있었다.

그가 넋을 잃고 경치를 바라보고 있을 때 '에헴' 하는 기침 소리와 함께 그의 등 뒤에서 농부가 다가왔다. 고개를 돌리고서 그는 얼굴의 웃음기를 우울한 낯빛으로 바꾸었다. 마치 자신의 웃는 모습을 남에게 들키지 않으려는 듯이.

2

그의 우울증은 더욱 심해졌다.

그는 학교의 교과서가 납을 씹는 것처럼 아무 맛이 없다고 느꼈다. 날씨가 쾌청할 때마다 늘 즐겨 읽는 문학책 한 권을 들고는 인적이 드문 산허리나 호숫가로 달려가 그 쓸쓸한 맛을 탐닉했다. 삼라만상이 고요 속에 잠긴 순간, 하늘과 물이 서로 비치는 곳에서 풀과 나무, 벌레와 물고기를 바라보고 흰 구름과 푸른 하늘을 바라보노라면, 그는 자신이 세상을 내려다보는 고고한 현인이나 초연히 홀로 선 은자(隱者)로 여겨졌다. 때로 산중에서 농부를 만나면 그는 자신을 자라투스트라(Zratustra)로 여기고, 자라투스트라가 한 말을 마음속으로 농부에게 들려주었다. 그의 메갈로마니아(Megalomania, 과대망상)은 그의 히포콘드리아(Hypochondria, 우울증)에 정비례하여 나날이 늘어갔다. 그는 마침내 나흘이나 닷새씩 학교 강의를 빼먹기도 했다.

어쩌다 학교에 가면 여러 사람들이 자기를 응시하고 있다는 느낌이 들었다. 그는 학우들의 눈길을 이리저리 피하고 싶었으나, 어디를 가든지 학우들의 눈빛은 악의를 품고서 그의 등을 쏘아보는 듯했다.

수업시간에도 그는 그 반 전체 학생의 한가운데에 앉아 있으면서도 항상 심한 고독을 느꼈다. 군중 속에서 느끼는 고독감은 홀로 스산한 곳에서 느끼는 고독감보다도 훨씬 더 견디기 힘들었다. 학우들을 보면 모두들 기쁨에 넘쳐 강의에 열중하고 있는데, 오직 그 혼자만은 몸은 교실 안에 있으면서 마음은 뜬구름 속에 사라지는 번개처럼 끝없는 공상의 날개를 펴고 있었다.

간신히 수업이 끝나는 종이 울렸다. 선생님이 나가신 후 다른 학우들은 서로 웃고 이야기하면서 마치 봄날의 제비나 참새처럼 즐겼다. 오직 그 한 사람만은 미간을 찌푸린 채 혀끝에 천 근이나 되는 바윗돌을 매달아놓은 듯이 말 한 마디 없이 잠자코 있었다. 그 또한 다른 학우들이 그에게 말을 걸어주기를 바랐지만, 급우들은 저마다 즐기기에 바쁘고 또 그의 찌푸린 얼굴을 보고 달아나지 않는 이가 없었다. 그래서 그는 학우들을 더욱 원망하게 되었다.

"저놈들은 모두 일본인이다. 그들은 나의 원수다. 나는 언젠가 복수하고 말 테다. 반드시 원수를 갚아줄 거야."

비분강개할 때마다 그는 늘 이렇게 생각했지만, 마음이 안정되고 나면 다시 자기 자신을 비웃었다.

"저놈들은 일본인이다. 그들이 너를 동정하지 않는 건 당연한 일이야. 네가 저놈들의 동정을 얻으려 하기 때문에 저놈들을 원망하는 것이니, 이 어찌 네 잘못이 아니란 말이냐?"

그의 학우들 가운데 참견하기 좋아하는 이가 때로 그에게 말을 걸고 웃어 보이기도 했다. 그러면 그는 마음속으로 감격해서 흉금을 털어놓고 이야기를 나누고 싶지만, 끝내 한 마디도 하지 못했다. 그래서 그의 속마음을 이해하는 몇몇 사람도 그와 소원해지지 않을 수 없었다.

일본인 학우가 한쪽에서 즐겁게 웃고 있으면, 그는 늘 자기를 비웃는다고 의심하여 금세 얼굴을 붉히곤 했다. 그들이 잡담을 나누고 있을 때, 우연히 누군가가 그를 흘끗거리기만 해도 그는 갑자기 얼굴을 붉히면서 그들이 자기를 두고 쑥덕거리고 있다고 생각했다. 그래서 그와 학우들 간의 거리는 날이 갈수록 멀어져 갔다. 학우들은 그를 고독을 사랑하는 사람으로 여겨 아무도 그를 가까이 하지 않았다.

어느 날 방과 후에, 그는 책가방을 끼고서 하숙집으로 돌아오고 있었다. 세 명의 일본 학생도 그와 함께 동행했다. 그의 하숙집에 거의 다 왔을 때, 앞에서 붉은 치마를 입은 여학생 두 명이 불쑥 다가왔다. 이런 시외에서는 여태껏 여학생을 본 일이 없었기 때문에, 그는 이 두 여자를 보자 숨결이 가빠졌다. 그들 네 명이 두 여학생과 스칠 때, 세 명의 일본 학생이 그녀들에게 말을 건넸다.

"너희들 어디 가니?"

두 여학생은 애교 띤 목소리로 대답했다.

"몰라!"

"몰라!"

세 일본 학생은 매우 흡족한 듯 껄껄 웃었다. 오직 그만은 자신이 그녀들에게 말을 건넨 양 부끄러움을 타더니 총총히 하숙집으로 뛰어 돌아왔다. 자기 방으로 들어서자 그는 책가방을 힘껏 다다미 위에 팽개치더니, 다다미 위에 벌렁 드러누웠다. 그의 가슴은 아직도 두근두근 뛰고 있었다. 그는 한 손으로 베개를 삼고 한 손으로 가슴을 문지르면서 자신을 조소하고 욕했다.

"You coward fellow, you are too coward!"

"수줍어할 바에야 무엇 때문에 후회하는 거니?

후회할 바에야 왜 대담하지도 못해? 걔들에게 한 마디 말도 못 붙이면서."

"Oh, coward, coward!"

이렇게 뇌까리다가 그는 문득 그 두 여학생의 애교스럽던 눈짓을 떠올렸다.

그 두 쌍의 발랄한 눈!

그 두 쌍의 눈 속에는 확실히 놀랄 만한 뜻이 담겨 있었다. 그러나 좀 더 곰곰이 생각해보더니, 그가 별안간 부르짖었다. "바보, 바보! 걔들에게 비록 뜻이 있었다 하더라도 너와 무슨 상관이 있어? 걔들이 던진 추파는 그 세 일본인에게 보낸 것이 아닌가? 아아, 걔들은 내가 중국인인 줄 이미 알고 있었어. 이미 알고 있었다고. 그게 아니라면 걔들이 왜 내게 눈길 한 번 주지 않았겠냐고? 복수, 복수! 난 기어이 걔들에게 복수하고 말겠어."

여기까지 말하자, 그의 뜨거운 뺨 위로 몇 방울의 차가운 눈물이 흘러내렸다. 그의 상심은 극에 달했다. 그날 밤 그는 일기에 이렇게 썼다.

> 내가 뭐가 아쉬워 일본에 왔으며, 뭐가 아쉬워 학문을 닦으려 했던가? 일본에 온 이상 저들 일본인에게 경멸당하지 않을 수 없지. 중국이여! 중국이여, 너는 어찌하여 부강해지지 못하는가? 나는 더 이상 참을 수가 없구나.
>
> 고향에는 어찌 아름다운 산과 강이 없는가? 고향엔 어찌 꽃같이 아름다운 여인이 없는가? 뭐가 아쉬워 내가

동해의 이 섬나라로 왔던가!

일본에 온 거야 그렇다 치지만, 뭐가 아쉬워 내가 이 빌어먹을 고등학교로 진학했던가! 대여섯 달 유학하고서 돌아간 사람들도 거기에서 영화롭고 안락한 생활을 하고 있지 않는가? 오륙 년의 세월을 날더러 어찌 견디란 말인가. 천신만고 끝에 십여 년간 학식을 쌓아 귀국한다 해도, 내가 그 엉터리 유학생들보다 나으리라 장담할 수 있을까?

인생은 백 년에, 한창 좋은 나이도 고작해야 칠팔 년. 가장 순수하고 아름다운 칠팔 년을 나는 이 무정한 섬나라에서 허송하지 않을 수 없다. 가련하구나, 내 나이 어느덧 스물하나로구나.

말라죽은 나무 같은 스물한 살.

식어버린 재 같은 스물한 살.

차라리 광물질로 변하는 게 낫겠다. 내겐 아마 꽃피는 시절이 없을 거야.

지식도 내게는 필요 없고 명예도 내게는 필요 없다. 나는 오직 나를 위안해주고 나를 이해해주는 '마음'-뜨겁디 뜨거운 심장! 그 심장에서 우러나온 동정! 그 동정에서 비롯된 사랑!을 원할 뿐이다.

내가 바라는 것은 사랑이다!

만약 어느 아름다운 여인이 내 괴로움을 이해해준다면, 그녀가 내게 죽으라면 나는 기꺼이 죽으리라.

만약에 어느 부인이 아름답든 추하든 진심으로 나를

사랑한다면, 나는 기꺼이 그녀를 위해 죽으리라.

내가 바라는 것은 이성의 사랑이다!

하늘이여, 하늘이여. 나는 지식도 원치 않고 명예도 원치 않으며 쓸데없는 돈도 원치 않습니다. 당신이 제게 에덴동산의 이브를 내리시와 그녀의 육체와 영혼을 제게 주신다면, 저는 그것으로 만족하겠나이다.

3

그의 고향은 부춘강(富春江)가의 작은 마을로서, 항저우(杭州)로부터 물길로 80~90리밖에 안된다. 이 강줄기는 안후이(安徽)에서 발원하여 저장(浙江) 전역을 꿰뚫고 흐르는데, 굽은 강줄기에 풍경이 항상 새로워 당(唐)나라의 어느 시인은 이 강을 '그림 같은 강(一川如畵)'이라고 찬미했다고도 한다. 그가 열네 살 되었을 때 어느 선생님께 이 넉 자를 써달라고 부탁하여 그의 서재에 붙여놓았다. 그의 서재의 자그마한 창이 강쪽을 향하고 있기 때문이었다. 비록 서재는 그리 크지 않았으나, 날씨의 변화와 봄가을 및 아침저녁의 풍경계절 따라 변하는 풍경은 등왕각(藤王閣)에 못지않았다. 이 작은 서재 속에서 십여 년을 보내고, 그는 형을 따라 일본으로 유학을 왔던 것이다.

그는 세 살 때 아버지를 여의었다. 그때 그의 집안은 곤궁하기 그지없었다. 용케도 그의 맏형은 일본의 W 대학을 졸업하고 베이징(北京)에 돌아와 진사(進士)에 합격해서 법무부의 하급관리가 되었으나, 이 년이 채 안되어 우창(武昌)의 혁명이 일어났다. 그때 그는 이미 현립(縣立) 소학당을 졸업하고 중학당을 이리저리 옮겨 다니던 참이었다. 집안 식구들은 진득하지 못하고 성미가 너무 제멋대로라고 그를 나무랐다. 그러나 그 자신의 말에 따르면, 그는 다른 학생들과 달라 차례대로 진급하는 다른 학생과는 함께 공부할 수 없다고 했다. 그래서 그는 K부(府)의 중학에 들어갔다가 반년도 못되어 갑자기 H부의 중학으로 전학했다. H부 중학에 재학한 지 석 달 만에 혁명이 일어났다. 그래서 H부 중학이 폐쇄된 후 그는 예전처럼 이 작은 서재 속으로 돌아올 수밖에 없었다. 이듬해 봄 그가 열일곱 살 때, 그는 대학 예과에 입학했다. 이 대학은 항저우 시외에 있었는데, 원래 미국 장로회의 기부금으로 세워졌는지라, 학교 안에는 일종의 전제적인 폐습이 스며들어 학생의 자유라곤 바늘구멍처럼 쪼그라들어 있었다. 수요일 저녁에는 무슨 기도회가 열렸고, 일요일에는 외출금지는 물론 방에서 다른 책은 읽지 못했으며, 찬송가를 부르거나 기도를 올리는 것 이외에는 신구약성서를 읽는 것만 허용되었다. 매일 아침 9시부터 9시 20분까지는 반드시 예배를 보러 가야 했고, 만일 예배에 참석지 않으면 점수가 깎이고 과오로 기록되었다. 그는 그 학교 근처의 산수 경치를 매우 사랑했으나, 마음속에는 반항심이 자리 잡았다. 왜냐하면 그는 자유를 사랑하는 사람으로서 그런 미신적인 속박에 도저히 복종할 수가 없기 때문이었다. 입학한 지 반년도 되지 않아 대학 안의 요리사가 교장의 위세에 편승하여 학생을 구타한 사건이 발생했다. 이때 학생 가운데 몇 명이 불복하여 교장에게 호소했으나, 교장은 도리어 학생들이 잘못했다고 꾸짖었다. 그는 이런 사태를 보자 너무나 도리에 어긋남을 알고 곧장 학교를 그만두고 집으로 돌아와 이 작은 서재에 틀어박혔다. 이때가 6월 초순이었다.

집에서 석 달을 지내다가 가을바람이 부춘강 위로 불어 양쪽 강 언덕의 푸른 나무가 시들 무렵, 그는 범선을 타고 부춘강을 내려가 항저우로 갔다. 때마침 석패루(石牌樓)의 W 중학이 보결생을 모집하고 있었다. 교장 M 씨를 만나 자신의 경력을 교장 부부에게 들려주자, M 씨는 최상급반에 편입시켜 주었다. 이 W 중학도 알고 보니 미션스쿨이었으며, 교장 M 씨도 멍청한 미국 선교사였다. 그가 보기에 이 학교의 내용도 H 중학보다 나을 게 없었다. 그래서 속물인 교무장(教務長) — 알고 보니 이 선생은 H 대학 졸업생이었다 — 과 한바탕 다툰 후, 그는 이듬해 봄에 나오고 말았다. W 중학을 그만두고 보니, 항주의 여러 학교는 죄다 그의 마음에 맞지 않아 다른 학교에 들어갈 생각을 접었다.

바로 이때 그의 맏형도 베이징에서 배척을 당했다. 원래 그의 맏형은 됨됨이가 매우 정직해서 부서에서 일을 처리할 때 깐깐하고 공평무사한데다가 부서의 동료들보다 학식도 많았기에 부서의 위아래 사람 모두가 그를 꺼렸다. 하루는 모 차장(次長)과 연고가 있는 사람이 그를 찾아와 자리를 하나 만들어달라고 했다. 그는 완강하게 받아들이지 않았다. 그래서 차장은 그와 한바탕 다투게 되었고, 며칠이 지나 결국 부서를 사직하고서 사법계에 가서 사법관 노릇을 하게 되었다. 그의 둘째형은 그때 마침 사오싱(紹興) 군대에 장교로 있었다. 둘째형은 군인의 기질이 강해서 돈을 물 쓰듯 하면서 오로지 의협심이 많은 친구들과 사귀기를 좋아했다. 이들 삼형제는 이 무렵 뜻대로 되는 일이 없었으므로 이 작은 마을의 할 일 없는 사람들은 그들의 운수도 다했다고 수군거렸다.

집으로 돌아온 후 그는 밤낮으로 이 작은 서재에 칩거하고 있었다. 그의 아버지, 할아버지와 맏형의 장서(藏書)가 그의 좋은 스승, 좋은 벗이 되어주었다. 그는 일기장에 날마다 시를 쓰기 시작했다. 어떤 때는 화려한 문장으로 소설을 쓰기도 했다. 소설 속에서 자신은 다정한 용사요, 이웃집 과부의 두 딸은 귀족의 후예요, 그의 고향의 풍물은 온통 전원의 아늑한 풍경으로 만들었다. 흥이 나면 자기가 쓴 소설을 간단한 외국어 문장으로 번역하기도 했다. 그의 환상은 점점 더 커져갔다. 그의 우울증의 싹도 아마 이즈음에 길러졌을 것이다.

집에서 지낸 지 반년, 7월 중순이 되었다. 그는 맏형으로부터 편지를 받았다.

"법원에서 머지않아 나를 일본에 파견해 사법업무를 시찰케 할 의향이 있고, 나도 이미 원장에게 일본으로 가마고 승낙해서 며칠 내로 명령이 내릴 것이다. 일본으로 건너가기 전에 고향에 돌아가 잠시 머물 작정이다. 셋째가 집에만 있는 것이 상책이 아닐 터이니, 이번에 일본에 갈 때 너를 데리고 가마."

이 편지를 받은 후, 그는 마음속으로 날마다 맏형의 귀향을 학수고대했다. 9월 하순이 되어서야 맏형 내외가 베이징으로부터 집에 도착했다. 집에서 한 달간 묵다가 그는 맏형 내외와 함께 일본으로 건너갔다.

일본에 도착한 뒤에도 그의 낭만적인 시절의 꿈들(Dreams of the romantic age)은 아직 깨지 않았다. 어물어물 반년이 지나서야 그는 도쿄의 제일고등학교에 입학했다. 이때가 그의 나이 열아홉 살 되는 해의 가을이었다. 제일고등학교의 개학을 앞두고 그의 맏형은 원장의 명령을 받고 귀국해야만 했다. 맏형은 그를 한 일본인 집에 기숙시키고, 며칠 후에 형수와 갓난 조카를 데리고 귀국했다.

동경의 제일고등학교에는 중국 학생을 위해서 특별히 설치한 예비반이 있었다. 이 예과에서 일 년 동안 공부해서 졸업한 후에야 각지의 고등학교 본과에 입학하여 일본인 학생과 함께 공부할 수 있었다. 그가 예과에 시험을 쳐서 들어갈 때에는 본래 문과를 지망했었는데, 후에 예과를 졸업할 무렵에 맏형이 의과로 바꾸라고 해서 당시 별 주관이 없었던 그는 맏형의 말을 따라 의과로 바꾸었다.

예과를 졸업한 후 그는 N시의 고등학교가 가장 새롭고, 또 그곳은 일본에서 미인이 많은 곳이라는 소리를 들었는지라 N시의 고등학교를 지망했다.

4

그는 나이 스무 살 되던 해의 8월 29일 저녁에 혼자서 도쿄의 중앙역에서 야간열차를 타고서 N시로 향했다. 그날은 아마 음력 초사흘, 초나흘쯤이었을 것이다. 벨벳 같은 자줏빛 하늘에는 별빛이 가득 반짝이고 있었다. 서쪽 하늘에 걸린 초승달은 화장하지 않은 선녀의 눈썹 같았다. 그는 홀로 삼등열차의 차창에 기대어 묵묵히 창밖 인가의 등불을 세고 있었다. 기차는 어둔 밤공기 속에서 한 구역 한 구역 나아가고 있었다. 대도시의 별빛 같은 등불들이 하나하나 몽롱해졌다. 그의 가슴에서는 홀연 수많은 애수가 피어나고, 갑자기 눈시울이 뜨거워졌다.

"Sentimental, too Sentimental!"

이렇게 부르짖은 그는 눈물을 훔치더니 자신을 비웃었다.

"너는 애인을 도쿄에 두고 온 것도 아니고, 형제나 지기(知己)가 도쿄에 사는 것도 아닌데, 대체 너는 누구를 위해 눈물을 흘리는가? 혹시 지난 삶에 대한 감상인가, 아니면 2년 동안의 삶에 대한 여운인가? 넌 평소에 도쿄를 좋아하지 않는다고 하지 않았던가?

아, 일 년 동안 살았으니 어찌 무정할 수 있겠는가?

꾀꼬리도 오래 살면 정이 들어 이별을 앞두고 울어줌에랴!"

이것저것 한동안 생각하던 그는 불현듯 맨 처음 신대륙으로 떠났던 청교도(清教徒)들의 신세가 생각났다. "십자가 아래의 저들 유랑민들이 고향의 바다를 떠날 때 아마 나처럼 비장감에 젖어 있었겠지."

기차가 요코하마(橫濱)를 지났다. 그제야 그의 마음은 차차 평온해졌다. 멍하니 한참 앉아 있던 그는 한 장의 엽서를 꺼내더니 하이네 시집 위에 올려놓고 연필로 도쿄 친구들에게 보내는 시를 한 수 썼다.

아미(蛾眉) 같은 달이 버들가지에 솟아오를 때 머언 하늘가를 향해 정든 집을 떠나네.
사벽의 주루(酒樓)에서 다투어 술을 마시고
화려한 거리의 등불은 멀리 열차를 따르네.
어지러운 이별에 젊음은 눈물 많지 않고
궁색한 살림에 짐은 몇 권의 낡은 책뿐.
훗날 밤 갈대 뿌리에 가을 물이 불어날 때
그대 믿고 남쪽 포구에서 편지를 기다리겠네.

희미한 전등불 밑에서 한참 동안 묵묵히 앉아 있다가 그는 다시 하이네 시집을 꺼내 뒤적거렸다.

Lebet wohl, ihr glatten Saele,
Glatte Herren, glatte Frauen!
Auf die Berge will ich steigen,
Lachend auf euch niederschauen!

Heine's 《Die Harzreise》

부박(浮薄)한 속세, 무정한 남녀
저 은은한 청산을 보라, 내 바람 타고 날아가
잠시 머물러, 잠시 머물러
너희들 가는 곳 어디인지 웃으며 보리라.

단조로운 열차 바퀴 소리가 끊임없이 그의 귓전을 때렸다. 30

분도 되지 않아서 이 졸음을 재촉하는 열차바퀴 소리에 취해 몽환적인 선경으로 끌려 들어갔다. 아침 5시가 되자 날이 차츰 밝아졌다. 차창에서 밖을 내다보니 푸른 하늘은 여전히 미명에 둘러싸여 있었다. 머리를 내밀고 보니 옅은 안개가 한 폭의 천연의 그림을 뒤덮고 있었다. 그는 마음속으로 생각했다

"오늘도 맑은 가을의 화창한 날씨로구나. 이만하면 나의 운도 그리 나쁘진 않겠군."

한 시간이 지나서 기차는 N시의 정거장에 닿았다.

기차에서 내려 역에서 한 일본인 학생을 만났다. 그의 모자에 흰 줄이 두 갈래 둘러져 있는 것을 보고서, 그 역시 고등학교 학생임을 알 수 있었다. 그는 그 학생에게로 다가가 모자를 벗고 물었다.

"제X 고등학교가 어디에 있습니까?"

그 학생이 대답했다. "함께 갑시다."

그는 그 학생을 따라 정거장을 빠져나와 역 앞에서 전차를 탔다.

시간이 너무 일렀던지 N시의 상점들은 아직도 문을 열지 않았다. 그는 일본 학생과 전차를 타고 스산한 거리를 몇 구역 지나 학무공원(鶴舞公園) 앞에서 내렸다. 그는 일본 학생에게 물었다.

"학교가 아직도 멉니까?"

"2리 남짓 남았습니다."

공원을 가로질러 논밭 사이의 좁은 길로 나왔을 때, 태양은 벌써 떠올라 있었다. 벼 위의 이슬방울이 구슬처럼 매달려 있었다. 앞쪽에는 한 무더기 숲이 있고, 숲속 그늘진 곳에는 드문드문 몇

채의 농가가 보였다. 두세 개의 굴뚝이 농가 지붕 위로 튀어나와, 맑은 아침 공기 속에 희미하게 떠 있었다. 한두 줄기의 푸른 연기가 향로의 연기처럼 거기에서 떠올랐다. 그는 농가에서 아침밥을 짓고 있다는 걸 알았다.

학교 근처의 하숙집에 가서 물어보니 그가 일주일 전에 부친 짐이 이미 도착해 있었다. 원래 그 집은 중국인 유학생이 묵었던 집이라 주인의 태도가 은근했다. 그 집에 하숙을 정한 이후 그의 앞길에 많은 즐거움이 기다리고 있는 듯한 느낌이 들었다.

그러나 앞날의 희망은 첫날밤의 눈앞의 현실에 의해 산산이 부서지고 말았다. 원래 그의 고향은 작은 소도시였다. 도쿄에 도착한 뒤 인산인해 속에 살면서도 늘 고독을 느꼈지만, 도쿄의 도시 생활은 그의 어릴 때의 습관과 별로 부딪치지 않았다. 그런데 지금 N시의 시골로 와보니 그의 하숙집은 외딴 집으로 사방엔 이웃이라곤 없이, 왼쪽 문 너머에는 한길이 쭉 뻗어 있고 앞뒤로는 죄다 논밭이었으며 서쪽에는 연못이 있었다. 게다가 아직 개학하기 전이라 다른 학생이라곤 없었다. 이 넓은 하숙집에 손님이라곤 그 혼자뿐이었다. 한낮에는 그럭저럭 지낼 수가 있었으나, 밤이 되어 창을 열고 바라보면 사방이 깜깜한 암흑뿐이었다. 또한 N시 근처는 넓은 들판이었기 때문에 사방의 눈길 닿는 곳마다 막히는 것이라곤 없었다. 멀리서 깜빡거리는 등불은 마치 도깨비불과 같았다. 천장에서는 수많은 벌레와 쥐들이 사각사각 먹이를 다투었다. 창밖에는 오동나무 몇 그루가 있는데, 미풍에 잎이 흔들리면서 끊임없이 바스락거렸다. 그는 2층에 살고 있었던 터라 오동잎 부딪치는 소리가 그의 귓전에 들렸다. 그는 두려움에 울음이 터져 나올 뻔했다. 그래서 도시에 대한 향수병(Nostalgia)을 그날 저녁만큼 느껴 본 적이 없었다.

개학이 되자 그의 벗도 점점 많아졌다. 감수성이 남달리 예민한 그의 성격도 하늘과 땅, 숲과 들판의 물과 융화되었다. 반년이 되지 않아 그는 마침내 대자연의 총아가 되어, 천연의 야취(野趣)를 한시도 떠날 수가 없었다.

그의 학교는 N시의 교외에 있어 앞에서 말한 대로 부근은 넓은 들판이라 사방의 지평선이 멀리 아득하게 펼쳐졌다. 당시 일본의 공업은 그리 발달하지 못했고 인구도 지금처럼 많지 않았다. 그래서 그의 학교 근처에는 아직도 숲과 공터와 작은 언덕들이 많이 남아 있었다. 학생들에게 문방구를 파는 몇몇 가게와 찻집 외에는 근처에 거주하는 이가 없었다. 황량한 들판에 사는 사람들이란 오직 학생을 상대로 연 몇 채의 하숙집뿐으로, 새벽하늘에 별과도 같이 보리밭과 채마밭 가운데 드문드문 있을 뿐이었다. 저녁을 먹은 뒤 검은 비단 망토를 걸치고 애독하는 책을 손에 든 채 느릿느릿 저물어 가는 석양의 낙조를 받으면서 산보 삼아 거니는 것이 대단한 즐거움이었다. 그의 전원취미는 아마도 이런 목가적인 산책(Idyllic wanderings)에서 생겨났을 것이다.

생존경쟁이 그리 치열하지 않고 멋대로 이리저리 다니는 중고시대와 같은 때에, 풍기가 순량하고 시정 나부랭이와 함께 지내지 않는 이 한적하고 아늑한 곳에서 나날을 보내는 것은 정말 꿈만 같았다. 그가 N시에 온 지 눈 깜박할 사이에 어느덧 반년이 지났다.

훈풍이 주야로 불어왔고 풀빛이 점점 짙어졌다. 하숙집 근처 보리밭의 보리 이삭이 한 치 한 치 자라기 시작했다. 풀과 나무, 벌레와 물고기 모두가 자라는 때라, 그의 조상 때부터 내려오는 고민도 날마다 자라기 시작했다. 그가 매일 아침 이불 속에서 저지르는 죄악도 날마다 늘어나기 시작했다.

그는 본래 고상함을 사랑하고 청결함을 사랑하는 사람이었다. 그러나 못된 생각이 한 번 나타나기만 하면 그의 지력(智力)도 쓸모없고 그의 양심도 마비되었다. 어릴 때부터 순응해온 '몸과 터럭, 피부는 감히 훼손시키지 못한다(身體髮膚 不敢毀傷)'는 성인의 말씀도 돌아볼 수가 없었다. 죄를 저지른 뒤 그는 매번 통절히 후회하면서 다시는 이런 잘못을 저지르지 않겠노라 이를 악물지만, 이튿날 그때가 되면 갖가지 환상이 또다시 눈앞에 되살아났다. 평소에 보았던 '이브'의 후예가 알몸으로 그를 유혹했다. 중년을 지난 부인의 육체는 그의 머릿속에서 처녀보다도 훨씬 그의 정욕을 불러일으켰다. 악전고투 끝에 그는 끝내 그녀들의 포로가 되고 말았다. 이렇게 해서 한 번이 두 번이 되고, 두 번이 세 번이 된 후에는 습관이 되어버렸다.

그는 죄를 저지른 후에 늘 도서관에 가서 의학서를 뒤져보았다. 어느 의학서에나 한결같이 신체에 가장 해로운 짓이 바로 이런 범죄라고 적혀 있었다. 그 후부터 그의 두려움은 하루하루 늘어나기 시작했다. 그러던 어느 날, 어디에서 들은 소식인지는 모르지만 어느 책에선가, 러시아 근대문학의 창시자 고골(Gogol)도 이런 병에 걸려 죽을 때까지 그만두지 못했다는 것이다. 고골의 이야기를 들으니 그는 한시름 놓였다. 《죽은 혼》의 작가 역시 그와 마찬가지였기 때문이다. 그러나 이건 자기 위안에 지나지 않을 뿐, 그의 가슴속에는 늘 대단한 걱정이 떠나지 않았다.

그는 깨끗한 것을 좋아했기 때문에 매일 한 번씩 목욕을 해야만 했다. 그는 몸을 대단히 귀하게 여겼기 때문에 매일 날계란과 우유를 먹었다. 그러나 목욕을 하러 가거나 우유와 날계란을 먹을 때마다 늘 부끄럽기 그지없었다. 이 모두가 그가 죄를 지었다는 증거였기 때문이다.

그는 나날이 몸이 쇠약해지고 기억력도 줄어든다는 느낌이 들었다. 그는 날이 갈수록 남을 만나는 게 두려워졌다. 부인이나 여자를 만날 때면 더욱 곤혹스러웠다. 학교의 교과서는 차츰 꼴도 보기 싫어졌다. 프랑스의 자연주의 소설과 중국의 몇몇 유명한 황색소설은 읽고 또 읽어 거의 다 외다시피 했다. 어쩌다 갑자기 한 수의 좋은 시를 쓰면 그는 매우 기뻐했는데, 자신의 두뇌가 아직 썩지 않았다고 여겼다. 그때마다 스스로에게 다짐했다.

"나의 두뇌는 아직 쓸 만하며, 아직도 이렇게 좋은 시를 쓸 수가 있다. 앞으로 다시는 죄를 짓지 않겠다. 지난 일은 어쩔 수 없지만 앞으로 다시는 죄를 짓지 않겠다. 만약 지금부터 새로워진다면, 나의 두뇌는 괜찮을 것이다."

그러나 막상 긴박한 때가 닥쳐오면 그의 다짐은 또다시 허사가 되고 말았다.

매주 목요일과 금요일, 또는 매달 26, 27일이면 그는 마음껏 환락을 맛보았다. 마음속으로는 다음 주 월요일부터는, 또는 다음

달 초하루부터는 절대로 죄를 짓지 않겠다고 맹세했다. 때로 토요일 혹은 월말 밤이 되면 머리를 깎고 목욕을 하여 심기일전의 표지로 삼았다. 하지만 며칠이 가지 못해 그는 또다시 계란과 우유를 먹지 않으면 안 되었다.

그의 자책감과 공포심은 하루도 그를 편안하게 내버려두지 않았다. 그의 우울증은 이때부터 더욱 심해졌다. 이런 상태가 한두 달 계속되다가 학교가 여름방학에 들어갔다. 여름방학 두 달 동안 그가 겪은 고민은 평소보다 훨씬 심했다. 새 학기가 시작되었을 때, 그의 양 볼은 광대뼈가 툭 튀어나오고 검은 눈자위는 더욱 움푹 들어갔으며, 한 쌍의 총기 넘치던 눈동자는 죽은 물고기의 눈깔같이 변해버렸다.

5

가을이 또 왔다. 드넓은 창공은 나날이 높아졌다. 하숙집 근처의 논밭은 모두 황금빛을 띠고 있었다. 아침저녁의 싸늘한 바람이 칼날처럼 사람의 심장과 뼈마디를 찔러댔다. 아마 늦가을의 좋은 날이 머지않아 올 것 같았다.

일주일 전 어느 오후, 그는 워즈워스의 시집을 들고 밭두렁 길을 한참 동안 느릿느릿 거닐었다. 그날 이후 그의 순환성 우울증은 그의 몸에서 떠나지 않았다. 며칠 전 길에서 만났던 그 두 여학생이 늘 그의 뇌리에 남은 채 그를 불안케 했다. 그날의 일을 떠올리면 그는 아직까지도 혼자 얼굴을 붉히곤 했다.

요즘 그는 어디를 가든 좌불안석이었다. 그가 학교에 가면 일본인 학생들이 그를 배척하는 느낌이 들었다. 몇몇 중국인 학우에게도 오래도록 찾아가지 않았다. 찾아갔다가 돌아오면 마음속에 공허감이 밀려왔기 때문이다. 몇 안되는 중국인 학우마저도 어찌된 일인지 그의 마음을 이해해주지 못했기 때문이다. 그가 찾아갈 때에는 조금이나마 동정을 받고 싶었던 것인데, 그곳에 가서 몇 마디 이야기를 나누고 나면 공연히 방문했다고 후회해야만 했다. 언젠가 친구와 이야기를 나누다가 의기투합한 나머지 일시적으로 들뜬 기분에 생활 전반에 걸쳐서 이야기를 나누었다. 그러나 돌아오는 길에는 실언했노라 후회하면서 마음속에 느낀 자책감이 찾아가기 전보다 훨씬 심했다. 중국인 친구들은 그가 신경쇠약에 걸렸다고 여겼다. 이런 소리를 들은 후, 그는 중국인 학생에 대해서도 일본인 학생을 대할 때와 마찬가지로 일종의 복수심을 품게 되었다. 그는 몇몇 중국인 학우들과도 날로 소원해지기 시작했다. 그 후 길에서나 학교에서나 그들을 만나더라도 아는 체도 하지 않았다. 중국인 유학생회가 열려도 물론 참석하지 않았다. 몇몇 중국인 동포와는 끝내 원수처럼 되어버렸다.

중국인 학우 중에 별난 사람이 있었다. 그는 자기의 결혼에 도덕상의 죄악이 있었기에 오로지 남의 추한 일을 들추어내어 자기의 결점을 감추기를 좋아했다. 그를 정신병자라고 말한 것도 이 사람이었다.

교제를 끊은 뒤 그는 견딜 수 없을 만큼 고독을 느꼈지만, 다행히 그의 하숙집 주인의 딸이 있어 그의 마음을 끌었다. 그렇지 않았더라면 그는 틀림없이 자살하고 말았을 것이다. 하숙집 주인의 딸은 올해 열일곱 살로, 길쭉한 얼굴과 큼지막한 눈에 웃을 때면 양 볼에 보조개가 패고 입안에 금니가 하나 보였다. 그녀는 자신의 웃는 얼굴이 몹시 귀엽다고 여겼기에 늘 웃는 모습을 짓고 있었다.

그는 마음속으로 그녀를 매우 사랑하고 있었다. 그러나 그녀가 밥상을 가져오거나 이부자리를 깔아줄 때, 그는 늘 범접할 수 없는 태도를 가장했다. 그는 마음속으로 그녀에게 말을 붙이고 싶었지만, 그녀를 보기만 하면 입이 얼어붙고 말았다. 그녀가 방에 들어오면, 그는 숨이 가빠져 숨을 내쉬지도 못했다. 그녀 앞에서 괴로움을 견딜 수가 없는지라, 요즘은 아예 그녀가 방에 들어오기만 하면 밖으로 나가버렸다. 그렇지만 그녀를 사모하는 정은 나날이 더 짙어졌다. 어느 토요일 저녁 하숙집의 하숙생들이 모두 N시로 놀러 나갔다. 그는 경제사정이 넉넉지 않았기에 저녁을 먹은 뒤 서쪽 연못가에 갔다가 곧 하숙집으로 돌아와 우두커니 앉아 있었다.

방에 들어와 한동안 앉아 있자니, 그는 휑뎅그렁한 2층에 자기 혼자만 있음을 느꼈다. 한참 동안 조용히 앉았노라니 더 앉아 있기가 싫증나자 그는 다시 밖으로 나가고 싶었다. 그러나 밖으로 나가려면 반드시 주인네 방을 지나쳐야만 했다. 주인과 그 딸의 방이 대문가에 있었기 때문이다. 기억해보니 방금 그가 들어올 적에 주인과 딸은 마침 저녁을 먹고 있었다. 그녀의 앞을 지나가는 괴로움을 생각하자, 외출하고 싶은 생각이 싹 사라졌다.

조지 기싱(G.Gissing)의 소설을 한 권 꺼내서 서너 페이지를 읽었을 때, 고요한 정적 속에 쏴아 하고 물을 끼얹는 소리가 들려왔다. 그는 가만히 귀를 기울였다. 호흡이 순식간에 가빠지고 얼굴이 붉어졌다. 한참 머뭇거리다가 그는 살며시 방문을 열고 슬리퍼도 신지 않은 채 발소리를 죽이면서 계단을 내려갔다. 슬그머니 변소 문을 열고 들어가 변소 유리창에 바짝 붙어 몰래 엿보았다. 원래 그 하숙집의 목욕탕은 변소와 벽을 사이에 두고 있었으므로 변소의 유리창을 통해 목욕탕 안의 동정을 똑똑히 엿볼 수가 있었다. 처음에는 잠깐 보고 나오려 했으나, 한 번 들여다보자 그는 말뚝처럼 굳어져 움직이려야 움직일 수가 없었다.

저 눈같이 새하얀 두 개의 가슴!

저 토실토실한 두 허벅지!

전신의 곡선!

숨도 죽인 채 뚫어져라 보고 있노라니, 그의 얼굴 근육에 경련이 일어났다. 볼수록 더 심하게 후들거리는 바람에, 떨고 있던 앞이마가 유리창에 부딪쳤다. 증기에 휩싸여 있던 알몸의 이브가 아리따운 목소리로 외쳤다.

"누구세요? ……"

그는 소리도 내지 않고 황급히 변소를 빠져나와 허겁지겁 2층으로 올라갔다. 그는 방으로 뛰어 들어갔다. 얼굴은 불같이 뜨겁고 입은 바짝 말랐다. 그는 자기의 뺨을 때리면서 이불을 꺼내 뒤집어쓰고서 잠을 청했다. 이불 속에서 이리 뒤척 저리 뒤척 좀처럼 잠을 이루지 못한 채, 그는 귀를 곧추세우고 아래층의 동정을 엿들었다. 물을 끼얹는 소리도 그치고 목욕탕의 문이 열린 뒤 발소리가 2층으로 올라오는 듯했다. 이불을 얼굴까지 뒤집어썼다. 그의 마음속의 귀가 틀림없이 그에게 이렇게 말했다.

"그녀는 벌써 문 앞에 서 있다."

그는 전신의 피가 머리 위로 솟구치는 것만 같았다. 마음속으로 몹시 두렵고도 부끄러웠으나 또한 기쁘기도 했다. 그러나 누군가 그에게 묻는다면 이 순간 기뻤다고는 절대로 인정하지 않을 것이다.

그는 숨을 죽인 채 두 귀를 곤두세워 한참 동안 엿들었으나 문밖에서는 아무 기척이 없었다. 그래서 일부러 기침을 한번 해보았으나 문밖에서는 여전히 아무 반응이 없었다. 그가 좀 이상하다고 여기고 있을 때, 그녀의 목소리가 들렸다. 그녀가 아래층에서 아버지와 이야기를 하고 있었던 것이다. 그는 손에 땀을 쥐고서 필사적으로 그녀의 말을 들으려 했으나 도저히 똑똑히 들을 수가 없었다. 잠시 후 그녀의 아버지가 큰소리로 웃어댔다. 그는 이불을 뒤집어쓰고서 이를 악문 채 중얼거렸다.

"자기 아버지에게 일러바치는 거야. 그녀가 아버지에게 일러바치는 거야."

그날 밤 그는 한숨도 잠을 자지 못했다. 이튿날 날이 밝자 그는 간이 콩알만 해진 채 아래층으로 내려갔다. 세수를 하고 이를 닦고서 주인과 딸이 일어나지 않은 틈을 타 도망치듯 하숙집을 나와 밖으로 뛰어갔다.

한길 위의 먼지는 아침 이슬에 젖어 아직 마르지 않았다. 태양은 이미 떠 있었다. 그는 다짜고짜 동쪽으로 걸어갔다. 멀리서 한 농부가 야채를 실은 수레를 끌고서 천천히 다가왔다. 그 농부는 그와 마주치자 느닷없이 인사를 건넸다.

"안녕하시오?"

그는 깜짝 놀라 창백한 얼굴이 새빨갛게 달아오르고 가슴이 마구 뛰었다. 그는 마음속으로 이렇게 생각했다. "설마 이 농부도 알고 있단 말이야?"

무작정 한참 달리다가 그는 고개를 돌려 학교 쪽을 바라보았다. 이미 학교와는 멀리 떨어져 있었고 해는 이미 높이 떠 있었다. 그는 시계를 찾아보았으나 그 떡만한 크기의 은시계는 지니고 있지 않았다. 태양의 각도로 보아하니 대략 9시쯤인 듯했다. 그는 시장기를 느꼈으나, 그렇다고 해서 하숙집으로 돌아가 주인과 딸을 만나고 싶지는 않았다. 무얼 사서 요기를 할까 주머니를 뒤져보니 겨우 십이 전밖에 남아 있지 않았다. 그는 시골의 잡화점에서 가진 돈을 죄다 털어 자질구레한 먹을거리를 사서 사람들 눈에 뜨이지 않는 곳을 찾아가 먹으려 했다. 두 길이 교차하는 네거리로 가서 남쪽을 바라보니, 그가 가는 길을 가로질러 남북으로 뻗은 길에는 인적이 드물었다. 그 길은 남쪽으로 비스듬히 내려가는 길인데 양쪽에는 높은 절벽이 있었다. 이 길이 작은 산에서 닦아 내려온 게 분명했다. 그가 방금 걸어온 한길은 곧 이 산의 등성이이고, 네거리가 중심을 이룬 채 등성이 위의 한길과 교차하는 길은 양쪽으로 비스듬히 내리막길이었다. 네거리에서 잠시 머뭇거리다가 그는 남쪽으로 내려가는 길을 택했다. 양쪽의 절벽을 지나자, 그가 가는 길은 넓은 들판을 가로질러 저쪽의 시내로 곧장 연결되었다. 들판의 저쪽에는 울창한 숲이 있는데, 푸른 하늘과 선명히 나누어져 있었다. 그는 마음속으로 생각했다.

"저기가 아마 A신궁(神宮)일 것이다."

그가 양쪽 절벽 사이를 지나 왼쪽 비탈을 바라보니, 절벽의 높은 산을 따라 야트막한 담이 몇 칸의 초가집을 에워싸고 있었다. 그 초가집 문 위에는 '향설해(香雪海)'란 편액이 붙어 있었다. 그는 가던 길에서 벗어나 그 담장 문 앞으로 몇 걸음 다가가서 손으로 문을 밀어 보았더니 사립문이 저절로 열렸다. 그는 서슴지 않고 걸어 들어갔다. 문안에는 한 가닥 굽은 길이 있었고, 문 입구로부터 비탈길을 지나자 곧장 산으로 이어져 있었다. 산길 양쪽에는 울창한 매화나무가 심어져 있어, 거기가 매화나무 숲인 줄 금방 알았다. 그 굽은 길을 따라 북쪽으로 비탈진 곳을 향해 산마루에 올라가자, 한 폭의 그림 같은 평지가 그의 눈앞에 펼쳐졌다. 이 동산은 산기슭으로부터 남향의 비탈진 곳과 꼭대기의 평지 사이에 걸쳐 아늑하게 펼쳐져 있었다.

산마루 평지의 서쪽에는 천 길 절벽이 건너편 절벽과 마주하여 서 있는데, 이 두 절벽 사이에 지금 걸어온 길이 남북으로 뚫려 있었다. 그 절벽을 등지고 한 채의 2층집과 몇 채의 집들이 지어져 있었다. 이 집들의 창문이 모두 닫혀 있는지라, 그곳이 매화꽃이 필 때 음식을 파는 집들이라는 것을 알았다. 2층집 앞에는 잔디밭이 있고, 그 잔디밭 중간에는 몇 개의 네모진 흰 돌로 둘러싸인 꽃밭이 있었다. 꽃밭 속에는 한 그루의 늙은 매화나무가 비스듬히 누워 있고, 잔디밭의 남쪽 끝, 곧 산마루의 평지가 남쪽으로 비탈진 곳에 매화 숲의 유래를 적은 비석이 서 있었다. 그는 그 비석 앞 잔디밭에 앉아 아까 사온 음식을 먹었다.

음식을 다 먹은 뒤 그는 우두커니 한참 동안 잔디밭에 앉아 있었다. 인기척이라곤 전혀 없었고, 멀리 있는 나뭇가지 위에서만 때때로 새 우는 소리가 들렸다. 그는 머리를 들어 맑게 개인 푸른 하늘과 밝은 태양을 바라보았다. 주위의 나뭇가지와 가옥들, 풀과 새들이 한결같이 평화로운 햇빛 속에서 대자연의 화육(化育)을 받고 있음을 느꼈다. 그가 엊저녁에 지은 범죄의 기억은 먼 바다 외로운 배 그림자처럼 어디론지 사라지고 말았다.

이 매화 숲의 평지와 비탈에는 굽어진 오솔길이 거미줄처럼 이리저리 교차하고 있었다. 그는 자리에서 일어나 이리저리 거닐다가 비탈진 매화 숲 한가운데에 또 한 채의 단층집이 있음을 발견했다. 이 집에서 동쪽으로 몇 걸음 걸어가자 옛 우물 하나가 솔잎 속에 파묻혀 있었다. 우물의 펌프를 눌러보니 삐걱삐걱 소리만 나고 물은 나오지 않았다.

"이 동산은 매화철에만 문을 열고 평소에는 사람이 살지 않는 모양이군."

이렇게 생각하고서 그는 혼자 중얼거렸다.

"이왕 빈집이라면 내가 집주인에게 빌려달라 해도 괜찮겠지?" 이렇게 마음을 먹자 그는 집주인을 찾으려고 언덕을 달려 내려왔다. 그가 문 앞에 이르렀을 때 쉰 살쯤 되어 보이는 한 농부가 동산으로 걸어 들어왔다. 그는 이 농부에게 미안하다는 인사를 건네면서 물었다.

"이 매화동산의 주인이 누구신지 아십니까?"

"내가 경영하고 관리한다오."

"어디에 살고 계시나요?"

"길 저쪽에 살고 있소."

이렇게 말하면서 그 농부는 길 서쪽의 작은 집을 가리켰다. 서쪽을 보니 과연 서쪽 낭떠러지 끝에 조그마한 집이 있었다. 그는 고개를 끄덕거리면서 다시 물었다. "그러시다면 이 매화동산 속의 저 2층집을 저에게 빌려주실 수 있을까요?"

"그거야 괜찮소만, 당신은 혼자인가요?"

"저 혼자입니다."

"그렇다면 이사올 필요는 없소."

"어째서요?"

"당신네 학교 학생이 이미 여러 차례 이사를 왔었으나, 아마 너무 적적해선지 열흘도 못되어 모두 이사를 갔소."

"저는 그 사람들과 다릅니다. 빌려만 주신다면 적적해도 좋습니다."

"그렇다면 빌려드리지 않을 까닭이 있겠소. 언제쯤 이사 오시겠소?"

"오늘 오후에 하지요."

"그러시오. 그렇게 하시오."

"그러시다면 저 대신 청소나 해주십시오. 이사 와서 바쁘지 않게요."

"그럽시다. 그럼 또 만납시다."

"안녕히 계십시오."

6

산 위의 매화동산으로 이사를 온 뒤 그의 우울증은 다시 다른 형태로 변했다.

그는 사소한 일로 베이징에 있는 맏형과 옥신각신 다투었다. 그래서 긴 편지를 베이징으로 부치고 맏형과 의를 끊었다.

그 편지를 띄운 뒤, 그는 2층집 앞 잔디밭에 멍하니 한참 동안 앉아 있었다. 생각에 잠겨 있노라니, 세상 사람 중에 가장 불행한 사람이 자기인 것만 같았다. 사실 이번에 사이가 틀어진 것은 그 때문이었다. 혈육의 싸움은 타성바지와의 싸움보다 더 심각한 일이다. 이후로 그는 맏형을 사갈만큼이나 증오했다. 남에게 모욕을 당할 때는 늘 맏형을 끌어다 빗대곤 했다.

"형제간인데도 그 모양이니 남이야 말할 게 있겠어!"

매번 이런 결론에 도달하고 난 다음에는 반드시 그의 맏형이 그에게 각박하게 했던 일을 낱낱이 떠올렸다. 갖가지 과거의 일들을 열거한 뒤, 맏형은 나쁜 사람이고 자기는 착한 사람이라고 판결을 내렸다. 그는 또 자기의 장점을 일일이 열거해 놓고 자기가 겪은 고초를 확대하여 미주알고주알 세어보았다. 그리하여 자신이 이 세상에서 제일 고통받은 사람이라고 입증했을 때, 그의 눈물은 폭포처럼 쏟아져 내렸다. 그가 울고 있을 때 허공에서 부드러운 소리가 그에게 들려오는 것 같았다.

"아이구, 울고 있는 것이 너냐? 너 정말 억울하겠구나. 너같이 착한 사람이 세상 사람의 학대를 받다니, 정말 억울하겠구나. 됐다, 됐어. 이 또한 천명이니 다시는 울지 말아라. 네 몸이 상할까 두렵구나."

이런 소리를 듣자 그는 금방 기분이 좋아지고, 비통함 속에서도 한없는 감미로움을 느꼈다.

그는 맏형에게 복수하고자 의과를 버리고 문과로 전입했다. 의과를 택한 것은 그의 맏형의 권유로 된 것이기 때문에 그가 문과로 되돌아가는 것은 곧 맏형에 대한 일종의 선전포고였다. 또한 의과에서 문과로 전입하면 고등학교를 일 년 늦게 졸업해야 했다. 그는 속으로 일 년 늦게 졸업하는 것은 곧 일 년 일찍 죽는 것이니, 만약 일 년이 늦어진다면 죽을 때까지 맏형에게 적의를 품을 수가 있다. 일이 년이 지나면 그들 형제간의 감정이 전과 같이 좋아질 테니, 이번의 전과는 그가 맏형을 영원히 적대시하도록 도와주는 수단이 되는 셈이었다.

날씨는 차츰 추워졌다. 그가 산 위로 이사온 지도 어느덧 한 달이 되었다. 며칠간 날씨는 을씨년스럽고 잿빛 구름이 매일 하늘을 덮고 있었다. 차가운 북풍이 불어오자 매화 숲의 나뭇잎들이 스산스레 떨어져 내렸다.

갓 이사 왔을 때는 헌책들을 팔아 여러 가지 자취도구를 사서 한 달 남짓 밥을 지어먹었으나, 날씨가 추워지자 밥을 짓기가 귀찮아졌다. 그래서 매 끼니의 식사를 산기슭 아래의 관리인에게 맡겼다. 따라서 그는 요사이 절을 떠난 땡땡이중처럼 남을 원망하거나 자기를 욕하는 이외에는 별로 하는 일이 없었다.

어느 날 이른 아침, 그는 일찍 일어나 동창을 열고 내다보니, 앞쪽 지평선 위에 몇 줄기의 붉은 구름이 둥실 떠 있고 동녘 하늘의 귀퉁이는 그것이 되비쳐 은회색으로 물들어 있었다. 어제 진종일 가랑비가 내렸기에 이렇게 맑은 해돋이를 보게 되었는데, 평소에 비해 더한 기쁨을 안겨주었다. 그는 산비탈로 걸어가 낡은 우물에서 물을 길어 세수를 하고나서, 온몸에 기운이 솟구치고 순식간에 모든 것이 회복된 듯한 느낌을 받았다. 그는 2층으로 뛰어올라가 황중칙〔黃仲則, 황정견(黃庭堅)〕의 시집 한 권을 들고 내려와 큰 소리로 낭독하면서 매화동산의 굽은 길을 이리저리 돌아다녔다. 이윽고 태양이 떠올랐다.

그가 사는 산마루에서 남쪽을 보니 눈앞에 드넓은 들판이 펼쳐져 있었다. 들판의 벼들은 아직 수확하기 전이었는데, 황금빛 낟알이 감청색의 하늘을 배경으로 아침 햇빛을 비치고 있는 광경은 마치 밀레(Millet)의 전원 그림을 보는 것만 같았다. 그는 자기가 마치 수천 년 전의 원시기독교 교도라도 된 양 자연의 묵시(黙示)를 마주하여 저도 모르게 자기의 도량이 좁음을 비웃었다.

"용서해주마. 용서해주마. 너희들 세상 사람들이 나에게 지은 죄를 모두 용서해주마. 오라, 너희들은 오라. 모두들 와서 나와 화해하자꾸나." 손에 시집을 든 채 그의 눈에는 맑은 눈물이 괴었다. 가을빛이 완연한 들판을 마주하여 우두커니 생각에 잠겨 있을 때, 문득 가까운 곳에서 두 사람이 나지막이 소곤대는 소리가 들려왔다.

"오늘 밤 꼭 와야 해!"

분명히 남자의 목소리였다.

"꼭 오고는 싶은데……."

애교가 똑똑 떨어지는 여자의 목소리를 듣자, 그는 전류가 관통한 듯 자신의 혈액순환이 모두 멈춰버린 느낌이 들었다. 알고 보니 그가 있는 곳 가까이에 갈대숲이 우거져 있고, 그는 그 갈대숲 오른쪽에 서 있었던 터라 갈대숲 왼쪽에 있던 남녀는 갈대숲 이쪽 편에 사람이 있는 것을 몰랐던 것이다. 남자가 다시 말했다.

"당신 마음씨가 참 고와. 오늘 저녁 꼭 와. 우리 여태껏 한 이불 속에서 같이 잔 일이 없잖아?"

"………"

두 사람이 입술을 빠는 듯한 소리가 쪽쪽 들렸다. 그는 뭔가를 훔쳐 먹은 들개마냥 가슴을 두근거리면서 몸을 굽힌 채 엿들었다.

"너, 죽어라, 죽어. 어쩌다가 이 지경이 되었는가!"

그는 마음속으로 이렇게 자신을 나무라면서도 귀를 쫑긋하여 어떤 소리도 빼놓지 않으려고 온 신경을 집중했다.

땅 위의 낙엽이 바삭바삭 소리를 냈다.

허리띠를 푸는 소리.

남자가 식식거리는 소리.

혀끝을 빠는 소리.

여자는 숨을 쌔근거리면서 이어졌다 끊어졌다 하면서 소근거렸다.

"자기야, 자기야, 빨리, 빨리 끝내. 그만, 그만. 남에게, 남에게 들켜."

그의 얼굴은 삽시간에 잿빛으로 변했다. 그의 눈은 불처럼 붉어졌다. 그의 위턱뼈와 아래턱뼈가 딱딱 부딪쳤다. 그는 더 이상 서 있을 수가 없었다. 도망가려 해도 두 다리가 말을 듣지 않았다. 한참 애를 태우다가 두 사람이 떠난 뒤 물에 빠진 개처럼 2층 방으로 돌아가 이불을 뒤집어쓴 채 잠이 들어버렸다.

7

그는 밥도 먹지 않고 줄곧 이불 속에서 4시까지 자다가 일어났다. 그때 석양이 멀리 가까이를 가득 비치고 있었다. 들판 저쪽의 숲속에서는 한 줄기 푸른 연기가 모락모락 피어오르고 있었다. 그는 비틀비틀 산을 내려와 북쪽에서 남쪽으로 난 한길로 나와 들판을 가로질러 밑도 끝도 없이 남쪽으로 걸어갔다. 들판을 지나자, 어느덧 A신궁(神宮) 앞의 전차 정류장에 이르러 있었다. 때마침 남쪽에서 전차가 왔다. 그는 저도 모르는 사이에 올라탔다. 그는 왜 전차를 탔는지, 이 전차가 어디로 가는지도 알지 못했다.

15~16분쯤 흘러 전차가 서더니 운전수가 전차를 갈아타라고 알려주었다. 그는 다른 전차로 바꾸어 탔다. 20~30분을 달려 전차가 다시 멎었다. 종점이라는 말을 듣고 그는 내렸다. 그의 눈앞은 항구였다.

앞쪽에 망망한 대해가 오후의 태양 속에 가로놓인 채 미소를 짓고 있었다. 바다 너머 남쪽에는 푸른 산이 아련히 투명한 공기 속에 떠 있었다. 서쪽에는 긴 제방이 만(灣)의 중심부까지 뻗어 있고, 그 제방 밖에 등대가 거인처럼 우뚝 서 있었다. 몇 척의 빈 배와 쪽배가 매인 곳에 가볍게 떠 있었다. 바닷속 해안 가까이에는 많은 부표(浮標)가 석양빛을 가득 머금은 채 붉게 떠 있었다. 먼 곳에서 불어오는 바람은 단조로운 말소리를 실어 왔지만, 똑똑히 들리지도 않고 어디에서 들려오는지도 알 수 없었다.

해안을 한참 동안 왔다 갔다 하는데, 갑자기 경쇠를 두드리는 소리가 들렸다. 소리나는 곳으로 달려가 보니, 나룻배를 부르는 신호소리였다. 잠시 서 있노라니 조그마한 똑딱선 한 척이 건너편으로부터 왔다. 사오십 세쯤 되어 보이는 노동자를 따라 그도 그 똑딱선에 올라탔다.

동쪽 해안에 도착한 뒤 앞으로 얼마를 걸었더니 해안을 끼고 한 채의 큰 별장이 있었다. 대문은 열려 있었고, 정원 안에 가산(假山)과 화초가 보기 좋게 가꾸어져 있었다. 그는 무턱대고 성큼성큼 쑥 들어갔다. 몇 걸음도 걷기 전에 앞집에서 여자의 애교 섞인 목소리가 그를 불렀다.

"어서 오세요."

그는 깜짝 놀라 우두커니 선 채 속으로 생각했다.

"여긴 아마 술과 음식을 파는 곳인가 보군. 이런 곳엔 기녀가 있다고 하던데."

이런 생각이 들자 그는 냉수를 온몸에 끼얹은 듯 정신이 번쩍 들었다. 그는 얼굴빛이 금세 변했다. 들어가고 싶어도 들어갈 수도 없고, 나오려고 해도 나올 수도 없었다. 가련하게도 토끼처럼 겁 많고 원숭이처럼 음탕한 그는 끝내 난처한 지경에 빠지고 말았다.

"들어오세요. 어서 들어오세요."

안에서 또다시 웃음 섞인 간드러진 목소리가 들렸다.

"고얀 것들, 너희들이 감히 내가 담력이 적다고 비웃는구나!"

이렇게 성을 냈으나, 그의 얼굴은 불타오르듯 더욱 붉어졌다. 그는 이를 악물고 땅바닥을 가볍게 구른 후 두 주먹을 불끈 쥔 채 마치 나이 젊은 그녀들과 싸울 태세로 앞으로 걸어 들어갔다. 그러나 붉으락푸르락하는 얼굴빛과 얼굴 위로 미미하게 떨리는 근육은 끝내 감출 길이 없다. 그녀들 앞에 이른 그는 어린애처럼 울음이 터져 나올 것만 같았다.

"어서 오십시오."

"어서 올라오세요."

그는 두 눈 딱 감고 열일여덟 살쯤 되는 계집을 데리고 2층으로 올라갔다. 이때 그의 기분도 약간 가라앉았다. 몇 걸음을 걸어 컴컴한 복도를 지나갈 때, 역겨운 화장 냄새와 일본 여자 특유의 체취, 머릿기름 냄새가 한데 뒤섞여 그의 코를 훅 찔렀다. 그는 순간 머리가 어지러워지고 눈에서는 불꽃이 튀는 듯하여 쓰러질 듯 뒤로 한 발짝 물러섰다. 다시 찬찬히 살펴보니 바로 눈앞 컴컴한 속에서 동그란 분투성이의 얼굴이 미소를 띤 채 그에게 물었다.

"바다쪽 방으로 들어가실래요? 어떠세요?"

여인의 입에서 토해 내는 숨결이 그의 얼굴로 뜨겁게 스치는 것을 느끼자, 그는 저도 모르게 깊게 숨을 들이쉬었다. 그의 의식이 이런 행위를 자각했을 때, 그의 얼굴은 또다시 빨갛게 달아올랐다. 그는 하는 수 없이 우물우물 대답했다.

"바다쪽 방으로 가지."

바다쪽 방으로 들어가자 그녀는 무슨 음식을 드시겠냐고 물었다.

"되는대로 가져오시오."

"술도 시킬까요?"

"가져오시오."

그녀가 나간 뒤 그는 자리에서 창문을 열었다. 바깥의 공기가 시원스레 들어왔다. 방 안의 공기가 매우 탁해서 방금 복도에서 맡은 여인의 화장 냄새가 아직도 남아 있었다. 그 냄새에 그는 질식할 것만 같았다.

항만의 바다가 조용히 그의 눈앞에 떠 있었다. 밖에는 미풍이 부는지 한 조각 한 조각 파도가 햇빛에 반사되어 금붕어의 비늘처럼 가벼이 흐느적거리고 있었다. 그는 창가에 한참 동안 섰다가 낮은 소리로 시 한 구절을 읊었다.

"석양이 붉게 타오를 제 바닷가 누각에 오르노라(夕陽紅上海邊樓)."

서쪽을 바라보니 태양은 서남쪽 지평선으로부터 한 길 정도 높이에 떠 있었다. 한참 우두커니 서 있었으나 그의 마음은 어찌된 일인지 그녀에게서 떠나지 않았다. 그녀의 입에서, 머리에서, 몸에서 풍기는 향내가 다른 것을 생각할 여지를 주지 않았다. 그제야 그는 시를 읊조린 마음은 거짓이고, 그녀의 육체를 떠올린 마음이 진짜임을 알았다.

이윽고 그녀가 술과 안주를 가지고 들어와 그의 앞에 끓어앉아 상냥스럽게 술을 따랐다. 그는 마음속으로 자세히 그 여자를 살펴보고 그의 고민을 죄다 그녀에게 털어놓고 싶었다. 그러나 눈은 어찌된 일인지 그녀를 정시하지 못했고, 혀도 도통 움직여주지 않았다. 그는 벙어리처럼 무릎 위에 올려진 그녀의 가냘프고 하얀 손과 옷 틈새로 보이는 분홍색 치맛자락만 보고 있었다.

원래 일본 여자들은 바지를 입지 않고 몸에 달라붙는 짧은 앞치마만 두른다. 겉에는 긴 소매의 옷을 걸치는데, 이것도 단추는 없이 허리에 폭 한 자 너비의 띠를 두르고 허리 뒤에 네모지게 매듭을 짓는다. 그래서 그녀들이 길을 걸을 때마다 앞쪽의 옷이 걸음마다 벌어져 붉은 앞치마와 함께 통통한 흰 다리가 엿보인다. 이것이야말로 일본 여인들의 각별히 아름다운 곳이다. 그가 길에서 여자를 만났을 때에도 주의를 기울이던 것이 바로 이곳이었다. 그가 이를 갈면서 자신을 '짐승 같은 놈! 개자식! 비겁한 놈!'이라고 자책할 때도 바로 이런 때였다.

그녀의 앞치맛자락을 보자, 그의 가슴은 쿵쿵 뛰기 시작했다. 그녀에게 말을 건네고 싶을수록 더욱 입이 떨어지지 않았다. 아마 답답한 느낌이 들었는지 그녀가 슬며시 물었다.

"댁은 어디세요?"

이 말을 듣자 그의 창백한 얼굴은 다시 붉어졌다. 우물우물 대답은 했으나 버벅거리고 말았다. 애처롭게도 그는 또다시 단두대(斷頭臺)에 올라선 신세가 되었다. 원래 일본인은 개돼지를 업신여기듯 중국인을 멸시했다. 일본인은 모두 중국인을 '지나인'이라고 불렀다. 이 '지나인'이란 석 자는 일본에서 우리를 '도적놈'이라고 욕하는 것보다 훨씬 듣기 거북했다. 지금 꽃 같은 소녀 앞에서 '나는 지나인이요'라고 인정하지 않을 수 없게 되었다.

"중국이여, 중국이여. 너는 어찌하여 부강해지지 못하는가?"

그는 온몸이 떨리면서 눈물이 금방이라도 터져 나올 것만 같았다.

그녀는 그가 몹시 떠는 것을 보고, 그 홀로 술을 마시게 하면 마음이 진정되리라 생각이 들었는지 이렇게 말했다.

"술이 다 떨어졌으니, 한 병 더 가져올게요."

잠시 후 그녀가 올라오는 소리가 들렸다. 그는 그녀가 방으로 들어올 줄 알고 옷을 가다듬고 자세를 바로잡았다. 그러나 그는 그녀에게 속았다. 알고 보니 그녀는 다른 두세 명의 손님을 데리고 바로 옆방으로 들어갔던 것이다. 그 손님들은 거기에서 그녀를 희롱했으며, 그녀는 아양을 떨면서 말했다.

"떠들지 마세요. 옆방에 손님이 있어요."

그는 그 소리를 듣자 벌컥 화가 치밀었다. 그는 마음속으로 그들을 마구 욕했다.

"개 같은 놈들! 이 속물들아. 너희들이 감히 나를 속이고 모욕해? 복수다, 복수! 너희들에게 복수하고 말 테다. 세상 천지에 어디 진심어린 여인이 있으랴! 박정한 네 년이 나를 버려? 아서라, 아서둬. 내 다시는 여자를 사랑하지 않으리라. 다시는 사랑하지 않아. 나는 내 조국을 사랑한다. 내 조국을 연인으로 삼으련다."

그는 즉시 돌아가 분발하여 공부하고 싶었다. 그러나 그의 마음은 도리어 이웃방의 그 속물들을 부러워했다. 그는 마음속으로 그녀가 다시 돌아와 주기를 바라고 있었다. 그는 노여움을 억누르고 묵묵히 몇 잔을 기울였다. 몸이 화끈 달아올랐다. 창문을 열어젖혔다. 태양이 서산에 지고 있었다. 또 연거푸 몇 잔을 기울였다. 눈앞의 바다 경치가 몽롱해졌다. 서쪽 제방 너머 등대의 검은 그림자가 많이 길어졌다. 망망한 엷은 안개가 바다와 하늘을 하나로 섞어버렸다. 이 혼돈의 엷은 비단 같은 그림자 속에 서쪽으로 지고 있는 태양이 이별을 아쉬워하는 듯했다. 잠시 바라보노라니 저도 모르게 웃음이 터져 나왔다. 한바탕 껄껄 웃어대고서 그는 손으로 뜨거운 두 볼을 문지르면서 중얼거렸다.

"취했구나, 취했어."

이때 그녀가 들어왔다. 벌겋게 상기된 얼굴로 창가에서 멍청히 웃는 그의 모습을 보고 그녀가 물었다.

"창을 이렇게 활짝 열어 놓으면 춥지 않으세요?"

"춥지 않소, 춥지 않아. 이렇게 멋있는 낙조를 눠라서 보지 않겠소?"

"당신은 정말 시인이십니다. 여기 술 가져왔어요."

"시인? 그래 난 원래 시인이오. 가서 종이를 가져오시오. 내 당장 시를 한 수 써 드리겠소."

그녀가 나간 뒤 그는 자신이 이상스럽게 느껴졌다.

"내가 어째서 이렇게 대담해졌지?"

새로 가져온 술을 몇 잔 시원하게 마시고 나자, 그는 한결 유쾌해져서 또 한바탕 껄껄 웃었다. 옆방의 속물들은 큰 소리로 마구 일본 노래를 부르기 시작했다. 그도 또한 목청껏 노래를 불렀다.

취해서 난간 두드릴 제 술 마신 뜻이 차고
강호 적막할 제 겨울 또한 저무노라.
가련쿠나 앵무중주(鸚鵡中州)의 뼈다귀
아직 장사태부(長沙太傅)에 임관되지 못했구나.
밥 한 그릇을 천금으로 보답하기는 쉬워도
관문 넘기 어렵다고 한탄한 이 몇이런가.
아득히 자욱한 안개를 고개 돌려 바라보니
조국을 위해 뜨거운 눈물 남몰래 흘리노라.

그는 큰 소리로 몇 번을 읊더니 자리에 곯아떨어졌다.

8

술에서 깨어나 그는 자신이 붉은 비단 이불 속에 누워 있음을 알았다. 이불에서는 야릇한 향기가 났다. 방은 그리 크지는 않았으나, 낮의 그 방이 아니었다. 방 안에는 10촉짜리 전등이 걸려 있고, 베갯머리에는 한 주전자의 차와 두 개의 잔이 놓여 있었다. 그는 차를 두세 잔 따라 마신 다음 비틀비틀 방을 나갔다. 문을 열자 낮에 보았던 그녀가 달려와 물었다.

"깨셨군요?"

그는 고개를 끄덕이고 미소를 지으면서 대답했다.

"화장실이 어디 있습니까?"

"제가 안내해드릴게요."

그는 그녀를 따라갔다. 그가 낮에 지났던 복도에도 전등이 밝게 빛나고 있었다. 멀리 가까이에서 노랫소리, 삼현(三絃) 뜯는 소리, 호탕한 웃음소리가 그의 귓전을 울렸다. 낮에 있었던 일이 전부 생각났다. 술에 취해 그녀에게 했던 말을 생각하니 또다시 얼굴이 달아올랐다.

"이 이불은 당신 거요?"

그녀가 웃으면서 말했다.

"네."

"지금 몇 시쯤 되었소?"

"8시 45분쯤 되었을 거예요."

"계산서 가져오시오."

"네, 그럴게요."

계산을 마치고서 그는 또 한 장의 지폐를 꺼내어 그녀에게 내밀었는데, 저도 모르게 손이 떨렸다. 그녀가 말했다.

"전 괜찮습니다."

그는 그녀가 적다고 언짢아하는 것임을 알았다. 그의 얼굴이 다시 빨개졌다. 그는 주머니 속을 뒤져 지폐 한 장 남은 것을 꺼내어 그녀에게 주면서 말했다.

"적다고 생각지 말고 받으시오."

그의 손이 더욱 심하게 떨었고 그의 목소리도 떨렸다. 그녀는 그를 슬쩍 쳐다보고는 곧 낮은 소리로 말했다.

"고맙습니다."

그는 곧바로 2층에서 내려와 구두를 신고서 밖으로 나왔다. 밖은 매우 추웠다. 이날은 아마 음력 초파일이나 초아흐레였을 것이다. 차가운 반달이 하늘 왼편에 걸려 있고, 연푸른 둥근 하늘에는 몇 개의 별이 듬성듬성 흩어진 채 빛나고 있었다.

그는 바닷가를 거닐었다. 저 멀리 바닷가의 고기잡이 등불이 마치 도깨비불처럼 그를 유인하고 있었다. 잔잔한 물결 사이로 은빛 달빛이 비치는데, 마치 산도깨비의 추파인 양 깜박였다. 그는 왠지 모르게 불현듯 바다로 뛰어들어 죽고 싶은 생각이 들었다. 주머니를 뒤져 보았으나 전차 탈 돈도 남아 있지 않았다. 낮에 일어났던 일을 돌이켜보니 그는 또다시 자책하지 않을 수 없었다.

"내가 어째서 그런 곳에 갔던가? 나는 이미 인간쓰레기가 되고 말았구나. 후회해도 아무 소용이 없다. 후회한들 무엇하랴. 차라리 여기에서 죽고 말자. 내가 구하는 사랑은 아마 얻지 못하리라. 사랑이 없는 인생이 식은 재와 어찌 다르지 않으랴? 아, 이 건조한 삶, 이 메마른 삶. 세상 사람은 모두 나를 적대시하고 나를 속이며, 친형제마저, 나의 수족마저 나를 이 세상 밖으로 몰아내는구나. 나는 장차 어떻게 살아야 할까? 이 괴로운 세상에서 살아서 뭘 한단 말인가?"

이런 생각이 들자 그의 눈에서는 눈물이 주르륵 흘러내렸다. 창백한 그의 얼굴은 죽은 사람과 다를 게 없었다. 그는 손으로 눈물을 닦지 않았다. 얼굴에 흐르는 두 줄기 눈물은 달빛을 받아 마치 나뭇잎에 맺힌 아침이슬처럼 반짝였다. 고개를 돌려 자신의 야위고 긴 그림자를 바라보니 더욱 마음이 쓰라렸다.

"가련한 나의 그림자여, 나를 따른 지 스물한 해. 이제 이 넓은 바다가 너의 무덤이다. 내 몸이 비록 남들에게 모욕과 기만을 당할지라도 나는 너를 이 지경으로 쇠약하게 만들지는 말아야 했다. 그림자여, 그림자여, 나를 용서하여라."

서쪽을 바라보니 등대불은 붉었다 푸르렀다 하면서 그의 직무를 다하고 있었다. 그 푸른빛이 수면을 비칠 때, 수면에는 한 줄기 연푸른 길이 나타났다. 다시 서쪽 하늘을 바라보니 짙푸른 하늘 아래에 밝은 별 하나가 움직이고 있었다.

"저 까마득한 밝은 별 아래가 바로 나의 고국이요, 나의 출생지이다. 나는 저 별 아래에서 열여덟 해를 지냈다. 나의 고향아, 이제 다시는 너를 보지 못하겠구나."

그는 걸어가면서 슬픔에 젖은 채 가슴 아픈 말을 떠올렸다. 한참 걷다가 다시 서쪽의 밝은 별을 쳐다보고 하염없이 눈물을 흘렸다. 사방의 경물이 희미해졌다. 눈물을 닦고 걸음을 멈추고서 깊이 탄식하더니, 띄엄띄엄 뇌까렸다.

"조국이여, 조국이여! 나의 죽음은 네가 나를 해친 탓이다.

너는 어서 부해져라. 어서 강해져라.

너의 그곳에서는 아직도 많은 아들딸이 괴로워하고 있단다."

1921년 5월 9일

개작

봄바람에 취한 밤 春風沉醉的晚上

1

실업한 바람에 상하이에서 반년 동안 할 일 없이 지내는 동안 나는 거처를 세 번 옮겼다. 맨 처음에 나는 정안사로(靜安寺路) 남쪽의, 새장처럼 영원이 햇볕이 들지 않는 자유의 감옥에서 살았다. 이 자유의 감옥에 사는 주민들은 강도나 절도와 같은 흉악한 재단사를 빼놓으면 모두 가련한 문사들이었다. 그래서 나는 그곳에 'Yellow Grub Street'라는 칭호를 붙여주었다. 이 'Grub Street' 속에서 한 달간 살았는데, 방세가 갑자기 올라 할 수 없이 낡은 책 몇 권을 끌고서 경마장 근처의, 잘 아는 집의 창고로 옮겨갔다. 나중에 이 창고에서 갖가지 압박을 받아 옮기지 않을 수 없어, 외백도교(外白渡橋) 북쪽 해안의 등탈로(鄧脫路) 중간, 일신리(日新里) 맞은편의 빈민굴 속에서 조그마한 방을 구해 이사했다.

등탈로의 몇 줄로 늘어선 집들은 땅바닥에서 지붕까지 한 길

몇 자밖에 되지 않았다. 내가 사는 위층의 방은 더욱 비좁기 그지 없었다. 마루판에 서서 피로에 지친 허리를 쭉 펴면, 두 손이 거무스름한 지붕을 꿰뚫을 것만 같았다. 앞쪽 골목에서 이 집의 문을 들어서면 곧바로 집주인의 거실이었다. 넝마, 양철 깡통, 유리병, 헌 쇠그릇 등이 가득 쌓인 속에서 옆으로 몸을 틀어 두 걸음 들어가면, 중간에 가로대 몇 개가 빠진 사다리 하나가 벽에 기대어 놓여 있었다. 이 사다리를 이용하여 위쪽의 시커먼 두 자 너비의 동굴에서 나오면 곧바로 위층으로 올라갈 수 있었다. 어두침침한 위층은 원래 고양이 이마만한 크기였는데, 주인이 그것을 두 칸의 조그마한 방으로 막아, 바깥쪽 칸에는 N연초회사의 여공이 살고 있고, 내가 세든 곳은 사다리 입구의 그 작은 방이었다. 바깥쪽에 사는 사람은 내 방을 통해 드나들어야 했기에, 나의 매달 방세는 바깥쪽보다는 몇십 푼이나 쌌다.

나의 방주인은 쉰 살 남짓에 허리가 굽은 노인이었다. 그의 얼굴의 청황색에는 거무스레한 개기름이 번질거렸다. 한 눈은 크고 한 눈은 작았으며 광대뼈가 툭 튀어나왔다. 이마와 볼 위의 몇 개의 주름 속에는 석탄재가 가득 끼어 있어, 마치 매일 아침 씻어도 씻기지 않는 듯했다. 그는 매일 8, 9시에 일어나 한 바탕을 기침을 하고선 한 쌍의 대바구니를 매고 나갔다가 오후 3, 4시쯤이 되면 빈 바구니로 돌아왔다. 때로 바구니를 가득 채워올 때도 있는데, 바구니 안에는 넝마, 양철 깡통, 유리병 따위가 가득 차 있었다. 이런 날 저녁에는 꼭 술을 사서 돌아와 마시고는, 침상가에 홀로 앉아 종잡을 수 없는 말로 욕을 해댔다.

내가 벽을 사이에 둔 이웃사람과 처음으로 만난 건 이사 온 그날 오후였다. 봄날의 분주함이 어느덧 저물어가는 다섯 시경, 나는 촛불을 켠 채 창고에서 옮겨온 낡은 책 몇 권을 그곳에 놓았다. 나는 우선 책들을 두 더미로 쌓았는데, 한 더미는 조금 작게, 다른 한 더미는 조금 크게 쌓았다. 그런 다음 두 자 길이의 그림거는 이젤 두 개를 조금 큰 책더미 위에 걸쳐놓았다. 나는 도구를 모두 팔아 없애버린지라, 이 책더미와 이젤이 한낮에는 책상이 되고 밤에는 침대가 되었다. 이젤의 판을 다 맞추고서 책더미로 만든 탁자를 향해 조금 작은 책더미 위에 앉아 담배를 피웠다. 나의 등은 계단의 입구를 향하고 있었다. 나는 담배를 피우면서 탁자 위의 촛불을 멍하니 바라보고 있었는데, 갑자기 계단 입구에서 무슨 소리가 들려왔다. 고개를 돌려 바라보니 나 자신의 확대된 그림자만 보일 뿐, 아무것도 보이지 않았다. 하지만 나의 청각은 "누군가 올라온다"라고 분명하게 말해주었다. 나는 어둠 속에서 몇 초간 응시했다. 둥글고 창백한 얼굴의 호리호리한 여인의 반신이 내 눈앞에 비쳤다. 그녀의 얼굴을 보자마자 나는 옆방에 사는 사람이라는 걸 금방 알았다. 내가 방을 구하러 왔을 때, 집주인 노인이 이 집에는 자기 말고 위층에 여공이 한 명 살고 있을 뿐이라고 말해주었기 때문이다. 나는 첫째는 방값이 싸고 둘째는 이 집에 다른 여자나 아이들이 없다는 게 마음에 들었는지라 곧바로 계약을 했던 것이다. 그녀가 계단을 올라오자 나는 일어나 그녀에게 고개를 숙이면서 말했다.

"미안합니다. 전 오늘 아침에 이사 온 사람입니다. 앞으로 잘 부탁드립니다."

그녀는 내 말을 듣고서도 아무 대꾸도 하지 않은 채 칠흑 같은 큰 눈으로 나를 유심히 쳐다보더니, 자기 방문 앞으로 가서 자물쇠를 열어 들어가버렸다. 나는 그녀와 이렇게 한 번 만났을 뿐인데, 무슨 까닭인지 그녀를 가련한 여인이라 여겼다. 그녀의 높은 코, 창백한 타원형의 얼굴, 마르고 크지 않은 몸매 등은 그녀의 가련한 특징을 보여주고 있는 듯했다. 하지만 당시에는 생활문제로 조바심을 치고 있던 터라, 직장을 잃어본 적이 없는 여공을 가엾게 여길 처지가 아니었다. 몇 분이 지나자 나는 다시 꼼짝도 하지 않은 채 작은 책더미 위에 앉아 촛불을 들여다보았다.

이 빈민굴에서 일주일을 지냈다. 그녀는 매일 아침 7시에 공장에 갔다가 오후 6시가 넘으면 돌아왔는데, 촛불이나 등잔불을 멍하니 바라보면서 책더미 위에 앉아있는 나의 모습을 늘 보았다. 아마 그녀의 호기심은 나의 어리석고 바보스러운 태도에서 비롯되었을 것이다. 어느 날 그녀가 퇴근하여 위층으로 올라올 때, 나는 첫째 날과 다름없이 서서 그녀를 지나가게 했다. 그녀는 내 곁을 지나다가 문득 걸음을 멈추었다. 나를 힐끗 보더니 우물쭈물 두려운 듯이 입을 열었다.

"매일 여기에서 보시는 건 무슨 책이에요?"

〔그녀의 말은 나긋나긋한 쑤저우(蘇州) 말투였다. 이 음성을 듣고 난 이후의 느낌은 뭐라 표현할 길이 없다. 그래서 그녀의 말을 표준말로 옮겨 표현했을 뿐이다.〕

그녀가 건네는 말에 오히려 내 얼굴이 붉어졌다. 내가 매일 그곳에 멍하니 앉아 앞에 몇 권의 외국책을 펼쳐놓고는 있지만, 사실 나의 머리는 온통 뒤죽박죽이라 한 줄 한 구절도 눈에 들어오지 않았기 때문이다. 때로 상상력을 발휘하여 책의 윗줄과 아랫줄의 행간 속에 기이한 모형을 집어넣기도 하고, 때로는 책 속의 삽화를 뒤져보면서 그 삽화에서 인지상정에 어긋나는 환상을 끄집어내기도 했다. 당시 내 몸은 불면과 영양결핍으로 인해 실제로 이미 병적인 상태에 처해 있었다. 더구나 나의 유일한 재산인 솜옷이 이미 해질 대로 해져 낮에는 밖에 나가 산보할 수가 없고, 방 안에는 햇빛이 전혀 들지 않아 한낮이든 밤이든 등잔불이나 촛불을 켜놓아야 할 형편인지라, 나의 전반적인 건강이 보통사람만 못할 뿐만 아니라 눈과 다리 힘조차도 국부적으로 매우 위축되어 있었다. 이런 상태에 있던 내가 그녀의 묻는 말에 어찌 얼굴을 붉히지 않을 수 있겠는가? 그래선 나는 어물어물 대꾸하고 말았다.

내 말을 듣더니 그녀는 다시 나를 그윽이 바라보면서 알 수 없는 표정을 짓더니, 전과 다름없이 그녀의 방으로 들어갔다.

그 며칠 동안 내가 전혀 아무 일도 찾지도 않고 하지도 않았다고 한다면, 그건 거짓이다. 언젠가 머리가 좀 맑아지자 몇 수의 영국과 프랑스의 짧은 시, 그리고 사천 자가 채 안 되는 독일의 단편소설 몇 편을 번역하기도 하고, 밤에 모두가 깊이 잠들었을 때 소리 없이 나가 새로 연 출판사에 우편물을 부치기도 했다. 당시 나는 취직할 희망이 어느 방면에서나 전혀 없었기 때문에, 오직 이 방면에서만 나의 말라버린 두뇌에 의지하여 방법을 생각해 볼 수 있었다. 만약 편집장의 마음에 들어 내가 번역한 글을 실어

준다면, 몇 푼의 보수라도 받기가 어렵진 않을 것이다. 그래서 내가 등탈로로 이사 온 뒤로부터 그녀가 내게 처음으로 말을 건넸을 때까지, 이렇게 번역한 원고를 벌써 서너 번이나 부쳤던 것이다.

2

정신없이 어지러운 상하이 조계에서 사노라면, 사계절의 변화와 하루하루의 지나감이 쉽게 느껴지지 않는다. 내가 등탈로의 빈민굴로 이사온 후, 몸에 걸친 그 낡은 솜두루마기가 나날이 무거워지고 더워지는 느낌이 들었다. 그래서 나는 마음속으로 생각했다. '아마 봄도 진즉 깊었나 보군!'

그러나 주머니 사정이 말이 아니었던 나는 어디고 여행 한 번 떠날 수 없어, 밤낮 그저 그 어두운 방의 등불 아래에 멍하니 앉아 지냈다. 어느 날 아마 오후였을 것이다. 이렇게 그곳에 앉아 있는데, 옆방 사람이 홀연 종이로 싼 물건 두 봉지를 손에 들고 올라왔다. 내가 그녀가 지나가도록 자리에서 일어나자, 그녀가 손에 든 봉지 하나를 내 책상 위에 놓으면서 말했다.

"이건 포도잼을 바른 빵이에요. 받아두셨다가 내일 맛있게 드세요. 그리고 바나나 한 봉지가 여기 있는데, 제 방에 오셔서 함께 드시지요!"

내가 그녀 대신 종이봉투를 받아들자, 그녀는 문을 열어 나를 방 안으로 들어오게 했다. 십여 일 함께 사는 동안, 그녀는 나를 충직한 사람이라 믿은 듯했다. 그녀가 나를 처음 만났을 때 내비쳤던 의구심에 찬 모습은 완전히 사라져 버렸다. 그녀의 방에 들어서서야 나는 날이 아직 저물지 않았음을 알았다. 그녀의 방에 남쪽으로 난 창이 하나 있는데, 이 창으로 태양의 반사광선이 쏟아져 들어와 조그마한 방 안의, 두 개의 널판을 깔아 만든 침대, 검은 칠을 한 반탁(半桌), 나무 상자와 둥근 걸상을 비추었다. 침대 위에 모기장은 없었지만, 깨끗한 푸른 천의 이불과 요가 개켜져 있었다. 반탁에는 아마 그녀의 화장품이 들어 있을 듯한 작은 양철상자가 놓여 있는데, 양철상자에는 기름방울이 많이 묻어 있었다. 그녀는 둥근 걸상 위에 쌓인 반쯤 낡은 옥양목 솜저고리와 무명 바지 등을 침대 위로 걷어내고서 나를 앉게 했다. 나를 대하는 그녀의 은근한 태도에 쑥스러운 마음이 들어 그녀에게 말했다.

"한집에 사는 처지인데 이렇게까지 격식을 차리실 필욘 없어요."

"격식을 차리긴요? 매일 제가 돌아올 때 늘 일어나 길을 비켜주셔서 죄송하기 짝이 없어요."

이렇게 말하면서 그녀는 바나나 봉지를 펼쳐 나에게 권했다. 그녀 자신도 하나를 들어 침상에 앉아 먹으면서 내게 물었다.

"당신은 왜 집에만 계시면서 일자리를 찾아보러 나가지 않으세요?"

"저도 그럴 생각으로 이리저리 찾아보았습니다만 구하지 못했어요."

"친구가 계세요?"

"친구야 있지만, 이 지경이 되다보니 그들도 나와 오고가지 않네요."

"학교는 다니셨어요?"

"외국 학교에서 몇 년간 공부는 했습니다."

"댁은 어디세요? 왜 집으로 돌아가지 않으세요?"

그녀가 이렇게 물어오자, 나는 불현듯 나 자신의 처지가 느껴졌다. 작년 이래로 나는 나날이 쇠약해져, '나는 누구인가' '나는 지금 어떤 상황에 처해 있나?' '나의 마음은 슬픈가, 기쁜가?' 등의 생각을 거의 깡그리 잊어버렸기 때문이다. 그녀의 질문을 받고서 나는 반년 동안 힘들었던 상황을 하나하나 다시금 떠올렸다. 그래서 그녀의 질문을 받은 후 나는 그저 멍하니 아무 말도 하지 않은 채 그녀를 쳐다볼 뿐이었다. 그녀는 나의 이런 모습을 보고서 나 역시 돌아갈 곳 없는 떠돌이라고 여겼는지, 얼굴에 금세 쓸쓸한 표정을 지은 채 희미하게 탄식하며 말했다.

"아! 당신도 저와 똑같은 신세로군요?"

희미한 탄식소리 이후 그녀는 입을 열지 않았다. 나는 그녀의 눈자위가 약간 붉어진 것을 보고 화제를 돌려 그녀에게 말했다.

"공장에서는 무슨 일을 하세요?"

"담배를 말고 있어요."

"하루에 몇 시간이나 일하시는데요?"

"아침 7시에 시작해서 저녁 6시에 끝나는데, 도중에 한 시간 쉬니 매일 열 시간을 일하네요. 한 시간이라도 일을 덜하면 돈을 까요."

"얼마나 까는데요?"

"매달 9원이니까 열흘에 3원, 한 시간에 3푼이지요."

"밥값은 얼마예요?"

"한 달에 4원이에요."

"그러면 매달 한 시간도 쉬지 않고 일해도, 밥값을 제하면 5원밖에 안되네요. 이래서야 방세와 옷값을 낼 수 있나요?"

"안 되지요! 게다가 관리인은 또…… 아아! ……전 ……그래서 공장이 너무 싫어요. 담배 피우세요?"

"네, 피웁니다."

"담배 피우지 마세요. 피우더라도 우리 공장의 담배는 피우지 마세요. 정말이지 진절머리가 나요."

그녀의 증오에 찬 모습을 보자 나는 더 이상 이야기하고 싶지 않았다. 손에 든 반토막 바나나를 몇 입 먹고서 사방을 둘러보니 방 안이 어두워진 느낌이 들었다. 나는 자리에서 일어나 고맙다는 인사를 건네고 내 방으로 돌아왔다. 그녀는 늘 일하느라 피곤한 탓인지 돌아오자마자 잠자리에 드는 것 같았는데, 이날 저녁만은 방 안에서 밤늦도록 잠들지 못하는 듯했다. 이 일이 있은 후로 그녀는 매일 돌아와 나와 몇 마디 이야기를 나누었다. 그녀 자신의 입을 통해 들은 바로, 그녀의 성은 천(陳), 이름은 얼메이(二妹)이고 쑤저우 둥샹(東鄉) 사람인데, 어려서부터 상하이 시골에서 성장했다고 한다. 아버지도 연초공장의 노동자인데, 작년 가을에 세상을 떠났다. 그녀는 본래 아버지와 그 방에서 함께 살면서 매일 함께 공장에 다녔는데, 지금은 그녀 혼자만 남게 되었다. 아버지가 돌아가신 후 한 달여 동안, 그녀는 아침에 울면서 공장에 갔다가 저녁에 울면서 돌아왔다. 그녀는 올해 열일곱 살로, 형제자매도 없고 일가친척도 없었다. 아버지가 죽은 뒤의 장례 등의 일은 아버지가 돌아가시기 전에 15원을 아래층 노인에게 맡겨 처리하도록 했다고 한다. 그녀가 말했다.

"아래층 노인은 좋은 사람이에요. 제게 여태껏 나쁜 마음을 품은 적이 없어요. 그래서 아버지가 살아계셨을 때와 똑같이 공장에 다니는 겁니다. 그런데 공장에 성이 리(李)라는 관리인은 아주 못돼 먹어서, 아버지가 돌아가셨다는 걸 알고서 날마다 나를 희롱하려 해요."

그녀 자신과 아버지의 신세에 대해 거의 다 알게 되었지만, 그녀의 어머니는 어떤 사람인지? 죽었는지 살아 있는지? 살아 있다면 어디에 살고 있는지? 등등은 그녀가 여태껏 꺼낸 적이 없었다.

3

날씨가 변한 것 같았다. 며칠간 나만의 세계인 컴컴한 작은 방 안의 혼탁한 공기가 마치 시루 속 증기처럼 푹푹 쪄서 머리가 어지러울 지경이었다. 나는 매년 봄여름이 바뀌는 환절기에는 신경쇠약의 중증이 도지는데, 이런 상태가 되면 거의 반미치광이가 되었다. 그래서 최근 며칠간 밤이 되어 한길에 인적이 뜸해지면 늘 산보하러 나갔다. 홀로 한길 위에서 파란 하늘의 뭇별들을 바라보면서 느릿느릿 걸어가며 끝없는 공상에 잠기는 것이 오히려 나의 건강에 도움이 되었다. 이렇게 어찌할 길 없이 봄바람에 푹 취한 밤이면 나는 이곳저곳으로 싸돌아다니다가 날이 밝을 무렵에야 집으로 돌아왔다. 이렇게 걷다가 지쳐 돌아오면 이튿날 정오까지 내리 잠을 잤다. 몇 번인가는 얼메이가 공장에서 돌아올 때까지 잠을 자다 일어나기도 했다. 잠을 푹 잔 덕분에 나의 건강상태도 차츰 회복되었다. 평소에는 반 파운드의 빵밖에 소화시키지 못했던 나의 위장도, 밤마다 나돌아 다니기 시작한 이후 거의 일 파운드의 빵을 받아들일 수 있을 만큼 나아졌다. 이 일은 경제적으로는 커다란 타격이었지만, 나의 두뇌는 영양분을 받아 이전보다 집중력이 더 좋아진 것 같았다. 밖을 쏘다니다가 돌아와 잠들기 전에, 나는 에드거 앨런 포식의 단편소설을 몇 편 지었는데, 내가 보아도 썩 나쁘지는 않은 것 같았다. 나는 몇 번을 고치고 정서하여 하나하나 우편으로 부친 후 마음속으로 조금이나마 희망을 걸었지만, 이전에 몇 번 부쳤던 번역원고가 감감무소식이었듯 며칠 지나면 그것들도 까맣게 잊혔다.

옆방의 얼메이는, 요며칠 그녀가 아침에 공장에 나갈 때에는 내가 잠에 곯아떨어져 있었던지라, 오후에 공장에서 돌아올 때에야 몇 번 만날 기회가 있었다. 하지만 무슨 까닭인지 나에 대한 그녀의 태도가 예전에 처음 만났을 때의 의구심에 찬 상태로 되돌아간 느낌이 들었다. 때로 그녀는 나를 찬찬히 바라보았는데, 그녀의 까맣고 초롱초롱한 눈 속에 나를 꾸짖고 타이르는 듯한 뜻이 담겨 있는 것 같았다.

내가 이곳 빈민굴로 옮겨와 살게 된 지 어느덧 20여 일쯤 되었을 것이다. 어느 날 오후 내가 막 촛불을 켜고서 거기에서 중고서점에서 사온 소설 한 권을 읽으려는 때, 얼메이가 황급히 올라오더니 내게 말했다.

"아래층에 우체부가 와 있는데, 도장 가지고 받아 가시래요."

그녀가 내게 이 말을 할 때, 나를 의심하고 두려워하는 듯한 태도는 더욱 분명하게 드러나 마치 "흥, 네가 한 짓이 들통난 거야!"라고 말하는 것만 같았다. 나는 그녀의 태도로 인해 마음이 몹시 아팠다. 그래서 약간 퉁명스럽게 그녀에게 말했다.

"제게 무슨 편지요? 제 것 아니에요!"

화난 듯한 나의 대답을 듣더니 그녀는 마치 내기에서 이기기라고 한 듯이 얼굴에 냉소를 띠고 말했다.

"직접 가보세요! 당신 일이니 당신이 알겠지요!"

이 말과 동시에 나는 아래층 문 입구에서 우체부인 듯한 사람이 "등기요!"라고 재촉하는 소리를 들었다. 편지를 받아본 순간 나의 가슴은 쿵쿵 두근거렸다. 알고 보니 내가 전에 부쳤던 독일어 단편 번역원고가 이미 어떤 잡지에 게재되었다는 것이다. 편지 안에 부쳐온 것은 5원짜리 우편환이었다. 나는 호주머니가 곧 비던 터라 이 5원만 있으면 월말에 내야 할 방세를 걱정할 필요가 없을뿐더러 며칠간의 식비로도 사용할 수 있었다. 당시 이 5원이 내게 지닌 효용가치는 아무도 상상할 수 없을 정도였다.

이튿날 오후, 나는 우체국에 가서 돈을 찾았다. 햇볕이 내리쬐는 한길 위를 잠시 걷노라니 온몸에 땀이 흘러내렸다. 나는 전후좌우의 행인들을 살펴본 다음 나 자신을 살펴보고서 나도 모르게 고개를 푹 떨구었다. 내 목과 머리에서 땀방울이 비 오듯 방울방울 흘러내렸다. 내가 한밤중에 쏘다닐 때에는 하늘엔 태양이 없었고, 게다가 으슬으슬한 봄의 한기가 동녘이 뿌옇게 밝아오는 새벽의 고요한 길거리에 남아 있었기 때문에, 내가 입은 그 낡은 솜두루마기는 계절과 어긋나는 느낌이 별로 들지 않았다. 이제 따뜻한 봄 햇살이 내리쬐는 정오에 멋도 모른 채 밤 나들이에 입었던 낡은 솜두루마기를 걸치고 한길을 활보했으니, 전후좌우 계절에 맞추어 옷을 입은 사람들과 비교할 때 내가 얼마나 부끄러웠겠는가! 나는 잠시 며칠 뒤에 내야 할 방세도 까맣게 잊고, 호주머니에 모아놓은 돈이 곧 떨어진다는 것도 잊은 채, 천천히 갑로(閘路)에 있는 헌옷가게로 갔다.

오랫동안 햇빛 아래에서 걸어보지 못했던 나는, 거리를 오가는 자동차와 인력거, 차 안에 앉아있는 아름다운 청춘남녀, 그리고 한길 양쪽 비단가게와 금은방의 창문 속의 화려한 진열품을 바라보고, 사방에서 들려오는 벌집처럼 떠들썩한 소리, 발걸음 소리, 자동차의 경적 소리를 들었다. 몸이 일시에 별세계에 이른 것만 같았다. 나는 나 자신의 존재를 잊고 나의 동포들처럼 기뻐 노래하고 춤추고 싶었다. 나의 입에서는 나도 모르게 오랫동안 잊었던 베이징(北京) 가락이 흘러나오기 시작했다. 일시적인 열반의 환상은 한길을 가로질러 갑로로 돌아들어가려 할 때 갑작스러운 경적소리에 놀라 깨고 말았다. 고개를 들어 보니 눈앞에 무궤 전차 한 대가 달려오더니, 운전석에 앉은 뚱뚱한 운전수가 상반신을 내밀어 눈을 부라리면서 큰소리로 내게 욕을 퍼부었다.

"개새끼야! 눈깔 뒀다 뭐 할래! 개죽음 당하고 싶어!"

나는 멍하니 걸음을 멈춘 채 무궤 전차의 꽁무니에서 내뿜은 매연이 북쪽으로 날아가는 것을 본 다음, 어디에서 생겨난 감정인지 모르지만 갑자기 하하하 터져 나오는 웃음을 참을 수가 없었다. 사방의 사람들이 나를 쳐다보아서야 나는 얼굴을 붉힌 채 천천히 갑로 쪽으로 걸어갔다.

난 헌옷가게 몇 곳에서 겹옷의 가격을 물어보고 흥정을 했다. 헌옷가게의 몇몇 점원은 스승이 가르치듯 얼굴을 저으면서 비아냥거렸다.

"농담이겠지요! 안 사도 좋으니 가세요!"

오마로(五馬路) 길가의 조그마한 가게에까지 쭉 물어보니, 겹옷은 도저히 살 수 없었으므로 리넨 홑옷을 사서 곧바로 바꿔 입었다. 바꿔 벗은 솜두루마기를 손에 들고서 천천히 집으로 돌아오면서 나는 마음속으로 따져보았다.

"어쨌든 부족하구먼. 아예 시원하게 써버리지 뭐." 동시에 그날 얼메이가 내게 선사한 빵과 바나나가 생각났다. 그래서 다른 걸 떠올릴 겨를도 없이 제과점으로 들어가 초콜릿, 바나나 사탕, 카스텔라 등을 1원 어치 샀다. 그 가게 안에 서서 점원이 포장해주기를 기다리고 있을 때, 나는 문득 한 달 넘게 목욕하지 않았다는 게 떠올랐다. 오늘 이 참에 목욕 한번 해야겠다는 생각이 들었다.

목욕을 하고나서 솜두루마기 봉투와 사탕봉지를 들고 등탈로로 돌아왔을 때에는 한길 양쪽의 가게들에는 벌써 전등이 켜져 있었다. 거리를 오가는 행인들도 아주 드물었다. 황포강(黃浦江)에서 불어오는 해질녘의 서늘한 바람에 나는 몇 번 몸서리를 쳤다. 내 방 안에 돌아와 촛불을 켜고서 얼메이의 방문을 비추어보니, 그녀는 아직 돌아오지 않았다. 그때 나는 몹시 배가 고팠지만, 방금 사온 그 사탕은 어떻게든 뜯고 싶지 않았다. 얼메이가 돌아오면 그녀와 함께 먹고 싶었기 때문이다. 나는 책을 꺼내 보면서 입안에 침이 고였다. 한참을 기다렸는데도 얼메이는 돌아오지 않았다. 언제인지 모르게 피곤을 이기지 못해 나는 책더미 위에서 잠이 들고 말았다.

4

얼메이가 돌아온 기척에 잠에서 깨어나 보니, 내 눈앞의 한 자루에 12온스짜리 양초가 벌써 두 치나 타버렸다. 나는 몇 시나 되었는지 그녀에게 물었다.

"열시 사이렌이 방금 울렸어요."

"어쩐 일로 오늘 이렇게 늦게 돌아왔어요?"

"공장에 물건이 딸려 야간근무를 해야 했어요. 수당은 더 받지만, 너무 피곤해요."

"그럼 안 하면 되잖아요?"

"직공이 부족해서 하지 않을 수가 없어요."

여기까지 말하더니 그녀가 갑자기 눈물을 흘렸다. 고된 일에 지쳐 서글퍼진 모양이라고 생각한 나는 그녀가 가여운 생각이 드는 한편, 어린애 같은 성깔을 보고서 흐뭇한 느낌도 들었다. 사탕봉지를 펼쳐 그녀에게 몇 개를 권한 다음, 나는 그녀에게 말했다.

"야근을 처음 해서 익숙하지 못한 탓에 피곤한 모양입니다. 익숙해지면 괜찮을 거예요."

그녀는 책을 쌓아 만든 높지 않은 탁자 위에 묵묵히 앉아 초콜릿 몇 개를 먹더니, 나를 몇 번 슬쩍 쳐다보았다. 내게 말을 꺼내기가 거북한 모양이었다. 그래서 내가 그녀를 재촉했다.

"무슨 할 말이라도 있어요?"

그녀는 다시 잠시 침묵하더니 띄엄띄엄 물었다.

"제…… 제가…… 진즉 물어보고 싶었는데요. 요 며칠 밤마다 밖에 나가던데, 나쁜 사람들과 어울려요?"

그녀의 말을 듣고서 나는 깜짝 놀랐다. 그녀는 내가 매일 밤 밖에서 좀도둑이나 불량배들과 어울린다고 의심했던 모양이었다. 내가 멍하니 대답하지 않자, 그녀는 내 행위가 자기에게 들통이 났다고 여겼는지 부드럽게 말을 이었다.

"그런 짓을 해서 이렇게 좋은 걸 먹고 이렇게 좋은 옷을 입으셨군요? 그런 일을 해서는 안 돼요. 만일 잡혀가기라도 하면 무슨 낯으로 살 거예요? 지난 일은 더 이상 들먹이지 않을 테니, 앞으로는 제발 고치세요……."

나는 눈을 부릅뜨고 입을 멍하니 쩍 벌린 채 그녀를 바라보았다. 그녀의 생각이 너무나 느닷없어서 뭐라 설명해야 좋을지 몰랐다. 그녀는 몇 초 동안 침묵하더니 다시 말을 이었다.

"당신이 피우는 담배 말인데요, 매일 끊고 피우지 않는다면 몇 푼이라도 절약할 수 있지 않아요? 진즉 당신에게 담배 피우지 말라고, 특히 저 지긋지긋한 N공장의 담배는 아예 피우지 말라고 권했는데도 통 듣지 않는군요."

여기까지 말하고서 그녀는 돌연 다시 눈물을 떨구었다. 이 눈물이 N공장을 원망하여 흘린 눈물이란 걸 알고 있었지만, 나의 마음은 이렇게 생각하는 걸 도저히 용납하지 않았다. 나는 그 눈물을 나를 타이르려다가 흘린 것이라 여겨야만 했다. 나는 조용히 생각에 잠겼다. 그녀의 마음이 진정되기를 기다려, 나는 어제 등기가 온 까닭을 들려주고, 오늘 돈을 찾아 물건을 사온 일을 설명하고, 마지막으로 나의 신경쇠약증과 매일 밤 산보하러 나가야만 했던 이유를 말해주었다. 그녀는 나의 해명을 듣고서 나를 믿어주었다. 내 이야기가 다 끝나자, 그녀는 두 볼이 갑자기 빨개지더니 눈을 내리깐 채 탁자 위를 바라보다가 몹시 부끄러운 듯 말했다.

"제가 오해했어요. 제가 당신을 오해했어요. 공연히 걱정하지 마세요. 제게 악의가 있었던 건 아니에요. 당신의 행위가 너무나 이상해서 엉뚱하게 생각했던 거예요. 당신이 열심히 공부한다면 얼마나 좋겠어요? 당신이 방금 말한 그것 — 뭐라고 하죠? – 5원에 팔았던 그것 말이에요, 그걸 매일 하나씩 해낼 수 있다면 얼마나 좋아요?"

그녀의 이 단순한 태도를 보고 있노라니, 나의 마음속에 갑자기 불가사의한 감정이 일어났다. 나는 두 손을 내뻗어 그녀를 안고 싶었다. 그러나 나의 이성이 내게 명령했다.

'너, 못된 짓 해서는 안 돼! 네 처지가 어떤지 잘 알고 있지! 이 순결한 처녀를 독살하고 싶은 거냐? 악마야, 악마야. 넌 이제 사람을 사랑할 자격도 없는 놈이야!'

그러한 감정이 일었을 때 나는 몇 초 동안 눈을 감은 채 이성의 명령을 들은 후에 다시 눈을 떴다. 내 주위가 홀연 몇 초 전보다 훨씬 밝아진 느낌이 들었다. 그녀에게 미소를 지으면서 나는 말했다. "밤도 깊었으니 어서 주무세요! 내일도 공장에 가야지요? 난 오늘부터 당신 말대로 담배를 끊겠어요!"

그녀는 나의 말을 듣고 일어서더니 아주 기쁜 표정으로 잠을 자러 자기 방으로 돌아갔다. 그녀가 떠난 뒤 나는 양초를 바꾸어 켜놓은 채 여러 가지 일을 골똘히 생각했다.

'나의 노동의 결과로 처음 얻은 5원 가운데 벌써 3원은 써버렸다. 내가 원래 가지고 있던 1원 남짓과 합쳐도 방세를 내고 나면 이삼십 푼밖에 남지 않는다. 어떻게 하면 좋을까! 이 낡은 솜두루마기를 저당 잡히자! 하지만 전당포에서 잡아주지 않을지도 몰라. 이 여자애는 참 가련하지만, 내 처지는 그녀만도 못하다. 그녀는 일하기 싫어도 어쩔 수 없이 일해야만 하는데, 나는 일을 구하고 싶어도 끝내 구하지 못했다.

육체노동을 해보자! 아아, 그러나 나의 이 약한 두 팔로는 인력거 하나 제대로 끌지 못할 것이다. 자살! 내게 용기가 있었다면 진즉 했을 것이다. 지금도 이 두 글자를 생각해낸 걸 보니, 나의 패기가 완전히 사라진 건 아니로군!

하하하하! 오늘 그 무궤 전차의 운전수! 그 자가 내에게 뭐라 욕했더라?

개새끼, 개새끼야 그래도 좋은 이름이지.

....

……………………………………………’

나는 어수선하고 띄엄띄엄 떠오르는 수많은 생각을 했지만, 끝내 현재의 궁지에서 벗어날 뾰족한 수가 없었다. 공장의 사이렌 소리가 들려왔다. 12시를 알리는 모양이었다. 나는 자리에서 일어나 어제 벗었던 낡은 솜두루마기로 바꿔 입고 촛불을 훅 불어 끄고서 밖에 산보하러 나왔다. 빈민굴속의 사람들은 이미 단잠에 빠져 있었다. 맞은편 일신리의, 둥탈로 쪽으로 늘어선 양옥 가운데 몇 집에 붉고 푸른 전등불이 켜져 있는데, 거기에서 발랄라이카를 켜는 소리가 들려왔다. 애조를 띤 맑고 가냘픈 노랫소리가 고요한 깊은 밤의 차가운 공기 속에서 나의 귓가에까지 전해졌다. 이건 아마 러시아의 떠돌이 소녀가 돈을 벌기 위해 부르는 노래일 것이다. 하늘을 가득 가린 회백색의 엷은 구름이 썩어 문드러진 주검처럼 무겁게 그곳을 뒤덮고 있었다. 구름이 갈라진 틈새로 한두 개의 별이 보였지만, 별 가까이의 거무칙칙하게 보이는 하늘빛은 끝없는 애수를 품고 있는 듯했다.

1923년 7월 15일

왕루옌은 저장성(浙江省) 전하이현(鎭海縣)에서 태어났으며, 본명은 왕헝(王衡), 필명은 루옌, 왕왕워(王忘我) 등이다.

그의 필명이 말해주듯, 그는 루쉰(魯迅)으로부터 많은 영향을 받았으며, 향토 소설의 대표적 작가로 손꼽힌다. 《유자(柚子)》《황금(黃金)》《동년의 비애(童年的悲哀)》 등의 단편소설집, 산문집 《나그네의 마음(旅人的心)》 등을 남겼다.

이 책에 실린 〈쥐잉의 출가(菊英的出嫁)〉는 1926년에 출판된 《유자(柚子)》에 발표되었으며, 〈동년의 비애〉는 1929년 11월 《소설월보(小說月報)》 제20권 11호에 발표되었다.

왕루옌

(王魯彦, 1901~1944)

쥐잉의 출가 菊英的出嫁

쥐잉(菊英)이 그녀를 떠난 지 어느덧 만 십 년이 되었다. 십 년 동안에 그녀는 얼마나 많은 눈물을 흘렸는지, 얼마나 야위었는지 모른다. 쥐잉 때문에, 그녀의 사랑스러운 딸 때문에. 남의 딸들은 자신의 어머니 곁에서 자라고, 자주 자기 어머니에게 기대어 '엄마, 엄마'라고 부른다. 오직 자신의 사랑스런 딸 쥐잉만은 그녀의 곁에서 자라지 않았으며, 그녀에게 기대어 '엄마, 엄마'라고 불러 보지도 못했다.

남의 딸들이 어머니를 떠나는 경우가 있기는 하다. 예를 들어 출가하게 되면 어머니와 함께 살지는 못한다. 하지만 엄마는 딸을 만나거나 딸이 사는 곳에 갈 수 있고, 딸도 엄마가 사는 곳에 올 수도 있다. 설사 딸이 남편을 따라 먼 곳으로 갈지라도 엄마는 딸에게 편지를 쓸 수 있고 딸도 엄마에게 편지를 쓸 수 있으며, 엄마가 딸의 얼굴을 볼 수 없다면 딸이 사진을 부칠 수도 있다. 지금 그녀, 쥐잉의 엄마만은 십 년 동안 딸을 만나지 못했으며, 딸의 편지, 심지어 사진 한 장도 받지도 못했다. 십 년 전에 그녀는 쥐잉의 사진을 찍은 적도 없었다.

그녀가 알 수 있을까? 딸 쥐잉이 지금 어떻게 지내는지? 쥐잉의 입가에 엷은 웃음이 드러나 있는지? 쥐잉의 눈가에 눈물자국이 남아 있는지? 쥐잉의 신세가 밝은지 어두운지? 신이 쥐잉을 보살펴주는지? 못된 귀신이 쥐잉을 농락하는지? 쥐잉이 살이 쪘는지 빠졌는지? 아니면 병이 들었는지? …이 모든 건 오직 하늘만이 알고 있을 것이다!

하지만 쥐잉이 틀림없이 키도 자라고 몸도 성숙해졌으리라 그녀는 믿었다. 남자든 여자든 나이 열일곱 살이 되면 아내나 남편을 원하는 게 당연하다고 그녀는 믿었다. 쥐잉에게 물어볼 필요도 없이, 쥐잉에게 현재 남편감이 몹시 필요하다고 그녀는 확신했다. 쥐잉은 지금 너무나 적막하고 외롭다고 느끼고 있음에 틀림없다. 쥐잉이 숨쉬는 공기는 무겁고 답답할 게 틀림없다. 쥐잉은 분명코 몹시 고민스럽고 몹시 우울할 것이다. 쥐잉은 산다는 게 재미없다고 느낄 게 틀림없다. 어쩌면 — 그녀 생각에 — 쥐잉이 자살을 생각해보았을지도 모른다. 그녀의 사랑스러운 딸 쥐잉을 비관적이고 절망적이며 위험스러운 곳에서 낙관적이고 희망적이며 평온한 곳으로 끄집어내야겠다. 위협하거나 이론으로 따지거나 충고하거나 어머니의 사랑으로 구제할 수 있는 일이 아니란 걸 그녀는 알고 있다. 유일한 방법은 쥐잉에게 남편을, 젊은 남편을 구해주는 것이다. 물론 쥐잉은 자신의 고뇌가 남편이 없기 때문이라고 말하지는 않을 것이다. 혹 쥐잉이 자신의 고뇌가 무엇에서 비롯된 것인지 알지 못한다는 것조차 모를지도 모른다. 하지만 쥐잉에게 남편을 구해주면 틀림없이 쥐잉의 적막함과 외로움은 사라질 것이다. 남편은 쥐잉에게 따뜻한 위로와 즐거움을 많이 가져다줄 것이다. 쥐잉의 몸이 의지할 곳이 생기고 영혼이 기댈 곳이 생기면 쾌활해져서 다시는 이처럼 위험한 처지에 빠지지 않을 것이다. 열일여덟 살 아가씨에게 시집가고 싶은지를 물어본다면, '가겠다'고 대답하는 경우는 없을 것이다. 아가씨가 평소 아무리 남자에게 신경을 쓰고 남자를 좋아하고 남자를 그리워하고, 심지어 마음에 드는 남자가 이미 있을지라도, 지나치게 격식을 차릴 필요는 없다.

쥐잉의 어머니는 이러한 이치를 잘 알고 있었다. 그래서 결연히 지금까지의 풍속에 따라 딸의 책임을 자신의 어깨에 짊어졌다. 그녀는 이미 심혈을 기울이고 있었다. 5, 6년 전 어느 중매쟁이의 말을 들어보니, 어떤 사람이 자기 아들에게 아내를 구해주려 했다. 그녀는 비바람을 무릅쓰고 산 넘고 물 건너 사정을 알아보았다. 그녀의 마음에 쏙 들었다. 마음에 드는 아주 좋은 사윗감을 찾아냈던 것이다. 지금 사윗감을 볼 수는 없지만, 사위가 일여덟 살 무렵에 찍은 사진을 본 적이 있었다. 사위는 아주 말끔하게 잘생기고 총명한 아이임을 알 수 있었다. 중매쟁이의 중개로 그녀는 이미 그의 부모와 혼약을 정했다. 사돈댁은 부자여서 납폐가 얼마인지 굳이 밝힐 필요가 없었다. 은화 400원을 이미 한 차례 보내왔다. 그녀는 현재 혼수를 장만하느라 정신없이 바빴는데, 능력이 닿는 대로 뭐든 할 수 있었다. 이렇게 되자 그녀는 마음이 놓였고 딸에게도 체면이 선 느낌이 들었다.

쥐잉의 아버지는 상인이다. 그는 비록 서양 글을 이해하지 못하지만, 성실하고 충직한지라 썬썬(森森) 석유공사의 외국인이 재무를 그에게 맡겨 사장으로 모셔갔다. 그의 월급은 많지 않아 매달 30원에 불과했지만, 매년 연말의 보너스가 연봉을 뛰어넘는 일이 잦았다. 그는 이 회사에서 5년간 일했으며 수천 원을 저축할 수 있었다. 쥐잉의 어머니는 먹고 입는 것에 대단히 검소했다. 쥐잉의 아버지가 수시로 멀리서 100원, 200원을 부쳤지만, 좋은 옷을 짓거나 맛난 음식을 사려 하지 않았다. 그녀의 건강은 썩 좋지 못하여 조금이라도 과로하거나 마음에 언짢은 일이 있으면, 허벅지와 허리가 시큰거리고 명치가 아팠으며 이빨이 부어오르고 눈이 흐려졌다. 이렇게 병이 잦았으나, 그녀는 끝내 가정부는커녕 돈이 별로 들지 않는 계집아이도 들이려 하지 않았다. 그는 자주 병을 안고서 일을 했다. 허리와 등이 시큰거리고 아파도, 빨아야 할 옷이 있으면 집 안 물항아리의 물로 빨지 않고 — 물항아리 속의 물은 비상용이라고 했다 — 강가로 달려가 계단이 울퉁불퉁 흔들리고 비좁은 부두를 내려가 맨끝 계단에 꿇어앉아 시큰거리는 허리와 등을 숙인 채 힘겹게 빨래를 했다. 핏발 선 눈이 흐릿해지고 통증이 오더라도 지어야 할 옷이나 신발이 있으면 안경을 걸치고서 억지로 일을 했다. 이리하여 그녀의 갖가지 병이 고칠 수 없는 고질병이 되어 나날이 악화된 것은 그녀의 과로 때문이라 할 수 있을 것이다. 쥐잉의 아버지와 이웃사람들은 여러 차례 그녀에게 가정부를 들이라고 권하고, 과로하지 않도록 했지만, 그녀는 끝내 따르지 않았다.

그녀는 남의 권유가 옳다는 걸 알고 있었다. 자신의 건강이 나날이 악화되는 까닭도 잘 알고 있었다. 그러나 그녀는 자신을 대수롭지 않게 여겼다. 병이 많든, 오래 살지 못하든 상관없다고 여겼다. 그녀에게 중요한 일은 어서 빨리 딸에게 남편을, 그리고 아들에게 아내를 구해주고, 아울러 떠들썩하고 화려하게 일을 치르는 것이었다. 쥐잉의 어머니가 집에서 온갖 힘든 일을 마다하지 않고, 그녀의 아버지가 바다를 떠다니면서 장사를 하는 것은 대부분 자식의 혼사를 위해서였다. 만약 자식의 혼사를 대충대충 끝낸다면 그들은 매우 불안해질 것이다. 자식의 혼사는 부모가 끝까지 책임져야 하는 일이며, 자식은 천지신령과 부모에게 큰절을 올리는 것 외에는 신경 쓰지 않아도 된다고 여겼기 때문이다. 그들은 혼사를 떠들썩하고 화려하게 올리지 못하면 자식에게 면목이 없다고 여겼다. 딸들이 많은 집에서도 이리저리 돈을 변통해서 있는 힘껏 떠들썩하고 화려하게 시집을 보내는 마당인데, 하물며 쥐잉이 외동딸이고 어머니의 가장 사랑하는 아이임에랴!

온힘을 다해 쥐잉에게 혼수를 마련해주는 것이 그녀의 책임이자 그녀의 바람이었다.

아, 이렇게 훌륭한 혼수를 쥐잉이 기뻐하지 않을 수 있겠어? 사람들이 칭찬하지 않을 수 있겠어? 보라고, 무엇 하나 갖추어지지 않은 게 있나? 멋지지 않은 게 있나? 값지지 않은 게 있나?

대충 들어보면 이렇다. 금비녀 두 개, 은비녀와 진주비녀 각각 하나. 금발채(髮釵)와 은발채 각각 둘. 금귀이개 둘, 은귀이개 하나. 금귀고리 두 쌍, 은귀고리 두 쌍, 다이아몬드 귀고리 두 쌍.

금반지 네 개와 다이아몬드 반지 두 개. 팔찌 세 쌍, 그중 금팔찌가 두 쌍. 실내용에서 실외용까지 사계절 의복은 대충 입는 것으로 서너 벌, 제대로 갖추어 입는 것으로 두 벌. 포플린이나 비단옷 등은 모두 대충 입는 것에 속한다. 솜이불이 여덟 채인데, 후저우(湖州)산 비단이 그중의 네 채이다. 융단은 네 채인데, 그중에 두 채는 외국 융단이다. 자수용 천의 새카만 베개가 여섯 짝인데, 양면에 산수인물이 골라져 있다. 큰 침대가 하나, 옷 장롱이 둘, 정방형 탁자와 거문고용 탁자가 각각 하나. 의자와 걸상, 다탁, 그리고 각종 나무그릇은 모두 화려목(花櫚木)과 고급의 단단한 나무로 제작되었는데, 조각을 새기거나 상감을 둘러 대단히 세밀하며, 모두 연노란색, 황금색과 옅은 홍색 등의 각종 색깔이 칠해져 있다. 유리진열장 속의 백납그릇이 뿜는 빛에 눈이 부셨다. 크고 작은 촛대 여섯 쌍 가운데 제일 큰 것은 무게가 12근이나 된다. 그 나머지 각종 일용품들 역시 정교하고 신기하며 값나가는 것뿐이었다. 세세히 설명할 수 없는(쥐잉의 어머니도 일일이 기억하지 못하니) 갖가지 물건 외에도, 한 마지기에 120원이나 되는 옥답 10마지기도 있다.

혼인날이 가까워지자, 수많은 혼수가 며칠 앞서 신랑 측 집으로 보내져야 했다. 쥐잉의 어머니는 날이 갈수록 더욱 바빠졌다. 모든 일이 그녀의 고심과 점검을 거치거나 직접 처리되었다. 하지만 밤낮으로 바쁘지만 그녀는 조금도 피곤을 느끼지 않았다. 그녀의 몸은 오히려 평소보다 몇 배나 건강해진 듯했다. 그녀는 마음속으로 대단히 기분이 좋았다. 누구나 '엄마'에서 '장모' 소리를 듣게 되고, '장모'에서 다시 '외할머니' 소리를 듣게 되는데, 이전에 보고 있노라면 몹시 괴로웠던 일이 이제 그녀의 차례가 된 것이다! 이웃과 친척들도 잘 알고 있을 것이다. 쥐잉의 어머니가 복 없는 사람이 아니라는 걸!

그녀는 들락거리면서 늘 쥐잉의 함박 웃음지은 얼굴을 보았다. "그래, 혼인날이 다가왔구나. 내 사랑하는 아이야!" 그녀는 남몰래 쥐잉에게 말했다. 쥐잉의 양 볼에 돌연 붉은 구름 두 송이가 피어올랐다. "멋진 낭군이야! 똑똑한 낭군이야. 그의 집에 가서 '그의 사람'이 되거라! 밤낮으로 신랑을 따르고 신랑을 지키며, 신랑더러 밤낮으로 널 데리고 안고 있게 하렴!" 쥐잉은 부끄러워 얼굴을 감싸쥔 채 뛰쳐나가려 했다. "낭군을 잘 모셔야 한다." 그녀는 엄숙하게 쥐잉을 훈계했다. "그의 말을 잘 듣고 그를 언짢게 해서는 안 된다. 내년에 그의 아들을 하나 낳으면 얼마나 기쁘겠니! 시부모님께 효도하고 잘 보살펴드려야 한다. 다른 웃어른께 공손하고 어린 것들에게는 다정해야 한다. 남에게 싫은 소리 듣지 않도록 해라. 엄마를 위해서나 너를 위해서나 애 많이 쓰도록 해라, 잊지 말고 잘 기억해라! …….."

음악소리가 멀리 떠들썩하게 연주되더니 차츰 가까워졌다. 길가에 사는 사람들은 쥐잉의 가마가 문을 나섰음을 깨달았다. 쥐잉의 출가가 남보다 훨씬 떠들썩하고 화려하다는 걸 그들은 잘 알고 있었다. 그들 모두는 미리 늙은이를 부축하고 어린애를 이끌어 길거리에서 구경거리를 기다리고 있었다.

제일 먼저 다가온 것은 혼인 시중을 드는 여인 두 명이었다.

그들은 크고 붉은 비단 한 폭을 비스듬히 메고 있었다. 그들이 지난 지 반리쯤 되었을 때 행렬이 이르렀다. 홍(紅) 자가 쓰인 커다란 등롱 두 개가 앞장을 섰다. 등롱 뒤를 여덟 개의 깃발과 여덟 명의 악사가 따랐다. 그 뒤를 실물인 양 정교하게 만들어진 여러 색깔의 종이 아이, 종이 하녀, 종이 말, 종이 가마, 종이 탁자와 의자, 종이 상자, 종이 집, 그리고 종이로 만든 수많은 기물 등이 길게 늘어섰다. 그 뒤로 여러 종류의 악기를 집어넣은 가마 하나, 종이로 만든 혼수품 두 점과 진짜 혼수품이 이어졌다. 혼수품 뒤에는 향로를 놓아둔 정자가, 정자 뒤에는 쥐잉의 가마가 뒤따랐다. 이 가마는 보통의 가마와는 달리 붉은 색이 아니라 푸른색이고, 사방에 채색비단이 매어 있었다. 가마 뒤에는 십여 명이 몹시 무거운 관을 매고 있는데, 이것은 쥐잉의 영구였다. 관은 커다란 격자 틀 위에 얹혀 있는데, 틀 위는 붉은 융단으로 덮여 있고 사방이 채색비단으로 묶여 있었다. 그 뒤로 가마에 탄 아이 둘, 그리고 도중에 돌아갈 예정인 아이들이 걸어서 뒤따르고 있었다.

구경나온 사람들은 쥐잉의 어머니가 꼼꼼하게 처리했다고 입을 모았으며, 그녀가 평소 고통과 어려움을 잘 참고 견뎠다고 칭찬했다. 그들은 쥐잉의 총명함과 신랑의 생전의 준수함을 들먹거리면서 두 사람이 천생연분이라고 말했다.

이때 쥐잉의 어머니는 집에서 울다가 기절하고 말았다. 그녀의 마음은 너무나 슬프고 고통스러워 사랑하는 자식의 관조차도 영원히 보지 않으려 했다. 쥐잉이 어렸을 적에 얼마나 예쁘고 총명했으며 얼마나 엄마 말에 잘 따랐던가! 쥐잉이 막 걸음마를 배우지만 말은 하지 못할 무렵, 동작 하나하나가 얼마나 귀여웠던가! 손님이 오면, 인사드리라는 엄마 말에 따라 앞으로 나아가 허리 굽혀 절을 했었지. 손님이 사탕이나 떡을 주면 얼굴을 붉히면서 받지 않으려 했어. 그러다가 엄마를 보다가 "받아라. 고맙습니다라고 해야지"라고 하면 두 손으로 받고서 허리 숙여 절을 했지. 그리곤 그녀의 곁으로 와서 자기 입에 조금 넣고 엄마에게도 먹으라고 조금 주었지. "엄마는 안 먹을래"라고 말하면, 그녀는 "으응" 소리와 함께 언짢은 표정을 지으면서 손을 높이 치켜들어 억지로 엄마에게 먹이려 했어. 엄마가 입안에 받아먹으면, 기분이 좋아 엄마 무릎에 엎드려 히힛 웃었지. 그땐 쥐잉의 아빠가 운수가 좋지 않아 천리 머나먼 윈난(雲南)에 장사하러 떠났는데, 여섯 달 동안 편지도 없고 사 년간 돌아오지도 않은 채 돈 한 푼 보내오지 않았어. 엄마와 쥐잉 할머니는 온갖 고생을 다하면서 궂은일도 마다않고 돈을 벌어 쥐잉을 키웠지. 쥐잉은 여섯 살 때 은박지 만드는 법을 배우고, 일곱 살 때 꽃을 수놓고 인형의 저고리와 바지를 만들었고, 여덟 살 때엔 엄마를 도와 은박지를 만들고 꽃테두리를 골랐지. 쥐잉은 다른 아이들처럼 장난을 치거나 요란스럽게 밥을 먹지 않았어. 하루종일 방 안에 앉아 일만 했지. 쥐잉은 엄마를 떠나지 않았고, 엄마도 쥐잉과 한 시도 떨어져 있지 않았어. 그녀는 엄마의 피붙이로, 엄마가 사랑하는 유일한 딸이었어! 쥐잉 아빠의 운수가 좋지 않아 엄마와 할머니가 밤낮으로 고개 숙인 채 고생스럽게 일을 해도 버는 돈이 쥐꼬리만하여, 쥐잉에게 예쁜 옷을 사 입히고 맛난 사탕을 사 먹이기는커녕 밤낮으로 엄마를 도와 일하는 딸을 보고 엄마 마음이 짠해 갑자기 쥐잉을 안고 울었었지. 엄마가 우는 것을 보고 쥐잉도 대성통곡을 했었어. 엄마가 아무 말도 하지 않았지만 뭔가 생각난 게 있어 엄마 마음이 서글펐던 것이데, 쥐잉도 그랬던 것이다.

밤에 일찍 재우려 하면, 쥐잉은 늘 '이것만 끝내고요'라고 말했다. 쥐잉이 피곤해질까봐 염려했지만, 쥐잉은 오히려 엄마가 하는 일이 많으니 피곤하실 게 틀림없다고 말했다. 쥐잉은 몇 번이나 엄마에게 말했지. "엄마, 몇 년만 지나면 내 키가 커지고 힘이 세질 거야. 그러면 내가 엄마 대신에 밥을 지어드릴게. 엄마는 너무 고생하셨어요. 이것도 하고 저것도 하느라고." 엄마는 웃음을 머금은 채 그녀를 꼭 껴안고서 말했지. "아이구, 착한 내 새끼!" 이때쯤이면 엄마의 눈엔 눈물이 그렁그렁 맺혀 있었지. 때로 엄마 마음이 너무나 슬퍼서 얼굴에 슬픈 기색을 드러낸 채 아무 말 없이 앉아 있으면, 가만히 다가와 엄마에게 기댄 채 "엄마, 내일이면 아빠가 돌아오실 거예요"라고 말했어. 엄마가 병이 들어 침대에 누워 있으면, 쥐잉의 얼굴에 웃음기가 싹 사라졌다. 일이 손에 잡히지 않는지, 쥐잉은 종일토록 엄마가 누운 침대 곁에 앉아 엄마의 손을 잡아주거나 등과 다리를 주물러주었다. 8년 동안 엄마는 쥐잉을 때려본 적도 없고 욕을 해본 적도 없었다. 사실 쥐잉은 엄마가 손가락 한 번 까딱할 필요가 없었다!

엄마는 보살님을 떠받들었다. 엄마는 보살님을 더럽히는 일을 한 번도 해본 적이 없었다. 하지만, 하늘이시여! 어찌하여 사랑하는 딸을 엄마 곁에 있도록 내버려두지 않는 건가요? 그때 엄마는 별 생각 없이 고생하는 딸이 너무 가련하여 할머니를 따라 사촌집의 혼사에 보냈다. 떠들썩한 분위기속에서 기분이라도 풀라는 것이었다. 그런데 이 일이 딸을 해칠 줄 누가 알았겠는가? 이리될 줄 알았더라면, 아, 딸을 보냈겠는가! 딸은 원래 가지 않으려 했다. “엄마가 가지 않으면 나도 가지 않을래.” 딸은 이렇게 말했었다. 하지만 먹을 게 있고 재미있는 구경거리가 있으니, 엄마 마음에 한번 다녀오라고 어찌 권하고 싶지 않겠는가? “그럼 엄마 혼자만 집에 있게 되는데…….” 딸은 엄마의 고집을 꺾지 못해 결국 승낙했다. 하지만 딸은 이 한 마디를 덧붙였다. 엄마는 딸과 떨어지고 싶어? 떨어질 수 있겠어? 하늘이시여. 딸이 떠난 지 여드레째, 엄마는 온갖 괴로움에 시달릴 대로 시달렸다! 그녀의 남편은 천리 머나먼 곳에 있는 터에 돈도 없고 편지도 없는데다 돌아오지도 않은데, 괴로운 처지에 밤낮으로 일하느라 고생하니 무슨 재미가 있겠는가? 그녀의 유일한 위안은 오직 사랑하는 딸뿐이었다. 딸이 없었다면 진즉 살아갈 엄두를 아예 내지 않았을 것이다. 아흐레째 되는 날 딸이 할머니를 따라 돌아왔다. 엄마는 몹시 기뻤다. 마치 엄마의 영혼이 길을 잃었다가 다시 되돌아온 것만 같았다! 딸은 엄마를 보자 “엄마”라고 부르면서 달려들었다. 엄마는 딸을 껴안았다. 딸은 두 팔로 엄마의 목을 그러안아 엄마의 얼굴에 볼을 비볐다. 엄마는 딸에게 여드레 동안 재미있었는지 물었다. 딸은 대답했다. “재미있었어요. 다만 엄마가 함께 계시지 않아 아주 재미있지는 않았지만.” 엄마는 딸의 손을 어루만지면서 딸의 얼굴을 보다가 전보다 야위었다는 느낌이 들었다. 엄마는 가슴이 덜컥 내려앉았다. 잠시 후에 딸이 기침을 했지만, 엄마는 신경 쓰지 않았다. 그런데 잠시 후에 딸이 다시 기침을 했다. 엄마는 기침을 한 지 며칠째인지 딸에게 얼른 물었다. 딸은 이틀째라고 말했다. 엄마는 몸이 괜찮은지 어떤지 물었다. 딸은 괜찮다면서도 기침이 터져 나와 조금 힘들다고 말했다. 딸의 말에 엄마는 약간 후회스러웠다. 서둘러 거리로 나가 동전 두 닢 어치 소방나무줄기를 사와 차로 달여 먹였다.

딸은 신부의 모습이 어떤지, 무슨 옷을 입었는지, 첫날밤 신혼부부를 어떻게 놀렸는지, 갖가지 일을 엄마에게 들려주었다. 흥미진진하게 이야기하는 딸의 모습은 아주 즐거워보였다. 이튿날 아침, 딸의 목소리가 약간 쉬어 있어서 엄마는 걱정스러웠다. 하지만 아침 식사를 준비해야 하는지라 자세히 물어보지 못했다. 엄마가 밥을 지을 때, 딸은 엄마를 대신하여 방바닥을 쓸었다. 밥을 먹을 때 보니, 딸이 밥을 제대로 먹지 못하고 양 볼이 벌게져 있었다. 서둘러 딸의 머리를 만져보니 머리에 열이 났다. 엄마는 딸에게 견디기 힘든 곳이 어디냐고 물었다. 딸은 목구멍이 따끔따끔하다고 말했다. 이리되자 엄마는 후회막심이었다. 전에 그녀를 보내지 말았어야 했다는 생각이 들었다. 할머니는 더욱 후회했다. 어디에서 소홀했길래 감기에 걸려 기침이 목구멍까지 아플 정도가 되었는지 모르겠다고 말했다. 엄마는 밥그릇을 내려놓고 딸의 목구멍을 살펴보았다. 딸의 목구멍은 이미 피처럼 시뻘개 있었다. 밥그릇을 정리해놓고서 엄마는 다시 그녀를 밖으로 불러내 찬찬히 살펴보았다. 딸의 목구멍 왼쪽에 조그마한 허연 얼룩이 하나

보였다. 엄마는 이게 무슨 병인지는 몰랐지만, 목구멍 질환이 아주 위험하다는 건 알고 있었다. 엄마의 가슴이 마구 뛰기 시작했고, 할머니 역시 몹시 걱정했다. 엄마가 딸에게 언제부터 목구멍이 좋지 않은 느낌이 들었는지 물었다. 그제야 딸은 그제부터 목이 약간 마른 느낌이었다고 알려주었다. 엄마는 황급히 배를 불러 딸을 데리고서 4리나 떨어진 인후과 의사를 찾아갔다. 의사의 말은 엄마를 기겁하게 만들었다. 디프테리아인데, 발병한 지 벌써 이삼 일 되었다는 것이었다. "디프테리아!" 얼마나 무서운 병명인가! 엄마는 이 병에 걸린 사람은 일주일 만에 죽는다는 이야기를 많은 사람들에게서 들었었다. 의사는 반짝반짝한 것을 딸의 목에 넣어 약을 바르려고 했는데, 겁이 난 딸이 입을 다문 채 한사코 거부했다. 엄마가 딸에게 이건 아프지 않다고 말했지만 아무 소용이 없었다. 마침내 다급해진 엄마가 울음을 터뜨리면서 "엄마를 위해서야, 내 새끼!"라고 말했다. 딸도 울음을 터뜨리더니 엄마 말에 따라 의사에게 약을 바르도록 했다. 돌아올 때에 의사는 마실 약과 입을 헹굴 약을 한 포씩 주었다.

이튿날 딸의 병세는 더욱 악화되었다. 목소리는 더욱 쉬고 기침은 한층 심해졌으며, 목구멍 안에는 허연 엷은 막이 끼고 허연 얼룩이 훨씬 커진데다가 열이 심해졌다. 엄마와 할머니는 두렵기 짝이 없었다. 이웃 사람이 와서 말했다. 어제 의사는 대단치 않고 한의사이니, 이런 병은 서둘러 서양 의사에게 보여야 한다. 서양의사가 아주 잘하는 치료법은 주사를 놓는 것인데, 환자가 24시간 이내에 질식하지만 않으면 주사로 살릴 수 있다는 말이었다.

엄마는 서양의사를 그다지 믿지 않는 편이었지만, 한의사가 고치지 못하는 걸 눈으로 보았던 터라 그렇게 해보지 않을 수 없었다. 서우산(首善) 병원은 만구산(萬邱山) 저편에 있었다. 엄마는 약을 타러 가는 김에 향촉과 향의 재를 가져가기로 했다. 한의사를 무서워하는 딸은 양의사도 무서워할 게 틀림없었다. 엄마는 딸에게 병원에 간다는 걸 알리지 않고, 만구산에 약을 구하러 간다고 말할 수밖에 없었다. 딸은 엄마 말을 믿고 엄마와 함께 배에 올라탔다. 하지만 언덕에 올랐을 때 딸은 알아차렸다. 만구산은 두 번이나 간적이 있었는데, 병원 모습이 만구산과는 달랐기 때문이다. 딸은 울음을 터뜨리더니 아무리 해도 언덕에 오르려 하지 않았다. 엄마는 딸을 설득하고, 뱃사공 두 사람도 설득했다. 치료받지 않으면 낫지 않는다고. 낫지 않으면 엄마도 살아갈 수 없으리라고. 하지만 딸은 끝내 말을 듣지 않았다. 뱃사공이 딸을 안아 언덕을 오르려 했지만, 딸은 발버둥을 치면서 쉰 목소리로 더욱 심하게 울어댔다. 이것을 보자 엄마는 견딜 수 없이 마음이 아팠다. 외국 의사의 사나운 모습이 떠오르고 수술을 하겠다고 할까봐 겁이 더럭 났다. 딸이 저렇게 가지 않으려 하니 딸의 뜻대로 하는 게 낫겠다 싶었다. 그래서 하는 수 없이 만구산에 가서 약만 구해 돌아왔다.

사흘째 되는 날 아침, 딸의 호흡이 곤란해졌다. 목구멍에서는 마치 무언가가 목구멍을 가로막은 듯 쉭쉭 하는 소리가 새어나오고, 기침이 더욱 심해졌다. 딸의 얼굴은 몹시 창백했다. 그녀는 많이 야위었는데, 이틀간 아무것도 먹지 못했다. 엄마의 마음은 뜨거운 불처럼 애가 탔으나, 그저 껴안은 채 눈물만 흘릴 뿐이었다. 할머니 역시 뾰족한 수가 없이 그저 눈물만 흘리고 있을 따름이었다. 많은 사람들이 올방개의 즙과 무즙을 먹이면 좋다고 말했다. 엄마는 그들의 말에 따라 일일이 만들어 딸에게 먹였다. 그러나 나흘째 되는 아침, 딸의 목소리는 돼지처럼 변해버렸다. 말소리는 진즉 똑똑히 알아들을 수가 없었다. 입을 쩌억 벌린 채 코가 쉬는 숨을 따라 크게 벌어졌다. 기침을 심하게 해댔다. 얼굴빛은 더욱 창백해지고 두 볼은 움푹 들어갔다. 아래턱은 길고 뾰족해졌으며, 두 눈은 멍하니 부릅뜬 채 움푹 들어가 있었다. 눈의 흰자위는 빛을 잃고 어두운 눈동자는 활기를 잃어버렸다. 영락없이 산양의 얼굴 같았다! 죽을 상이로구나! 엄마는 딸을 보기가 두려웠다. 딸을 바라보면 마음이 갈기갈기 찢어지는 것만 같았다! 그러나 엄마가 단념하고 말겠는가? 딸이 죽어가는 걸 바라만보고 있겠는가? 사랑하는 딸을 포기하겠는가? 아니야! 엄마는 어떻든 무슨 수를 써야만 한다. 엄마는 돈이 없는지라 돈을 빌려 의사를 모셔왔다. 내과 의사를 두 명 모셔왔더니 모두 폐렴이라면서 각각 처방을 냈다. 엄마는 남몰래 부뚜막 앞에 꿇어앉았다. 눈물이 폭포수처럼 쏟아져 내렸다. 부뚜막보살님께 고왕경(高王經)을 삼천 번 외우고 일 년간 공양하겠노라 약속하면서 부뚜막보살님께서 보우해주시길 빌었다. 엄마는 만약 손님께서 방 안에 계신다면 용서해달라고 방 안의 귀신께도 정성을 다해 빌었다. 오늘 밤에 차도가 있으면 오늘 밤 쉰 덩어리의 지전을 태우고, 완전히 나으면 탁자 가득 열여섯 그릇의 국과 밥을 차리겠노라고.

오전에 딸을 병원으로 데려가라던 이웃이 다시 오더니, 오늘

의사를 불러 주사를 맞지 않으면 절대 좋아지지 않을 거라고 말했다. 치료받아 나은 사람 여럿을 자기 눈으로 직접 보았다면서, 딸이 24시간 안에 죽지만 않으면 주사를 맞아 틀림없이 좋아질 거라고 말했다. 병원 의사를 모셔오려면 가마를 불러야 하고 주사값과 약 값이 모두 비싸 아무래도 6원은 있어야 한다고 했다. 그의 말을 듣자, 엄마는 막다른 골목에 이르렀으니 한번 해보자고 마음먹었다. 엄마는 돈이 없었고, 돈을 빌릴 데도 없었다. 하는 수 없이 그녀는 자신의 모피 저고리를 저당 잡아달라 부탁하여 의사를 청했다. 모피 저고리가 무슨 소용이 있을까? 구할 길이 없다면 엄마가 살아갈 수 있을까? 점심을 먹을 무렵에 의사가 도착했다. 의사는 좀 더 일찍 의사를 청했어야 했다고 말하면서, 오늘 밤 12시까지 상태를 보는데 이 고비를 넘기면 마음을 놓을 수 있다고 했다. 의사의 말을 듣고서 딸은 울면서 어머니의 목을 꼭 끌어안았다. 딸은 마음속으로 아주 잘 알고 있었다. 그녀는 주사 맞기를 두려워했지만, 몇 사람이 억지로 그녀를 붙들어준 덕에 의사는 그녀의 엉덩이에 주사를 한 대 놓아 약물을 투여했다. 하지만 운명이 이미 정해져 있으니 무슨 소용이 있겠는가! 오호라, 불쌍하기 그지없는 어머니! 오후가 되자 그녀의 호흡이 점점 곤란해지더니 밤 11시에 그만…… 하늘이시여!

동년의 비애 童年的悲哀

세월이 이리 빨리 흐른다는 건 얼마나 두려운 일인가!

그건 이른 아침의 유성처럼, 여름밤의 번개처럼 눈 깜짝할 사이에 스쳐지나갔으며, 알지 못하는 사이에 나를 일생 중 가장 아름다운 한때로 데려갔다. 마치 해가 어느덧 서산에 지고 밤이 점점 까만 막을 펼치듯, 나는 한없는 공포를 느낀다. 마치 거센 바람이 어지러운 구름을 몰아오고 세찬 비가 파도를 감아올리듯이, 나는 끝없는 두려움을 느낀다. 마치 주위에 처량한 귀신의 울음소리가 퍼지고 죽은 사람의 그림자가 번득이듯이, 나의 마음속은 형용할 수 없는 슬픔과 절망으로 가득 차 있다.

청춘이 일생 중 가장 고귀한 시절, 황금의 시절이라 누가 말하는가? 나는 본 적도, 느낀 적도 없다. 나는 어둠과 적막만을 보았을 뿐이며 고뇌와 비애만을 느꼈을 뿐이다. 그렇게 말하고 그토록 그리워하는 이가 있다면, 나는 이 청춘을 그에게 넘겨주고 싶다.

아, 나의 사랑스러운 어린 시절로, 몽환의 뜬구름의 시절로 되돌아가고 싶다!

신이시여, 제게 위대한 힘을 주시어 저를 그 시절로 돌려보내지 마옵시고, 적어도 저의 기억이 날개 쳐 가장 처량했던 그 한 모퉁이로 날아가 잠시 비애의 꿈으로 저를 충만케 하소서! 저는 이렇기를 원하옵나니, 설사 어린 시절의 비애일지라도 청춘의 즐거움보다 몽환적이고 달콤하기 때문이옵니다!

……………………

그게 그해의 일인지 분명히 기억나지는 않는다. 아마 내가 스물한 살 때인 듯하다.

때는 정월 초, 바로 고향의 징소리가 곳곳에 울려 퍼지고 용등(龍燈)과 마등(馬燈)이 끊임없이 오고가던 며칠이었다.

일 년 중 가장 즐거운 며칠이었다. 오랫동안 악착같이 살아오다가 시골사람들 모두가 똑같이 잠시 무거운 짐을 내려놓고 재미난 오락으로 자신의 피곤을 씻어냈다. 거리의 가게들은 모두 문을 닫았다. 사당과 다리 위 여기저기에 무리지어 카드놀이를 하러 모여 있었다. 평소에 검소했던 사람들도 요 며칠간만큼은 한 움큼의 호박씨를 손에 쥐고 쉬지 않고 까먹었다. 아주 점잖고 엄숙한 사람들도 이때에는 깃발을 등에 지거나 징을 울리면서 용등이나 마등을 따라 길을 떠났다. 그들은 이야기를 나누거나 노래를 불렀다. 그들의 얼굴에는 슬픔이나 걱정의 그림자는 전혀 비치지 않았다. 아이들은 마치 새장에서 놓여난 듯이 곳곳에서 깡충깡충 뛰었으며, 폭죽을 쏘거나 거리에서 무리를 지어 날카로운 돌로 네모칸을 그어놓고 돈치기를 하느라 길모퉁이를 차지하곤 했다.

어머니는 나를 엄격히 구속했다. 어머니 생각에 돈치기 따위의 놀이는 싹수없는 아이들의 표징이었다. 어머니는 매일 내가 다른 아이들과 노는 걸 용납하지 않으셨으며, 당신의 돈 상자를 단단히 잠가두었다. 어쩌다가 내가 서랍 구석에서 동전 몇 개를 발견하여 몰래 나가 다른 아이들과 돈치기를 하는 날이면, 금방 나를 찾아내 집으로 데려가 야단을 쳤으며, 때로 회초리를 때리기도 하고 한 끼를 굶기기도 했다.

하지만 정월 초하루가 되자 어머니는 내게 자유를 허락했다. 서랍 구석에서 남아있는 동전을 찾을 필요가 없었다. 내 베개 밑에는 어머니가 주신 세뱃돈이 두툼하게 있었던 것이다. 한길을 가로막지만 않으면 어머니 앞에서도 다른 아이들과 돈치기를 해도 괜찮았다.

돈치기 놀이는 가장 쉬우면서도 제일 재미있던 놀이였다. 아이 둘이 만나기만 하면 물었다. "할래?" 금방 대답이 돌아왔다. "좋아." 그다지 매끄럽지도 않고 울퉁불퉁하지도 않은 돌판을

함께 찾은 다음, 날카로운 돌을 구해 네모난 칸을 그리고, 네모칸 안에 두 개의 대각선을 그리면 놀이가 시작된다. 이어 다른 아이들이 계속 끼어들어 돈을 놓으면 한 무더기를 이루게 된다.

나는 돈치기를 할 기회가 별로 없고 사나운 삽질법을 연습하지도 못했지만, 적당히 밀어내는 대패질법에 능했다. 그건 삽질처럼 자기 손안의 돈을 앞쪽으로 떨어지게 하는 것이 아니라 뒤쪽으로 떨어트리는 것이었다. 이 방법을 사용하면 남의 돈을 칸이나 선 밖으로 밀어낼 수 있든 없든, 내 돈은 늘 네모칸 안에 떨어트릴 수 있었다. 삽질의 경우에는 자신의 돈이 늘 네모칸 바깥으로 밀려나

가 위험에 처해지기 쉬웠던 것이다.

늘 나와 돈치기를 하는 아이들은 대부분 나이가 고만고만한 아이였으며, 가져온 돈도 엇비슷하다는 걸 알고 있었다. 나이 어린 애는 우리 무리에 끼지 못했고, 나이가 제법 들거나 가져온 돈의 차이가 많으면 받아들이지 않았다.

정월 초의 며칠간 우리는 곳곳에서 돈치기를 했다. 사당에서, 거리에서, 다리에서, 처마 아래에서 네모칸을 가득 그었다. 우리의 마음은 야생마처럼 기쁨에 넘쳐 집도 잊고 밥 먹는 것도 잊었다.

그런데 어느 날 우리가 한창 신바람이 나 있을 때 훼방을 놓는 아이가 나타났다.

그는 우리 무리보다 나이가 훨씬 많았으며, 대충 열네댓 살쯤 되어보였다. 그녀석의 이름은 성푸(生福)였다. 그에게는 어머니도, 아버지도 없었다. 그는 평소에 남을 도와 배를 저어 번 돈을 자기 혼자서 썼는데, 투전판에 끼어들거나 그의 패거리와 동전치기를 했다. 그는 동전치기를 썩 좋아하지 않았다. 판돈이 너무 적어서 별로 흥미가 없었던 것이다. 그가 동전을 치는 법은 아주 사나왔다. 그는 자신의 동전을 손가락 사이에 비스듬히 걸쳤다가 광풍이 몰아치듯 세차게 찍어내렸다. 그래서 네모칸 안에 얌전히 누워있던 동전들은 남들이 쳐내지 못해도, 그만은 찍어낼 수 있었다. 동시에 그의 손놀림은 아주 빨라서 찍어내기 직전에 늘 집게손가락을 뻗어 찍어낼 동전을 어루만졌는데, 남들이 알지 못하는 사이에 얌전히 누워있는 동전들을 슬쩍 옮겨 수상쩍은 냄새가 났다. 이렇게 치는 방법은 누가 보더라도 두려움을 불러 일으켰다.

며칠 전 우리 무리중의 어느 아이와 말씨름을 했던 때문인 듯, 성푸가 다가오더니 우리 판에 동전을 놓았다. 동전치기판에서 동전을 치는 거야 상관없지만, 그가 여태껏 워낙 사납게 치는데다가 약간은 불량배의 기가 있고 또 그가 일부러 훼방을 놓을 기세가 엿보이는지라 우리는 모두들 거절했다.

그러자 성푸가 화를 내더니 한쪽 발을 우리 돌판 위에 뻗은 채 소리쳤다.

"돌판이 니네들 거야?"

우리의 눈꼬리가 모두 곧추섰다. 하지만 정월에는 다퉈서는 안 된다고 여긴데다, 그녀석의 사나운 생김새에 약간은 겁이 나서 모두들 돈을 집어들고서 물러섰다.

"우리 집 처마로 가자!" 한 아이가 소리쳤다.

우리는 모두 그곳으로 모여들어 칸을 그었다.

그곳은 하천을 끼고 있는 처마 아래로, 우리 집 대문과 붙어 있었다. 그 아이의 집은 원래 그 건물 아래층에 쌀가게를 내고 있었는데, 작년 장사가 밑지는 바람에 연말이 되면 문을 닫기로 결정한 터였다. 이 무렵엔 가게의 문이 반쯤 열려 있고 바깥 일부는 이미 응접실로 바뀐 터였으며, 안에는 쌀가게의 잡동사니들이 쌓여 있었다. 집은 그 아이의 집이고, 처마 밑의 돌판 역시 그 아이 집안의 것이었다.

그러나 우리가 막 놀이를 계속하려던 참에 성푸가 다시 왔다. 그는 또다시 돌판 위에 동전을 놓았다.

"함께 해!" 그가 성을 내면서 말했다.

"이건 우리 집 돌판이야!" 그 아이가 소리쳤다.

"돌판이 그렇다던? 니네집 돌판은 말할 줄 알아?"

우리는 벌떡 일어서서 주먹을 꽉 움켜쥐었다. 모두의 마음속에 화가 치밀었다. 욕하는 소리가 무더기로 우리 입에서 튀어나왔다. 그러자 성푸는 마치 성난 호랑이처럼 시커먼 눈썹을 곧추세우고 벌건 눈을 부릅뜬 채 주먹을 불끈 쥐고서 우리에게 덤벼들었다. 그러나 그의 주먹이 그 아이의 얼굴에 날아드는 순간, 누군가 그의 귀를 잡아 흔들었다.

"네 주먹이 제법 큰가보구나?" 어른의 목소리가 성푸의 머리 뒤에서 들려왔다.

우리는 기쁨과 놀라움에 크게 소리를 질렀다.

그건 아청(阿成) 형, 우리가 제일 좋아하는 아청 형이었다!

"그 자식 귀싸대기를 때려줘, 아청 형. 우릴 업신여긴다니까!"

성푸는 이미 얼이 빠져 있었다. 그는 아청 형이 두려운 게 역력했다. 아청 형은 그보다 훨씬 키가 크고 힘도 셌다. 그는 벌써 스무 살의 어른이었다. 그는 무거운 짐을 지고 먼 길을 갈 수도 있었다. 그는 작년에, 아니 지금까지도 진즉 문을 닫은 쌀가게에서 탈곡하고 도정해왔다. 그가 분명히 성푸를 흠씬 두들겨 패주리라 우리는 생각했다.

하지만 아청 형은 전혀 그러지 않았다. 오히려 성푸의 귓불을 놓아주었다.

"왜 그러니?" 그가 우리에게 물었다.

우리는 성푸가 우리를 업신여긴 상황을 죄다 그에게 알려주었다. 그러자 아청 형이 웃음을 터뜨렸다. 그는 얼굴을 돌리고서 성푸에게 말했다.

“야, 너 동전 몇 개나 있어?” 그는 이렇게 말하면서 자기 호주머니안의 동전을 더듬었다.

성푸는 발끈하더니 아청형의 이런 태도를 지켜보았다. 그는 곧장 땅바닥위의 칸 안에 동전 하나를 놓았다.

“동전치기라면 날 당해내진 못할 거예요!”

아청 형은 미소를 지으면서 자신의 동전을 놓았다.

우리 역시 에워싼 채로 쳐다보면서도 모두 아청 형이 걱정스러웠다. 우리는 여태껏 아청 형이 남과 동전치기 하는 걸 본 적이 없었기에 성푸에게 질 거라고 생각했다.

과연 성푸는 기세등등하여 더욱 사나와졌다. 그가 잇달아 아청 형의 동전 대여섯 개를 따먹었다. 아청 형의 동전은 놓이자마자 그에게 맞아 칸 밖으로 나갔다. 아청 형은 앙갚음을 해줄 기회조차 잡지 못했다. 하지만 아청 형은 그저 빙긋이 웃을 뿐 내버려두었다.

한참이 지나서 성푸의 동전이 칸 안에 떨어졌다. 우리는 아청 형의 동전이 손가락 사이에 얌전히 있는 것을 보았다. 별다른 힘을 주지 않았는데, 그 동전이 떨어져 내렸다.

아청 형의 동전이 성푸의 동전과 함께 칸 밖으로 굴렀다.

“동전치기란 이렇게 치는 거야. 아주 평온하게 잡아서!” 그는 웃으면서 말하는 사이에 잇달아 몇 개의 동전을 쳐냈다.

“그걸 이쪽으로 쳐내는 게 좋겠지?” 그는 과연 성푸의 동전을 그가 가리킨 곳으로 쳐냈다.

"저쪽으로 쳐내요!"

성푸의 동전이 저쪽으로 굴러갔다.

"네 마음대로 해봐. 난 저 녀석을 이쪽 선으로 쳐낼 거야."

성푸의 동전이 그가 가리킨 선 쪽으로 굴렀다.

성푸는 멍하니 서 있었다. 아청형의 동전이 그의 동전을 쳐내면 늘 칸 밖으로 굴러 나왔다. 연이어 계속되는 바람에 성푸가 반격할 기회는 오지 않았다.

우리는 모두 얼이 빠진 양 구경을 했다.

"찍어내기는 불공평한 거야. 이렇게 얌전히 떨어뜨려야 남들이 진심으로 탄복하는 거야!" 아청 형은 이렇게 말하더니 동전 몇 개를 꺼냈다.

"자, 이제 네가 해봐! 난 이미 네 것 다섯 개나 땄으니."

아청 형은 숨을 고르면서 동전을 칸 안에 놓았다. 그러나 성푸는 이미 공황상태에 빠졌는지, 아청형의 동전을 쳐내기는커녕 자기 동전이 칸 밖으로 굴러 나가고 말았다. 우리는 성푸의 호주머니에 시선을 모았다. 몇 분이 지나자 점점 홀쭉해졌다.

"몇 푼이나 남아 있어?" 아청 형은 웃으면서 그에게 물었다. "몇 푼이라도 남겨 간장이라도 사야지!"

성푸는 완전히 두려움에 빠진 듯했다. 그는 동전을 거두고서 자리에서 일어났다.

"나이가 훨씬 많아!" 그는 변명하듯이 말했다.

"너처럼 나이 먹은 애가 나이 어린 애들을 업신여기려 하는 게 바로 나쁜 짓이야! 정월이니까 네 귀싸대기는 용서해주마! 동전은 가져가, 너처럼 가련한 인간의 돈은 필요 없어!" 아청 형은 웃음을 띤 채 따놓은 동전을 땅바닥에 던져놓고서 가게 안으로 들어갔다.

우리는 웃음을 터뜨렸다. 가슴속이 말할 수 없이 통쾌했다. 성푸는 얼굴을 붉힌 채 잠시 머뭇거리더니 끝내 땅바닥의 동전을 주워 자리를 떴다. 우리는 혀를 날름거리면서 성푸가 모퉁이를 돌아나갈 때까지 쳐다보았다. 그리고서 아청 형을 보러 우르르 가게 안으로 몰려들었다.

아청 형은 벌써 방 안에서 호금을 들고 나와 긴 나무의자위에 앉아 줄을 맞추고 있었다.

그는 거친 사람이었지만, 다재다능하여 호금을 아주 잘 켰다. 일을 마치고나면 늘 강가에 홀로 앉아 호금을 켜면서 가락을 읊조리곤 했다. 그러면 많은 사람들이 그를 에워싸고서 조용히 귀를 기울였다. 나는 호금 소리를 아주 좋아했다. 그를 에워싼 사람들 가운데에는 늘 내가 있었다.

고향마을에서 음악이 자주 있는 건 아니었다. 어른들마다 모두 대단히 엄숙하여, 어쩌다가 누군가 휘파람을 불면 경박한 사람이라 여겨지기 십상이었다. 호금 따위를 켜는 건 더욱 싹수없는 사람의 놀이이다. 일 년 가운데 눈먼 점쟁이가 말도 안 되는 곡조의 삼현금을 켜면서 처마 아래에서 점을 치고, 여름밤에 징과 대나무북을 치면서 신기한 일을 노래하고, 가을걷이 후에 사당에서 어쩌다 피아노를 치면서 노래를 부르는 것 말고는, 악기소리를 들어본 적이 거의 없었다. 오직 정월에 용등과 마등 놀이를 할 때에는 호금이 가장 많았고, 2, 3월에 풍물패가 마을을 돌 때에야 악기가 그런

대로 갖추어졌다. 하지만 악기를 다루는 사람 대다수가 본업이 없거나 직업이 비천한 사람인지라, 스스로를 그래도 괜찮은 축이라고 여기는 사람들은 경멸의 시선으로 이들을 바라보았다. 하지만 음악의 위력은 어쨌든 대단하여, 시골사람들은 악기소리를 듣기만 하면 남녀노소 가리지 않고 모여들었다. 그들 자신이 어떤 연주악기에 대해서는 결코 좋아하지 않았음에도.

아청 형은 우리 마을에서 호금 연주로 유명했다. 그래서 어른들은 대부분 그를 아주 좋아했다. 우리 아이들은 늘 그를 둘러싸고 호금을 연주해달라고 떼를 썼다. 정월이 되자 그는 늘 호금을 들고 다니면서 용등이나 마등을 따라 사방으로 뛰어다녔다. 요 며칠 무슨 일인지 그는 밖에 나가지 않았다. 그런데 성푸를 쫓아내고서 기분이 좋았던지 지금 호금을 가지고 나온 것이다.

이 호금의 구조는 아주 간단하면서도 조잡했다. 공명통을 씌우고 있는 것은 뱀가죽이 아니라 금방이라도 찢어질 듯한 얇은 박판이었다. 호금의 입죽과 감잡이, 공명통에는 연붉은색이 칠해져 있었다. 가격은 아주 쌀 것이다. 이미 아주 낡은데다가, 연붉은색에는 벌써 더러운 기름때가 묻어 있고, 어떤 곳의 기름칠은 완전히 색이 바래 있었다. 하얀 송진가루가 공명통의 상부와 박판에 가득 묻어 있고, 호금 입죽의 아랫부분으로 날아가 달라붙어 있었다. 활대는 이미 심하게 구부러졌고 말총은 완전히 빠져버릴 지경으로 성겼다. 어린 내 눈으로 보아도 결코 아름다워 보이지 않았다. 내가 이전에 몇 번이나 아청 형에게 소리를 들려달라고 했으나, 몹시 듣기 거북한 소리만 냈을 뿐이었다.

하지만 어찌된 일인지 이 호금이 아청 형의 손에 들어가자 감미로운 소리를 냈다. 때로는 무언가가 그 소리 속에서 웃고 뛰고 있는 듯하고, 때로는 그 소리 속에서 무언가가 흐느끼고 있는 듯했다. 그가 켜는 호금 소리를 듣고 있노라면, 나는 늘 넋이 나간 듯 멍한 눈으로 바라보고 있었다.

"너희들 노래 한곡 불러볼래?" 그가 가락 하나를 다 켠 다음, 갑자기 웃는 얼굴로 우리에게 물었다. "가장 잘 아는 노래를 골라 봐. 으음, '서호(西湖)의 난간' 어때?"

우리 모두 얼굴이 상기되어 외쳤다.

"전 못해요!"

"설마 모르려고! '서호 난간'을 못 부르는 사람은 내가 선창할 테니 들어와. 부끄러워할 게 뭐 있어!"

"좋아요! 불러봐요, 불러봐!" 우리는 일제히 소리 질렀다.

"내가 다 부르고나면 너희들이 부를 노래는?"

"마음대로 하나 고르세요!"

이리하여 아청 형은 줄을 고르더니 활총을 타면서 노래를 부르기 시작했다.

"서호의 난간 차갑고 차갑네, 누이의 탄식 터지누나. 님아 문 나서면 도중에 조심하오! 길 위의 예쁜 꽃님아 따러 가지 마소……."

아청 형은 여인의 목소리를 흉내 내어 노래를 부르는데, 정말로 여인처럼 낭랑하고 호금의 높낮이에 아주 잘 어울렸다. 우리는 말없이 듣고 있었다.

그는 노래를 마치고서 간주를 켜다가 멈추고서 웃음을 지은 채 말했다.

"이제 너희들 차례인데, 누가 할까?"

모두들 얼굴을 붉힌 채 빠져나갈 생각만 했다. 어떤 아이는 벌써 문턱 위에 서 있었다.

"부를 줄 몰라요! 몰라!"

"그래도 시친(淅琴)이지!" 그가 갑자기 일어서더니 나의 손을 끌었다.

나는 가슴이 갑자기 쿵쿵 뛰기 시작했다. 온몸이 불타오르는 것만 같아 입이 콱 막힌 채 그저 몸부림을 치면서 고개를 도리질할 뿐이었다.

"몰라요…… 몰라……."

"좋아요! 시친, 노래해! 노래해!" 아이들은 모두들 펄쩍펄쩍 뛰면서 외쳤다.

"부끄럽긴 뭘! 문을 닫으렴! 우리 몇 사람만 듣잖아!" 아청 형이 말하면서 손을 느슨하게 풀더니 걸어가 가게 문을 닫았다.

나는 이미 완전히 포위되어 있었다. 아이들은 밀치락달치락하면서 떠들어댔다. 나는 부르지 않을 수 없었다. 하지만 어떻게 부르지? '서호 난간'의 첫마디는 부를 줄 알지만, 마음속으로만, 그리고 아무도 없을 때 불러본 적이 있고, 기껏해야 누나 앞에서나 불러보았지 여태껏 다른 사람 앞에서는 불러본 적이 없었다.

"불러봐! 이미 문도 닫았잖아!" 아청 형이 재촉했다.

"부를 줄 몰라요. ……노래 부를 줄은……."

"불러라! 불러! 시친! 무얼 그리 빼니!" 아이들이 다시 소리

질렀다.

나는 부르지 않을 수 없었다. 하는 수 없이 얼굴을 붉힌 채 말했다.

"비웃지 않기다?"

"시친이 부르겠대! 조용히 들어보자!" 아칭이 아이들에게 말했다.

"내가 다시 한번 켤 테니 뒤따라 노래해. 높낮이는 호금 소리에 맞춰서!"

이리하여 그가 다시 현을 켜기 시작했다. 그의 호금 소리를 듣고 있노라니, 내 심장의 박동소리가 갑자기 정조를 바꾼 듯 온몸이 떨리기 시작했다. 그의 호금은 이전에 경쾌하고 발랄했는데, 이번에는 갑자기 무겁고 구슬퍼졌다.

구슬프면서도 처량하게 흐느끼듯이 "누이의 탄식 터지누나……"를 불렀다.

"……."

"서호의 난간 차갑고 차갑네……."

그가 간주를 다 마치자, 나는 노래를 부르기 시작했다. 그의 호금 역시 조금도 멈춤이 없이 켜지면서 나의 노랫소리와 섞여들었다.

"……."

"잘한다! 잘 부른다! ……." 아이들이 탄성을 질렀다.

나는 내가 알고 있는 마디를 다 불렀다. 호금도 멈추었다. 내가 무얼 부른 건지, 어떻게 부른 건지 난 알지 못했다. 그저 나의 온 마음이 강렬하게 떨렸음을 느꼈을 뿐이다. 마치 넋이 나간 듯이.

"노래 잘 부르는데! 노래를 잘하는 어른들도 이만큼 잘 부르지는 못해! 시친, 잘 들었어!" 아칭 형은 신이 나서 말했다.

내 심장의 박동은 돌연 정조를 바꾸었다. 실을 수 없을 만큼 커다란 기쁨이 내 마음을 가득 채우고 있는 것만 같았다. 나는 말없이 자리에 앉았다. 머리가 벌겋게 타오르고 있는 듯한 느낌이 들었다. 내 영혼이 어딘가를 향해 맹렬하게 돌진하는 듯했다…….

바로 이날부터 나의 영혼은 음악을 향해 날아올랐다. 나는 음악이 필요했다. 나는 아칭 형이 내 손을 꽉 잡듯이 음악을 꽉 붙잡는 내 모습을 상상했다.

그래서 나는 아칭 형을 좋아하게 되었으며, 그 누구보다도 그를 사랑했다.

어머니가 내게 "아쓰(阿四) 아저씨, 롄핀(連品) 할배, 아칭 형에게 가서 물어보렴. 내일모레 누가 탈곡을 도와줄 짬을 내줄지!"라고 물어볼 때면, 나는 언제나 제일 먼저 아칭 형에게 달려갔다. 탈곡하는 날이면 어머니가 아무리 욕을 퍼부으며 재촉할지라도, 나는 축 늘어져 눈을 뜬 채 침대 위에 누워 있다가 느릿느릿 침대에서 일어나 마지못해 도우러 나갔다. 그러나 아칭 형이 오는 날이면 나는 아침 일찍 일어나 창고 문을 활짝 열어 간편한 탈곡기구를 옮겨 내왔으며, 또 어머니를 도와 아침식사를 준비해놓고 아칭 형이 오기를 기다렸다. 때로는 아직 이른 시간인데도 다리어귀까지 달려가 그를 기다리기도 했다.

그는 늘 상냥하여 만나는 사람에게 얼굴 가득 함박웃음을 지었다. 하지만 나는 나에게 보내는 그의 미소가 마치 한 어머니에게서 태어난 듯이 각별히 친근하다고 느꼈다. 그래서 나는 그의 주변에 있기를 좋아했다. 그가 탈곡할 때 나는 대나무막대를 들고서 그의 맞은편에 앉아 닭을 내쫓았다. 그가 키질을 할 때에는 가까이 다가가 아직 껍질이 갈라지지 않은 낟알을 골라냈다.

'서호 난간'이란 노래는 총 열 마디의 노래인데, 탈곡하면서 그는 나머지 아홉 마디를 가르쳐주었다. 일이 없을 때면 그는 늘 호금을 가지고서 우리 집에 왔다. 그가 호금을 켜면 나는 노래를 불렀다.

뱀가죽으로 공명통을 씌운 호금을 피호(皮胡)라고 부르고, 그의 호금처럼 박편을 씌운 것은 판호(板胡)라고 부른다고 그가 내게 알려주었다. 그는 판호를 좋아했는데, 판호의 소리가 피호보다 청아하기 때문이었다. 그는 호금이 퉁소나 피리보다 좋은 건 호금이 마음대로 변조(變調)할 수 있고 또 현을 켜면서 노래를 부를 수 있기 때문이라고 말했다. 그는 퉁소와 피리에도 능했지만, 이런 까닭에 호금만을 샀던 것이다.

그는 바깥쪽의 현을 자현(子弦)이라 하고 안쪽의 현을 이현(二弦)이라 부른다고 알려주었다. 자현을 사용하지 않는 사람도 있지만 이현과 오래된 현을 사용하면 별로 듣기 좋지 않은데, 현이 거칠어지면 청아하지 않기 때문이라고 말했다. 그는 또한 호금을 어떻게 잡아야 하는지, 손가락은 어떻게 눌러야 하는지를 알려주고, 이 손가락으로 현을 누를 때에는 '오(五)' 자가, 저 손가락으로 누를 때에는 '육(六)' 자가 되어야 한다고 알려주었다. 호금에 관한 모든 것을 그는 내게 알려주었다! 이리하여 나의 마음은 더욱 불타올랐다. 나는 기갈 들린 듯 호금을 구하고 싶었다. 하지만 이건 곤란하기 그지없는 일이었다. 어머니가 허락하지 않으실 게 뻔했다. 가장 큰 원인은 노래를 부르고 호금을 켜는 게 비천한 자들의 놀이라고 여겼기 때문이다.

내 아버지는 점잖고 올바른 분이셨다. 그는 양행(洋行)에서 경영인을 지내면서 많은 돈을 벌어 올해에는 밭을 사고 다음 해에는 집을 사고 했다. 마을사람들은 모두들 각별히 아버지와 어머니를 존경했다. 그분들에게 자식이라곤 나 하나뿐이었으며, 내게 거는 기대는 남달리 컸다. 그들은 내가 장차 매판자본가가 되어 양옥집도 사고 밭도 사서 모든 사람에게 존경받는 상류층 인사가 되기를 바랐다.

만약 외부에서 소문이 전해져 어느 주인집 아들이 호금을 켤 줄 안다거나 어느 매판자본가가 호금을 켤 줄 안다네 하면 이게 말이 되는 일이겠는가?

"호금을 켜서 밥 빌어먹을 수 있겠니?" 내가 호금을 사고 싶다는 의사를 슬쩍 비칠 때마다 어머니가 내게 물으셨다.

맞는 말이다. 호금을 켜서 밥을 빌어먹을 수는 없는 일이다. 설사 그럴 수 있을지라도 나는 그렇게 하고 싶지는 않다. 이 얼마나 수치스러운 일인가. 내가 호금을 켜서 사람들의 기분을 즐겁게 해준다면, 이로부터 거지처럼 남의 밥을 얻어먹게 되는 것이다. 그러나 나는 호금을 좋아했다. 나의 귀는 호금 소리 듣기를 좋아했으며, 나의 손가락은 호금의 현을 누르고 싶어했다. 나는 호금 소리가 나의 손가락을 따라 피어나기를 원했다. 이 욕망이 나를 강렬하게 선동했다. 내게 어떻게든 호금을 구입해야 한다고 부추겼다.

이리하여 마침내 나는 방법을 생각해냈다. 그건 같은 해 여름에 우리 집을 리모델링할 때였다. 그때 목수와 미장이가 매일 우리 집에서 일을 하고 있었다. 곳곳에 목재와 벽돌이 쌓여 있었다. 목공기술자가 식사하러 간 사이에 나는 가늘고 긴 나무토막을 찾아냈다. 나는 그것으로 호금의 입죽을 만들기로 작정하고서, 목공기술자의 도끼로 깎아냈다. 그러나 그들이 사용하는 도끼는 너무 무거워 들기에 힘이 부쳐 아무리 시간을 들여도 제대로 깎아낼 수가 없었다. 나는 남들이 그렇게 무거운 도끼를 사용하지 못하게 가로막을까봐 염려스러웠다. 그래서 사람이 없을 때에만 깎다가, 그들의 식사가 끝날 때쯤에는 나무토막을 어딘가에 감춘 채 휴식을 취했다. 이렇게 계속하기를 며칠째, 끝내 목공기술자에게 들키고 말았다. 그가 내게 무엇에 쓰려는지 물었지만, 나는 알려주고 싶지 않았다. 나는 그가 비웃을까봐, 혹 어머니에게 알릴까봐 두려웠다.

"나름대로 쓸 데가 있지요!" 나는 그에게 대꾸했다.

그가 내게 어떤 모양으로 깎아내려고 했는지 묻자, 납작하고 네모지게 깎으려 했노라고 말해주었다. 그는 웃음을 머금은 채 한참 동안 생각에 잠겼지만, 끝내 알아내지는 못했다. 하지만 내가 깎아내는 게 너무 힘들어 보이고 내 손이 다칠까봐 염려스러웠던지, 이 마음씨 좋은 목수가 나를 대신하여 깎아주었다.

"크기가 이만하면 되겠어?"

"조그만 더 작게 해줘요."

“이 정도면 어때?”

“조그만 더 납작하게.”

“됐어? 내가 반들반들하게 대패질해줄게!” 그는 대패로 마무리까지 해주었다.

나무토막이 편평하면서 매끈한 입죽으로 변하자, 나는 그걸 거두어들였다. 그 입죽의 아랫부분은 둥그렇게 만들어야만 했다. 하지만 그가 눈치챌까봐 이 일을 남에게 맡기지 않은 채 몰래 진행했다. 대패는 도끼보다 훨씬 가벼워 조금도 힘들다는 느낌이 들지 않았다. 이후 나는 대패와 줄칼을 이용하여 두 개의 감잡이를 만들었는데, 모두 둥글지만 하나는 크고 다른 하나는 작은 것이다.

낡은 깡통 가운데에서 양철로 된 우유깡통을 구해 두터운 밑바닥을 잘라내고 얇은 면을 남겼다. 그리고 깡통 겉에 가위로 입죽 아랫부분에 알맞은 두 개의 구멍을 뚫었다.

쉽게 해결되지 않은 어려운 문제가 아직 남아 있었다. 그건 입죽에 감잡이를 끼워 넣을 수 있는 두 개의 구멍을 뚫는 일이었다. 나는 끌로 시험 삼아 해보았는데, 너무 커서 자칫 입죽이 쪼개질 위험이 있었다. 나는 골똘히 생각에 잠겼다. 아청형의 호금 입죽 위의 구멍에 불로 태운 흔적이 드러나 있던 게 떠올랐다. 아주 손쉽게 입죽을 태웠던데, 어떻게 태웠을까?

나는 그걸 불로 지지기로 결정했다. 집 안의 다림용 인두를 불구덩이에 잠시 달구어 인두 끝으로 시도해보기로 했다. 그걸로는 조금밖에 지지지 못했다. 나는 다시 생각에 잠겼다. 동기(銅器)를 제작하는 딩파(定法) 아저씨 댁에 있던 풍로가 떠올랐다. 아저씨는 늘 쇠를 벌겋게 달구어 인두질을 하곤 했다. 인두질을 하면 츠츠 하는 소리와 함께 연기가 피어올랐다. 내 입죽 역시 이렇게 해야겠다고 생각했다.

나는 그의 집에 가서 몇 번을 머뭇거리면서 풍로에 불을 지피는지 어떤지를 살폈다. 며칠이 지나 풍로에 불이 지펴졌다. 나는 호금의 입죽과 굵은 못을 갖고 가서, 풍로를 다 쓴 후에 내가 좀 사용하게 해달라고 그에게 부탁했다. 딩파 아저씨는 승낙했다. 아저씨뻘 가운데에서 그는 나를 잘 대해주는 사람이었다. 내가 부탁하는 일마다 그는 거절하는 법이 없었다. 내가 바늘로 낚싯바늘을 만들려고 했을 때, 그는 작은 펜치와 줄칼을 빌려주었다. 어머니가 내게 3리 떨어진 다치터우(大碶頭)에 가서 물건을 사오라고 시킬 때마다 그는 나를 가지 마라 하고서 대신 사오곤 했다. 그는 아주 바빴다. 구리 그릇가게를 운영하면서 같은 건물 안에 작은 가게를 내어 술이나 석유, 담배를 팔았던 것이다. 뿐만 아니라 그는 이집 저집을 대신하여 짐을 져주거나 물건을 사다주느라 제대로 일을 하지 못하는 바람에 과자값이나 팁을 손해보기도 했다. 어머니는 그가 너무 착하다면서 그를 번거롭게 하지 않으려 했지만, 그는 수시로 어머니를 찾아와 이것저것 하겠느냐고 물었다. 그는 정말로 더없이 충직하고 성실한 사람이었다.

이날도 평소와 다름없이 그는 바삐 일하던 중에, 내가 못을 달구어 호금 입죽을 지지는 모습을 보았다. 그런데 내가 하는 일이 영 시원치 않은 것을 보더니, 그는 약간 굵은 송곳을 꺼내 불속에서 시뻘겋게 달군 다음, 호금 입죽에 송진가루를 약간 뿌리고서 재

빨리 두 개의 둥근 구멍을 뚫어주었다.

활총은 아주 값이 헐했다. 다치터우의 조그마한 가게에서 활총 두 줄을 구입했다. 장작더미에서 가는 대를 골라 대나무잎을 잘라내고, 어머니의 반짇고리에서 삼실 한 묶음을 자른 다음, 이 둘을 한데 묶어 호금의 활대로 만들었다. 송진은 딩파 아저씨가 내게 주었던 것이다.

내 호금이 만들어졌다. 나는 뛸 듯이 기뻤다. 나의 새로운 호금을 시험해보기 위하여 어머니를 등진 채 호금을 켰다. 하지만 소리가 나지 않았다. 활총은 현 위에서 아무 소리도 없이 미끄러지기만 했다. 나는 몹시 실망했다. 문제가 뭔지 알 수 없었다. 나는 나의 호금이 다른 호금과 뭐가 다른지 이것저것 찾기 시작했다. 다른 활총에 사용한 것이 말꼬리인 데 반해 내 것은 삼이라는 것을 발견했다. 나는 애초에 이 두 가지에 무슨 차이가 있으리라고는 믿지 않았다. 삼과 말꼬리의 모습이 거의 비슷했기 때문이다. 삼으로는 줄을 만들지 못했다. 그래서 활대의 결함 때문이라 가정하고서 다치터우에 가서 사오기로 했다.

그러자 내게 세 가지 곤란한 문제가 생겼다. 첫째는 가게의 활대가 죄다 호금과 세트로 되어 있어서 활대만 팔지 않는다는 점이고, 둘째는 소리가 나고 안 나고는 오로지 활대와 관련되어 있는데, 가격이 만만치 않다는 점이고, 셋째는 이렇게 긴 활대를 다치터우에서 집까지 가져가다가 사람들의 눈에 뜨이면 비웃음을 살 것이라는 점이었다. 하지만 앞의 두 문제는 기우였다. 가게 주인은 내게 활대만 팔겠노라 약속했으며, 가격도 아주 싸서 열 푼도 되지 않았다. 세 번째 문제도 해결할 길이 생겼다. 나는 아마포 장삼을 입고 다치터우에 갔던 터였다. 활대를 사서 그것을 장삼 속에 놓고 오른손을 옷 틈으로 집어넣어, 호주머니에 넣는 체하면서 활대를 꽉 움켜쥐었다. 나는 서둘러 집으로 걸어 돌아왔다. 아는 사람을 만나면 얼굴을 붉힌 채 슬쩍 비켜 지났다. 활대는 이렇게 감추었지만, 금방 남의 눈에 띄고 말았다.

이날 나는 진짜 호금을 갖게 되었다. 제법 청아한 소리를 냈다.

어머니와 누나는 깜작 놀라 뛰쳐나왔다.

"이게 어디서 나는 소리람? …….." 어머니의 음성에는 나를 책망하는 기색이 전혀 없었다. 그녀는 미소를 띠고 있었는데, 놀라우면서도 몹시 즐거워보였다.

나는 지나온 일을 죄다 어머니께 말씀드렸다. 그리고 아청 형에게 호금 켜는 걸 배우고 싶다고 말씀드렸다. 어머니는 승낙하시면서도 마음대로 갖고 놀되 밖에 가지고 나가지는 말라고 하셨다. 밖에서 호금을 켜면 그건 망신스러운 일이라고 하셨다. 나도 어머니의 의견에 동의했다.

그날 저녁에 나는 아청 형을 청했다. 그 역시 대단히 놀라워했다. 그는 내가 누구보다도 총명하다고 말했다. 그는 나의 호금을 켜보았다. 소리가 아주 우렁찬 게 자기 것과는 아주 다른데, 다만 우렁찬 가운데 울먹이는 듯한 소리를 띠고 있는 건 아마 나의 호금이 양철 깡통을 사용한 탓이리라 말했다.

나는 이 울먹이는 듯한 소리를 특히 좋아했다. 그 소리가 유독 사람을 감동시키는 느낌이 들었다. 목이 쉰 남자가 울면서 하소연하는 듯했다. 아청 형도 이 소리가 매우 특이하다고 말했다. 수많은 호금은 맑고 깨끗한 여성의 소리를 낼 수 있을 뿐이고, 피호의 안쪽 현이 내는 가장 낮은 음도 남자 목소리와는 크게 다르다고 했다. 또한 울먹이는 듯한 소리는 더욱 특이한데, 다른 호금에서는 왼손가락을 떨어서 낼 수 있기는 하지만 이렇게 자연스럽지는 않다는 것이었다.

"하지만" 아청 형이 내게 말했다. "이 호금에도 한 가지 결점이 있는데, 그건 아무리 해도 신나는 가락을 켤 수가 없다는 점이야. 이것이 타고난 게 이래."

나는 아주 만족스러웠다. 나는 이런 게 훨씬 좋았다. 다른 건 신나는 가락을 켜라지 뭐. 난 그렇지 않은 가락을 켜면 되지 뭐.

아청 형은 금방 내게 몇 가락을 가르쳐주었다. 그는 글자를 쓸 줄은 몰랐지만 악보만은 읽을 줄 알았다. 그는 늘 우리 집에 와서 호금을 켜면서 악보를 읽어 나더러 오선지 위에 받아쓰게 했다. 악보가 적히고 나면 그가 내 곁에 없어도 내 스스로 차츰 익힐 수가 있었다.

이듬해 봄, 나는 서당에서 소학교로 옮겼다. 소학교에서는 주일마다 한 번씩 노래를 불렀는데, 나는 노래 악보를 많이 베껴놓았다가 집에 돌아올 때 가져와 호금으로 켰다. 나는 학교 안에 기숙하고 있었는데, 내 호금을 학교로 몹시 가져오고 싶었다. 하지만 선생님께 야단을 맞을까봐 매주일 집에 돌아와서만 몇 차례 호금을 켜고 학교에서는 풍금 치는 걸 배웠다.

아청 형은 다치터우의 어느 쌀가게에서 일을 하느라 자주 집에 돌아오지 않았다. 나도 자주 집에 돌아오지 않은지라 만나기가 쉽지 않았다. 우연히 만나면 그는 자기 호금을 가지고 우리 집에 와서 함께 연주했다. 때로 호금을 쌀가게에 두고 온 날이면, 우리 가운데 한 사람이 호금을 타고 한 사람은 노래를 불렀다.

아청 형의 집에는 배가 한 척 있었다. 그는 어렸을 적에 아버지를 도와 배를 저으면서 지냈다. 부모님 외에 그에게는 형과 아우가 있었다. 그는 그의 형제보다 재주가 있었기에 미곡가게의 직원으로 일했다. 그는 지금은 물을 가까이하지 않지만, 수영을 잘했다.

언젠가 여름 오후 다리 위에 앉아 사람들과 잡담을 나누다가 웬일인지 갑자기 내기를 했다. 쌀통을 지고 강을 건널 수 있다고 했던 것이다. 그걸 믿는 사람은 아무도 없었다. 쌀통은 아주 큰데다 무거웠기 때문이다. 농부들은 그걸 지고 걷는 것만으로도 아주 힘이 들었다. 쌀통을 물위에 띄워놓고 헤엄치면서 밀거나 끌어간다면 모를까, 어깨에 지면 마음대로 몸을 움직일 수 없을뿐더러 무게 때문에 머리가 물속에 처박혀 수면으로 내밀 수도 없었다. 하지만 아청 형은 자기는 할 수 있노라고 고집을 부리면서 수박 하나를 내기로 걸었다.

쌀통은 위가 크고 아래는 작은 사각형으로, 커다란 되처럼 생겼다. 나는 평소에 또래 아이들과 이 안에 몸을 숨긴 채 논 적이 있었다. 거기에 네댓 명의 아이들이 쪼그려 앉으면 모습이 보이지 않았다. 아청 형은 이런 것을 등에 지고 폭이 제일 넓은 물길을 골라 건너기로 했다. 나는 강 언덕에 서서 손에 땀을 쥔 채 바라보았다. 그의 머리가 물속에 가라앉으면 어쩌나 조마조마했다. 내기에 져서 수박을 잃는 거야 별거 아니었다. 물만 몇 모금 들이키면 되는 일이었으니까.

아청 형은 이편에서 저편으로 헤엄쳐갔다. 나의 걱정은 기우에 지나지 않았다. 그의 다리는 마치 강바닥을 딛고 선 듯이 그의 한쪽 손이 물속에서 휘젓는 것만이 보였다. 쌀통을 지고서 머리는 수면 위에 드러낸 채 걸어갔다. 강변 위의 사람들은 손뼉을 치면서 고함을 질렀다.

아청 형은 강변 위의 사람들이 갈채를 보내는 걸 보더니 더욱 신이 났다. 그가 곧추선 듯이 맨손으로 헤엄쳐 돌아올 때에는 가슴 전체가 수면 위로 드러났으며, 때로 배꼽까지 드러나기도 했다. 강변 위 사람들의 박수소리와 갈채소리는 더욱 커졌다. 이렇게 헤엄을 잘 치는 사람은 우리 나이 또래에서는 본 적이 없었고, 나이 많은 사람들 중에서도 보기 드물었다.

아청 형은 사람들의 환호 속에 강 언덕으로 올라와 부듯가 배 안으로 들어오더니 옷을 갈아입고서 활짝 웃는 얼굴로 다리 위로 올라왔다. 다리 위에는 수박이 쩍 갈라져 있었다. 그는 내가 그 속에 있는 것을 보더니 수박 한 조각을 골라 내게 주었다.

"수박 먹고 집에 가렴!" 그는 아주 신이 나서 내게 말했다.

그의 눈은 즐거움으로 가득 차 있었으며, 그의 얼굴에는 상냥한 웃음이 가득했다. 나는 말할 수 없는 행복을 느꼈다. 세상에 그보다 더 멋진 사람은 없다고 생각했다.

이날 오후, 그는 우리 집에서 거의 두 시간이나 있었다. 나의 호금은 그의 손에서 평소와는 아주 다른 소리를 냈다. 그 소리는 이

상하리만큼 즐거웠는데, 그의 마음이 즐겁기 짝이 없기 때문임이 분명했다.

하지만 이렇게 즐거웠던 여름 이후로 아청 형은 다시는 보이지 않았다. 이듬해 봄부터 이듬해 여름까지 내내 그는 방 안에서 고통스럽게 지냈다.

그건 3월의 어느 날 오후에 일어났다. 유채꽃이 온 들판에 무성하게 피어나던 때였다. 그는 즐겁기 그지없었다. 하루만 지나면 그의 집에서 그를 장가보내는 성대한 의식을 거행할 참이었다. 이건 약혼 후의 두 번째이자 마지막 예식이었다. 같은 해 10월에 그는 어느 여자와 결혼하기로 되어 있었다. 그의 집안 식구들은 예물을 마련하느라 분주했다. 그 역시 바쁘기 짝이 없었다.

이날 그는 앞서가고 그의 형은 예물 한 바구니를 손에 든 채 그의 뒤를 따라 집으로 가고 있는 중이었다. 한참 길을 걷다가 정자를 지나 집골목으로 돌아들어 집이 바라보이는 곳에서 개 한 마리를 만났다.

개는 길을 막고 드러누운 채 아청 형이 다가와도 비키지 않았다. 아청 형은 이미 개의 곁을 지나고 있었다. 어찌된 일인지 그는 갑자기 기분이 나빠졌다. 그는 몸을 뒤돌려 개를 한 번 째려보고는 녀석을 걷어찼다.

"이런 개새끼! 길바닥에 누워 길을 막다니!"

개가 느닷없이 벌건 눈을 부릅뜬 채 뛰어올랐다. 너무나 빨랐으며 짖지도 않았다. 개는 아청 형의 다리뼈를 문 다음, 마치 아무 일도 없었다는 듯이 꼬리를 내려뜨린 채 유채꽃 무더기 속으로 들어가버렸다. 아청 형은 비명을 지르더니 땅바닥에 주저앉았다. 그의 다리뼈는 바지와 함께 개에 물려 커다랗게 구멍이 나고 붉은 피가 철철 흘러나왔다. 이날 그의 발걸음이 특별히 빨랐던지 그의 형은 그의 뒤편에 한참 처져 있었다. 그가 가까이 다가왔을 때에 아청 형은 통증으로 인해 머리가 어질어질할 지경이었다. 그는 일어설 수가 없었다.

그의 형이 그를 등에 업어 집에 돌아왔는데, 그는 며칠간 열이 펄펄 끓었다. 온 집안 식구가 홍겨운 마당에 놀랍고 두려운 일이 일어났던 것이다. 유채꽃이 노래지면 뱀이 구멍에서 기어 나오는데, 독사를 잡아먹은 개는 눈이 침침해지면서 미쳐버리고, 그런 개에게 물린 사람은 백이십 일이 지나면 죽기 마련이었다. 신농(神農氏) 씨가 온갖 풀을 맛본 이래로 미친개에 물린 사람을 치료하는 약은 아직 발견되지 않았다.

이런 일이 왜 하필 이날이란 말인가? 모두들 절망에 사로잡혔다. 이건 대단히 불길한 징조였다. 아청 형에게 이런 재난이 닥쳐오리라 믿었던 사람은 아무도 없었다. 그의 아버지는 미친 듯이 여기저기 뛰어다니다가, 마침내 초약(草藥)을 파는 한의사를 찾아냈다. 한의사는 그에게 약을 먹이고 초약을 발라주었다. 한의사는 그의 아버지에게 아청 형을 위해 깨끗하고 조용한 방을 마련해주고 창문을 꽁꽁 닫으라고 하면서 첫째, 색을 삼가고 둘째, 담배와 술, 육식을 금하고 셋째, 소리를 삼가라고 했다. 이렇게 방에서 백이십 일을 지내면 나을 거라고 했다.

그러나 아청 형은 얼마 지나지 않아 회복되었다. 그의 상처는 진즉 아물었고 아무 통증도 없었으며, 정신도 전과 다름없이 말짱했다. 그는 한의사와 다른 사람의 말을 믿지 않았다. 그는 이렇게 백이십 일을 도저히 지낼 수가 없었던 것이다. 그는 아우성을 치면서 나가려고 했다. 하지만 집안에 그를 타이르는 사람이 많아 그도 끝내는 한바탕 소란을 피운 끝에 조용해졌다.

나는 그때 학교에 다니고 있었던 터라, 집에 돌아온 후에 어머니가 하시는 말씀을 듣고서야 이 모든 일을 알게 되었다. 나는 그를 만나러 가고 싶었으나, 어머니가 그래서는 안 된다고 만류하셨다. 그를 들쑤셔놓으면 그의 병이 발작할지도 모른다는 것이었다. 미친개에 물린 사람은 희망이 전혀 없다는 어머니의 말씀은 너무나 두려웠다. 독이 상처에서 빠져나가도 배 안에 개새끼가 자라날 터이니, 상처가 아문 듯이 보여도 그 안에서 개털이 자라나고, 백이십 일이 차서 나으면 그만이지만 낫지 않으면 사람의 눈이 미친개처럼 침침해지고 벌게져 사람을 알아보지 못한 채 마구 짖고 물어뜯으며, 그런 사람에게 물리는 사람은 누구라도 미친개가 되어 죽는다는 것이었다. 어머니는 그를 만나러 가지 못하게 했으며, 그를 기억하고는 있었지만 나도 그를 만나러 갈 엄두가 나지 않았다. 나는 그저 매주 토요일 집에 돌아올 때마다 그의 소식을 물어볼 따름이었다. 그의 재난은 나를 절망으로 몰아넣었다. 나는 구세주가 나오지 않을 듯한 느낌이 들었다. 나는 아주 오랫동안 호금을 꺼낼 생각은 아예 하지 않았다. 어머니는 내가 아청 형을 기억하고 있다는 걸 아셨다. 그래서 어머니는 자주 아청 형의 소식을 물으셨다가 내가 돌아오면 내게 제일 먼저 그의 소식을 들려주셨다.

여름방학이 되어 집에 돌아오자, 어머니가 내게 아청 형이 괜찮은 모양이라고 알려주었다. 미친개에게 물리면 백 일이 지나면 발작하는 법인데, 벌써 백일이 지났는데도 그는 정신이나 몸 어디에도 아무 변화가 없다는 것이었다. 그는 이미 몰래 거리로 나갔던 모양이다. 언젠가 어머니가 그를 만났는데, 그가 우리 학교는 언제 방학하느냐고 물었다는 것이다. 어머니는 여전히 그를 만나는 걸 허락하지 않으셨다. 아청 형에게 좋아하는 여자가 몇 명 있었는데, 아직 백이십 일이 지나지 않았기에 그가 색을 범하여 위험해질까봐 염려하더라고 어머니가 전해주었다.

그러던 어느 날 저녁, 나는 마침내 그를 만났다. 그는 평소와 다름없었지만 약간 수척해보였다. 그의 체격은 여전히 건장한 모습을 보이고 혈색도 약간 허여멀건 했지만 전처럼 좋아보였다. 아마 방안에서 오래도록 지냈기 때문일 것이다. 그는 잉어를 낚는 대나무장대를 들고서 강가에서 왔다갔다하면서 잉어의 물거품을 바라보고 있었다. 나는 그가 환자라는 것을 망각한 채 그를 부르며 달려갔다.

그의 눈에는 기쁨과 안도의 빛이 어렸다. 그가 나를 몹시 보고 싶었던 게 틀림없었다. 그는 곧바로 낚싯대를 거두고 나와 함께 우리 집으로 갔다. 어머니는 그가 온 것을 보더니 곧바로 차를 내오시더니 정겹게 그의 상태를 물었다. 그는 조금도 병은 없으며 다른 사람들의 염려는 기우라고 대답했다. 미친개에게 물리면 그런 위험이 있다는 걸 그는 믿지 않았다. 그는 오른쪽 다리뼈를 내뻗더니 고약을 떼 내고 우리에게 보여주었다. 거기에는 피도, 고름도 없고, 상처도 완전히 아물어 있었다. 고약을 붙일 필요도 없지만 남들이 하도 붙이고 있으라고 해서 그냥 붙여두고 있노라고 말했다. 그는 남들이 하찮은 일에 지나치게 호들갑이라고 약간은 원망하는 듯했다. 자기처럼 건장한 사람에게 조그만 구멍이 하나 났기로서니 무슨 대수겠냐고 말했다. 이야기할 때의 그의 태도는 아주 자연스러웠다. 그는 나를 다시 만난 게 무척 즐거운 듯했다. 그는 미친개에게 물린 일에 조금도 관심이 없는 듯했다.

나는 나의 호금을 꺼내 그에게 건네주었다. 그는 호금을 받아들어 잠시 보더니 말했다.

"먼지가 두터이 쌓인 걸 보니 오랫동안 켜지 않았나 봐?"

나는 고개를 끄덕였다. 그러자 어머니는 내가 몹시 염려하고 집에 돌아오면 그를 만나러 가고 싶어 했지만, 그의 안정을 깨트릴까 봐 가지 않았다고 그에게 말했다. 아청 형은 감동한 듯, 자기도 늘 나를 마음에 두고 있었으며, 몇 번이나 나오고 싶었으나 집안 식구들이 만류했노라고 말했다. 그 역시 오랫동안 호금을 켜지 않았는데, 혼자 노래하고 혼자 켜는 게 재미없게 느껴졌다고 했다.

그러고서 그는 흥겹게 호금을 켜기 시작했다. 나는 감동에 젖어 눈을 반짝인 채 그와 호금을 바라보았다. 그의 정조가 갑자기 변했다는 느낌이 들었다. 평소에 켜던 똑같은 가락인데 오늘은 그의 손에 우울한 분위기로 가득 차서 울먹이는 듯한 소리가 특별히 많고 길었다. 어찌된 일인지 내 마음속에 이상하리만큼 처량한 느낌이 들었던 것이다. 오늘 그를 만난데다가 함께 앉아 호금을 켜는지라 나는 원래 아주 즐거웠다. 하지만 이 즐거움 속에서 이상한 느낌이 들었다. 그건 묵직하면서도 처량한 어떤 예감이었다. 나는 묵묵히 듣고만 있었지만 나의 정신은 거기에 집중되지 않은 듯했다. 나의 눈앞에 무서운 환영이 나타났다. 꼬리를 늘어뜨린 빨간 눈의 미친개 한 마리가 아청 형을 쫓아가 그의 다리뼈를 한 입 덥석 물어뜯었다. 아청 형이 땅바닥에 넘어지고 땅바닥 가득 시뻘건 피가 흘렀다. 아청 형이 일어섰을 때 동그랗게 뜬 그의 눈도 빨개지고 쩍 벌린 입에 송곳니를 드러낸 채 주위 사람들을 뒤쫓더니, 씩씩거리면서 돌과 나무를 물어뜯는 그의 입은 붉은 피로 흥건했다. 이윽고 그의 뱃속에서 조그마한 미친개들이 토해져 나와 마구 날뛰면서 사람들을 뒤쫓았다……. 그러더니 다시 땅바닥에 넘어져 질펀한 피범벅 속에서 죽어갔다……. 많은 사람이 슬피 울고 있었다…….

"시친!" 어머니께서 나를 부르셨다. "멍하니 앉아 뭐하는 거니? 오늘 아청 형을 만나게 되었으니 기분이 좋겠지? 노래 한곡 불러보지 않을래?"

나는 얼굴이 달아오르는 느낌이 들었다. 내가 어찌 노래를 부를 수 있단 말인가? 이게 마지막인데. 앞으로 다시는 아청 형을 보지 못할 테고, 아청 형도 다시는 나를 만나지 못할 텐데. 운명이 모든 걸 정해놓아 그를 내게서 떠나게 하고 이 세계에서 떠나게 하는데, 너무나 빨랐다. 그 다음다음 날 오후였다.

날씨는 왜 이다지도 나의 마음처럼 처량해지는가? 알 수 있는 이는 아무도 없었다. 바람이 거세게 불고 구름이 하늘에 가득 차, 내 마음처럼 두렵고 슬펐다. 거리에 몇 사람이 한데 모여 겁에 질린 채 낮은 목소리로 이야기를 나누고 있었다. 뜻밖의 일이 벌어진 게 틀림없었다. 내가 가까이 다가가 들어보니 아청 형에 관한 일이었다.

"……끈은 거의 잘려나갔고 ……방 안의 물건은 죄다 엎어져 있는데 ……글쎄 이를 갈면서 형과 아버지를 물어뜯으려 하더래. ……아버지에게 전생에 원수가 졌다면서 욕하고 ……문은 걷어채어 구멍이 뻥 뚫리고. ……그가 뛰쳐나가려다가 형과 아버지에게 묶였는데 ……찻잔을 물어뜯어 피를 엄청 토하고. ……딱 백이십 일째야. 구세주는 없었던 게야……."

머리에 냉수를 뒤집어쓴 듯, 나는 공포에 질려 부르르 떨었다. 나는 거리를 내달리다가, 아청 형의 집 문 앞의 밭에서 휘청거리며 걷고 있었다. 집 안에서 여인의 울음소리가 들려올 뿐, 모든 게 정적에 잠겨 있었다. 집 안팎에 움직이는 사람은 아무도 보이지 않았다. 바람이 집 앞에서 처량하고 구슬픈 휘파람소리를 내면서 불고 있었다.

나는 언뜻 보았다. 내 다리 곁에서, 논 속에서 어지러이 쌓인 잿더미의 붉은 피를……. 소스라치게 놀란 나는 튀어 올라 미친 듯이 달려 집으로 돌아왔다. 내 가슴이 얼마나 쿵쾅거리는지, 내 머리가 얼마나 불타듯 뜨거운지 난 알 수 없었다. 나는 침상에 쓰러지자마자 까무러치고 말았다. 아청 형이 살아 있을 적에 세상에는 그보다 더 멋진 사람이 없었는데, 아청 형이 죽고나자 그보다 더 두려운 사람이 없었다. 세상에 태어난 이래 가까이에서 수많은 사람이 죽었지만, 이렇게 두려움을 느껴본 적은 없었다. 그날 밤 구슬픈 울음소리와 함께 관에 못을 박는 처량한 소리가 바람에 실려 들려왔다…….

이로부터 나는 아청 형을 잃어버렸다. 모든 것도 함께 잃어버렸다…….

……………………………………………………………

운명이란 나의 허약한 마음속에 왜 이다지도 깊은 상처를 안겨주었는가! 나는 도무지 알 수 없다. 운명은 내게 기쁨도 주고 슬픔도 주었다. 이 슬픔은 끝이 없고 한이 없다. 모든 것이 시간을 따라 날듯이 흘러갔지만, 오직 이 슬픔만은 여전히 나의 마음 깊은 곳에 남아 있다. 음악소리가 나의 귓전을 두드릴 때마다 슬픔이 내 마음속에 엄습하여 아청 형을 기억 속에 떠오르게 한다.

아청 형의 운명은 너무나 고통스러웠다. 그가 죽은 후에 얼마나 짓밟혔는지 나는 차마 말할 수 없다…….

나, 나는 이로부터 행복에게 버림받고 말았다.

그가 세상을 떠난 이듬해에 나는 고향을 떠나 지금껏 외지를 떠돌고 있다. 이태 전에 고향에 돌아왔을 때, 어머니는 내가 만든 호금을 꺼내더니 내게 말씀하셨다.

"보거라! 네가 어렸을 적에 만든 호금을 지금도 잘 간직하고 있단다!"

그러나 나는 이미 나의 호금을 가까이할 수가 없게 되어버렸다. 나는 이전에 감미로운 음악의 꿈을 꾼 적이 있었지만, 그 꿈은 이제 어느덧 사라지고 말았다. 심지어 호금 연주에 기대어 생계를 유지하는 것조차도 할 수 없었다. 어머니 말씀마따나 비열하게 이 삶을 보내는 것일 테니!

최근 나와 행복의 거리는 더욱 멀어지고 말았다. 나의 호금, 호금과 더불어 지어진 고향집은 이미 불에 타버려 재가 되었다. 이건 마치 내게 장차 더욱 두려운 미래가 있으리라고 예고 하고 있는 듯하다. 젊은 시절은 황금의 시절일진대, 혹 다른 사람들은 그럴까? 하지만 적어도 내 경우에만은 증명할 길이 없다. 내가 지내온 어려움과 번뇌의 나날이 너무나 많아 행복의 희미한 빛은 전혀 보이지 않는다.

이렇게 산다는 게 너무 고달프다…….

나는 원한다…….

쉬제는 저장성(浙江省) 톈타이현(天臺縣)에서 태어났으며, 본명은 쉬스제(許世傑), 필명은 장쯔산(張子山)이다.

문학연구회(文學硏究會) 회원으로 활동했으며, 주로 농촌을 배경으로 농민의 삶을 다룬 향토소설을 다수 창작했다. 《참무(慘霧)》《쉬제단편소설선집》 등의 단편소설집, 산문집 《야자와 두리안(椰子與榴槤)》 등을 남겼다.

이 책에 실린 〈노름꾼 지순(賭徒吉順)〉은 1926년에 출판된 《참무(慘霧)》에 발표되었다.

쉬제

(許傑, 1901~1993)

노름꾼 지순 賭徒吉順

상

지순(吉順)과 그의 두 친구들은 황급히 3층집으로 올라가 동쪽으로 난 창가에 자리를 잡고 앉았다. 종업원이 뒤따라와 무얼 시키겠느냐고 물었다. 지순은 달인 녹차 두 주전자를 시키고 나서 땅콩과 호박씨를 가져오라 주문했다.

이 3층집은 우리 읍에서 새로 지은 첫 번째 술집인데, 건물은 상하이(上海)의 유행을 본떠 지었는지라 시골티가 물씬 풍기는 서양풍을 띠고 있었다. 터가 아주 좋아 온 읍에서 장사가 제일 번창한 한복판이었다. 경관도 제법 뛰어나 왼편으로는 오동(五洞) 서쪽 다리에 기대어 읍성의 서문(西門)과 이어져 있고, 도취계(倒翠溪)라는 냇물이 동북쪽에서 흘러내려 초록빛 띠처럼 구불구불 이어져 서쪽 다리 아래에 이르러 남쪽으로 꺾어졌다가 다시 남동쪽으로 꺾여서 흘러 자계(赭溪)라는 냇물과 합쳐진다. 오른편으로는 탁 트인 들판이 펼쳐져 있는데, 성긴 버드나무와 갈대밭이 자계 냇가까지 쭉 이어져 있다. 3층집의 옥상에서 사방을 둘러보면 읍내의 모든 집들이 비늘처럼 다닥다닥 이어져 있고, 드문드문한 몇 그루 과일나무와 뽕잎이 인가의 동산 속에 솟구친 채 썰렁한 모래톱 물풀처럼 반짝거렸다. 도취계와 자계가 합류하는 모래톱에는 흐르는 물이 몇 개의 소용돌이를 이루면서 졸졸거려 별스런 운치를 자아냈다. 물속으로 자맥질하는 들오리와 더불어 기러기 떼가 하늘로 날아오르는 맑은 소리가 시시로 대기 속에 울려 퍼졌다. 반면 3층집 밑 서쪽 다리 아래에 들어선 장터에서는 행상인들의 시끌벅적한 소리와 사람들의 소란스러운 소리가 도시의 맛을 물씬 풍기고 있었다.

이 술집의 단골손님은 대다수가 근처 병영의 사병들과 지방관청의 사법경찰들, 그리고 아편쟁이 노름꾼들이었다. 이곳을 드나드는 사람들은 이곳 나름의 규율을 엄격하게 지키지 않으면 안 되었는데, 누구든 자기 능력도 생각하지 않고 경거망동하다가는 신세를 망쳤다. 지순이 여기를 제 집처럼 마음대로 들락거릴 수 있는 건 물론 최근 이태 동안 밤낮으로 이 노름판에서 살았던 성적 덕분이었다.

그때는 어느덧 해질녘인지라 저물어가는 저녁 햇살이 3층 술집의 서쪽 창으로 쏟아져 들어오고 있었다. 햇살은 방 안의 자욱한 연기와 먼지를 뚫고서 네모진 빛기둥을 맺은 채 지순 일행이 앉아 있는 탁자와 그의 친구 진푸(金夫)의 얼굴 위에 드리워져 있었다. 지순이 진푸를 가리키면서 자리를 바꿔 앉으라고 할 때, 종업원이 녹차 두 주전자와 세 접시의 호박씨를 탁자 위에 조심스레 내려놓았다.

그들이 차를 마시기 시작하자 호박씨가 여기저기 날아다녔다. 호박씨를 까는 틱틱거리는 소리 속에 지순 일행이 두서없이 나누는 얘기와 웃음소리가 뒤섞였다.

샤오핑(小平)이 신나게 웃었다. 자신의 성공담을 의기양양 떠들어대는 중인 듯했다. "세 번째 판은 내가 돌린 패였잖아. 네가 돌린 패를 새로 돌리지 않았으면 좡자(莊家)에게 먹히지 않았겠어! 내가 좡자의 속셈을 눈치챘으니까 그렇게 다시 돌린 거라고!"

진푸는 차를 한 모금 마시고서 고개를 비스듬히 돌리더니 호박씨를 깨물었다. 호박씨 껍질을 퉤 내뱉고서 눈을 내리깔고 바닥을 내려다보더니 고개를 치켜들었다. 호박씨에 묻은 허연 침이 입가의 수염에 달라붙은 채 위아래로 흔들거렸다. 그가 입을 열었다. "요기 좀 해야지 않겠어?"

"아무거나 시켜!"

"어이! 종업원!"

진푸의 음성은 남에게 놀라움을 안겨주었다. 그는 말을 할 때, 샤오핑과는 정반대로, 늘 딱딱한 얼굴 표정에 눈을 부릅뜨곤 했다. 종업원은 계단을 막 내려가려던 참에 부르는 소리에 걸음을 멈추고서 얼른 그들의 탁자 쪽으로 뛰어왔다.

"무얼 드시겠습니까?"

"이 가게에 뭐가 있는데?"

종업원은 여러 가지 요리명을 불러 주면서 요리명마다 '이거 어떻습니까?'하고 덧붙여 세심하게 고르도록 했다. 그는 시골 서당의 학동들이《백가성(百家姓)》이나《삼자경(三字經)》을 외우는 것보다 훨씬 숙련되게 요리명을 주워섬겼다. 그는 요리들을 다 불러주고 나서, 그 차제에 가슴 속에 끼고 있던 행주로 저도 모르게 탁자 위를 거듭 훔쳐댔다.

지순과 샤오핑이 아무거나 시키라고 재촉하는 바람에 진푸가 되는 대로 요리 몇 가지를 주문했다. 종업원은 공손히 그 자리를 물러나서 계단 끄트머리에서 아래쪽으로 요리명을 외쳤다. 진푸는 그에게 "빨리 갖다 줘!"라고 몇 번이나 채근을 해댔다. 종업원도 축음기처럼 큰 소리로 "이봐 ,빨리 해줘!"라고 고함을 질렀다.

지순은 멍하니 벽에 비친 해그림자를 바라보다가, 휘황한 빛살에서 서향한 창문으로 시선을 옮겼다. 그의 눈빛이 창 어귀에서 잠시 머뭇거렸다. 창 너머의 굽이진 풍계(楓溪), 냇가의 성긴 버드나무와 갈대꽃, 갈대숲 속의 외기러기 울음소리, 외기러기 울음소리의 구슬픈 정조. 이들 모두가 시들어가는 석양과 저문 가을의 경치 속에서 지순에게 최근 쇠락하는 집안 형편과 가난 속에서 허덕이는 처자식의 모습을 떠올려 주었다.

지순의 공상은 문득 날개를 달고서 한 마리 기러기가 되어 창 너머 날아올라 석양의 황량한 풀밭을 지나 성긴 버드나무와 갈대숲의 풍경을 뒤로 한 채 잎새 무성한 녹나무 곁까지 훨훨 날아가서는 그 녹나무 그늘 아래 조그만 문으로 들어갔다. 그곳은 바로 지순의 오두막집이었다. 그는 벌써 한 달 동안 식구를 먹여 살릴 생활비를 들여놓은 적이 없었으며, 보름동안 식구를 보러 집에 들어가지도 않았다. 지순네 식구들은 삼년 전에 이 집으로 이사해왔다. 그의 아버지에게 물려받아 전에 살던 집은 친족인 큰아버지에게 진즉 저당 잡혀버린지라 이 오두막에 들어올 수밖에 없었던 것이다.

작은 문을 들어서자, 그의 아내는 두 살배기 아기를 업은 채 벽에 붙은 침상 앞의 낡아빠진 작은 의자에 앉아서 짚신을 삼고 있었다. 그녀의 눈두덩에는 기이한 절망의 빛이 어려 있었으며, 자신의 구차한 삶에 대한 서러움의 눈물이 이따금 흘러내렸다. 다섯 살 난 딸아이와 일곱 살 난 사내아이는 말없이 부뚜막에 앉아 있었다. 그들의 멍한 시선 속에서 양식이 떨어진 비애와 하소연할 길 없는 고통이 감추어져 있음을 알 수 있었다. 바닥에 어지럽게 널려 있는 볏짚은 그들의 가슴 속에 맺혀 있는 복잡한 비애인 듯했다. 그가 집에 들어서면 아내는 돈을 달라느냐고 물을 것이고, 며칠째 양식이 떨어져 굶고 있는 집안 형편을 늘어놓으면서 어린아이처럼 엉엉 울 것이다. 부뚜막에 앉아 있던 아이들은 그가 온 기척을 알아채고 그의 품에 달려들어 옷깃을 붙들고서 정답게 아버지를 불러댈 것이다. 그의 가슴 속에 비통하기 그지없는 화살 하나가 느닷없이 저편에서 뚫고 들어오는 느낌이 들었다. 그들에 대한 동정과 자책감, 자신의 비열함과 노름을 끊겠다는 다짐 등이 동시에 구렁이처럼 어지러이 꿈틀거렸다. 한참 동안 그는 말없이 아이들의 머리만 쓰다듬고 있을 수밖에 없을 것이다. 그는 일체의 욕망을, 아이들의 아버지라는 책임을, 그리고 가업을 다시 일으켜야 한다는 욕심을 죄다 떨쳐버리고 싶었다. 눈앞에 보이는 자신만의 생활에 빠져 자신의 서러운 삶을 노름과 아편이 가져다주는 흥분 속에서 살고 싶었다.

아이들을 팽개치고 밖으로 나가려고 하자, 그의 똘망한 둘째 아이가 통곡하면서 집 안으로 들어왔다. 아이는 슬픔에 잠긴 채 아버지를 붙들고서, 자기는 물건을 훔친 적이 없는데 어떤 사람이 자기에게 물건을 훔쳤다며 마구 때린다고 하소연하면서 그에게 구해달라고 매달렸다. 내 아이가 설마 도둑질을 했단 말인가? 이건 내가 저지른 결과가 아닌가? 서너 명의 아이들이 울고 있는 가운데 그는 비애의 침묵에 휩싸여 있었다. 문득 큰아들의 주인이 큰아이를 끌고 들어오더니 말했다. "이 아이를 다시 데려가시오. 집안 교육을 어떻게 시킨 거요. 몇 번이나 주의를 주었는데도 통 듣지를 않으니 원. 못돼먹은 성미는 평생 가도 고쳐지지 않는 법이니, 이제 되돌려 보낼 참이오."

순간 그는 어찌할 바를 몰랐다. 복잡한 비애감과 자기비하, 그리고 자존심이 그를 가련한 처자식이 통곡하고 있는 가정에 다시 얽매고 말았다. 한참 동안의 침묵 속에서 그는 흐트러진 머리카락에 초췌한 모습을 한 아내의 모습, 그리고 울상을 지은 채 누렇게 뜬 얼굴에서 눈물을 줄줄 흘리는 아이들의 모습을 보았다. 그들은 마치 그를 쓰러뜨리고 그를 힐난하고 그를 저주하는 것만 같았다. 그들의 슬피 우는 울음소리, 처연한 눈물자국과 멍하니 껌뻑거리는 그들의 눈빛이 날카로운 화살이 되어 그의 가슴팍에 날아와 박혔다. 비애가 그의 마음속에 소용돌이치고 쓰디쓴 눈물이 가슴 속에서 솟구쳐 나와, 그의 옷깃을 붙들고 서글피 울고 있는 아이들의 머리 위로 뚝뚝 떨어지고 있었다. 불현듯 어떤 초탈한 상상이 집 밖의 녹나무 가지 끝을 스쳐 지나가는 맑은 바람처럼 뇌리를 번뜩 스쳐갔다. 그는 망우헌(忘優軒)의 노름판에서 노름꾼들과 웃고 떠들던 정경, 그리고 3층의 술집에서 술을 마시며 벌주놀이를 하던 즐거운 한때를 떠올렸다. 식구들의 종일 찌푸린 얼굴과는 너무나 달랐다. 어쩔 수 없이 다시 도피하고 싶은 욕구가 솟아올랐다. 나 하나 건사하기도 힘들어……. 나 하나라도 편안하고 즐겁게 지낼 수만 있다면…….

지순은 입가에 멈추어 있던 손을 내려놓았다. 손에는 까지 않은 호박씨 한 알이 그대로 들려 있었다. 잠시 호박씨 까먹는 일은 까맣게 잊어버린 듯 꼼짝 않고 있었던 것이다. 이제 저도 모르게 손을 내리면서 시선도 무의식중에 따라 내려왔다. 생각이 환상 속에서 날아돌아오자, 아직 까지 않고 들고 있던 호박씨에 생각이 미쳤다. 지순은 호박씨 주위를 휘휘 둘러보고서야 자신이 3층 술집에 앉아 있으며, 진푸와 샤오핑이 그 앞에 앉아 차를 마시고 있음을 깨달았다.

그건 한순간의 환영에 지나지 않은, 친구들과 말없이 앉아 있다가 생겨난 심상일 뿐이었다. 주문한 술과 안주는 아직 나오지 않았는데, 때마침 종업원이 술잔과 대젓가락을 가져오고 있었다. 그들은 종업원이 젓가락을 한 벌 한 벌 놓아두고 가는 모습을 바라보았다.

샤오핑이 대젓가락 한 쌍을 집어들더니 탁자 모서리를 북치듯이 두드려대면서, 입가에는 웃음기를 머금은 채 사오싱(紹興) 연극이 시작될 때의 곡조를 우스꽝스럽게 흥얼거렸다.

"밤에 다시 그자를 끌어들이자고." 진푸는 눈꼬리를 치켜세우며 입을 열었다. "그럼 우린 손을 털 수 있을 거야." 그의 목소리에 힘이 잔뜩 들어가 있었다. "이건 절대 흰소리나 허풍이 아니야! 일단 끗발이 오르기만 하면 사나흘은 계속 딸 수 있다고! 오늘 저녁에 '그놈' 돈을 왕창 벗겨 먹은 다음에 보자고!"

샤오핑의 고개가 약간 기울어지는 듯하더니, 입가에 끈적한 웃음기가 맴돌기 시작했다. 저도 모르게 사오싱 연극의 젓가락 장단이 느려지더니 경박한 입술을 나불대기 시작했다. "아무렴, 재수가 좋을 때 한 밑천 못 건지면 언제 돈 한번 만져보겠나? 이봐 지순! 오늘 밤에 판을 한번 크게 벌려보자고. 아, 안 그런가, 이 사람아?"

오늘의 주인공은 지순이었다. 샤오핑과 진푸는 지순이 '그놈'의 돈을 울거내는 걸 도와주는 바람잡이일 뿐이었다. 샤오핑은 평소 말재주가 교묘한 작자였지만, 집안에 나이 많은 형제가 있는지라 제 마음대로 노름밑천을 대지 못하는 처지인데, 하물며 오늘 지순이 돈을 따서 밑천이 두둑한 바에야. 그래서 그는 말끝마다 지순을 들먹이면서 그의 동의를 얻으려 했다. 진푸와 샤오핑의 속셈은 물론 지순의 환심을 사고, 아울러 자기들이 남보다 높은 안목이 있다는 것을 은근히 드러내려는 것이었다. 하지만 그들이 떠들어대는 동안, 지순은 한 마디도 듣지 않고 있었다. 샤오핑이 마지막으로 "지순!"하고 그의 이름을 불렀을 때에야"어, 뭐라고?"하고 애매하게 대답했을 뿐이었다. 지순은 제 정신이 아닌지 일시나마 의식을 잃어버렸다. 그는 방금 전 환각에 사로잡혔던 때의 생각을 되씹고 있었다. 이래도 좋고 저래도 좋다는 심사는 마치 환각 속에서 연출된 것만 같았다. 그는 오늘 돈을 딴 김에 우선 집에 들려 처자식에게 몇 푼이라도 집어줄까 생각했다. 평소처럼 한 판 더 벌리다가 본전조차 날려버려 손을 내밀 수도 없게 되면 후회해도 소용없을 테니. 하지만 오늘 먹은 음식값을 제하고 나면 저녁 판돈도 얼마 남지 않을 테고, 판돈이 적어지면 어디서 한몫 단단히 챙길 수 있겠는가? 오늘 돈을 좀 더 따면 집에 더 많이 가져다줄 수 있을 거야. 아무렴, 돈이 좀 있어야 집안의 애비 노릇, 남편 노릇가장을 할 수 있는 거지, 돈이 없으면 말짱 꽝이라고. 자신은근본을 망각한, 양심도 없고 책임도 저버린 망나니가 결코 아니라고 그는 생각했다.

샤오핑은 지순이 멍하니 앉아 있는 모습을 보이자 속으로 오늘 판에서 크게 한판 딸 묘책을 궁리하느라고 그러나 보다,라고 생각하고는 더 이상 묻지 않은 채 저도 모르게 혼자서 젓가락 장단에 맞춰 노랫가락을 흥얼거렸다.

요리집에서의 침묵이 피동적인 침묵이라면, 이런 심사의 유일한 도피처는 무의식적으로 입술을 잘근잘근 씹는 것과 침의 분비이다. 그들은 역시 이런 심리적, 생리적 지배에서 벗어날 수 없었다. 샤오핑은 손을 뻗어 접시에 붙어있는 속살 없는 호박씨 하나를 입으로 가져갔다. 아주 맛이 있는 듯했다. 그가 다시 젓가락을 집어들어 제법 세게 접시 가장자리를 서너 번 내려치자 땅땅하는 사기접시의 맑은 음향이 아래층으로 퍼져나갔다. 그는 짜증난다는 듯 내뱉었다. (하지만 이때의 얼굴에는 기름기가 없어 보였다.) "요리는 왜 안 나오는 거야?" 성질 급한 진푸가 이에 질세라, 목에 뭐가 걸린 것같이 근질근질하던 참이라 찢어지는 듯 고함을 질렀다. "어이, 이봐! 아직 안됐어?"

욕이라도 퍼부을 기세의 진푸의 고함소리에 아래층에 있던 종업원 두세 명이 약속이나 한 듯 일제히 대답했다. "다 됐습니다, 갑니다."

어지러운 목소리 속에서 우당탕탕 계단을 올라오는 발자국 소리가 들렸다. 그들은 종업원이 김이 모락모락 나는 요리를 가져오리라 기대에 부풀어 침을 삼켰다. 그들이 고개를 돌려 나무 난간 기둥이 달린 계단에 시선을 모았을 때, 난간 기둥 사이의 틈으로 허름하지만 요즘 유행하는 중절모 하나가 먼저 눈에 띄더니, 이어 중절모가 한 걸음 한 걸음 올라오면서 기름때가 번들거리는 마고자와 여기저기 기름자국이 튀어 있는 회색 저고리가 보였다. 그에게는 빈손에 받쳐든 요리 따위가 없었다. 그는 종업원이 아니었던 것이다.

진푸는 그에게 성질을 부리려 하다가 부릅뜬 눈으로 그자의 동정을 노려보았다. 마치 이 순간 그에게 느닷없이 수많은 재물을 빼앗겨 버린지라, 노름판에서 남이 자신의 패를 훔쳐보았을 때보다도 훨씬 화를 내며 그에게 쓴 맛을 보여주지 않으면 안 된다는 듯이. 그자는 계단의 맨 위에 이르러 잠시 멈추더니, 곧바로 별일도 아니라는 듯이 몸을 돌려 그들에게 다가왔다.

"지순 선생, 당신 여기 계셨군요? 내가 당신을 찾아다녔는데!"

그는 너스레를 떨며 지순 일행이 앉아 있는 쪽으로 다가왔다. 지순은 둥근 의자 하나를 당겨 그를 앉게 했다. 그는 제법 글을 아는 축으로, 마을의 시답잖은 이야기판에 자주 얼굴을 내밀었다. 언변도 무척 뛰어나고 허풍도 곧잘 떨었다. 그는 언제나, 어느 살인

사건은 자기가 해결했다느니 아무개의 송사는 자기 덕분에 이겼다는 따위의 큰소리를 치고 다녔다. 요즘 그는 어느 마을 유지의 집을 드나들고 있고 몇몇 다른 부잣집 문 앞에도 오가는 중인데, 아무리 편한 사람이라 해도 '아무개 선생'이라고 부르지는 않았다. ('아무개 선생'이란 별로 배운 게 없는 사람을 존중하는 칭호였다.) 지순은 그에게 선생이라 일컬어지자 온몸이 후끈 달아오르더니 당혹스러운 나머지 미간에 핏발이 줄줄이 섰다.

지순은 그를 새삼스레 한번 훑어보면서 마음속으로 '설마 내가 돈을 딴 걸 알고 거래를 해보자는 겐가?' 하고 생각했다. 오늘은 무슨 일로 나를 찾는지 그에게 막 물어보려고 그의 이름 즈빈(質彬)을 부르려던 순간, 목구멍까지 차올랐던 소리가 도로 기어들어가 버렸다. 그는 이런 생각이 들었다. '대놓고 이름을 부르면 너무 당돌할 것 같아. 남들처럼 그의 별호를 부르는 게 낫겠군!'

"원푸(文輔) 선생! 저를 찾으셨다고요?"

"당신을 찾고 있었지요. 망우헌에 들렀다가 당신이 돈을 땄단 소리를 들었는데, 여기에 있을 거라고 해서 이리로 왔지요."

지순은 마음속으로 아주 걱정스러웠다. '만약 관청에 가는 길이라면서 돈을 빌려달라고 하면 어떻게 하지. 응낙해서는 안 되지만, 그렇다고 응낙하지 않았다가 나중에 어떻게 이 자의 얼굴을 보나?' 지순은 종내 입을 다문 채 가만히 있었다.

샤오핑의 사오싱 연극 가락은 중도에 슬그머니 잠잠해졌고, 진푸는 얼굴을 험상궂게 찌푸린 채 멍하니 있었다. 한순간에 온 좌중에 침묵이 흘렀다. 그들의 표정을 살펴보던 원푸는 자기가 때를 잘

못 잡은 걸 후회하는 듯했다. 노름꾼들이 돈을 땄을 때는 아무 말도 해서는 안 되는 법이다. 그렇지만 그는 평소 이야기판에서의 습관대로 말을 늘어놓기 시작했다.

"지순 씨! 당신한테 할 말이 있는데…… 돈을 땄다지요. 운이 참 좋으니, 행운의 신이 내리신 모양입니다."

종업원이 새우 요리를 가져오는 바람에 원푸의 말허리가 잠시 끊겼다. 지순이 종업원에게 술잔과 젓가락을 일인분 더 가져오라고 시켰다. 이미 침을 꼴깍꼴깍 삼키고 있던 진푸는 젓가락을 들어 완두콩을 골라 허기를 달랬다.

지순은 답답하기 짝이 없었다. 이 자가 그를 만나러 온 일이 복이 될지 화가 될지 도무지 짐작이 가지 않았다. 그래서 은근히 "드세요, 들어!" 음식을 권하면서도 이 의외의 방문객을 남몰래 살펴보았다.

요리 한 접시를 다 먹어치우고 모두들 젓가락을 내려놓았다. 샤오핑만은 어린애처럼 우스꽝스런 웃음을 지은 채 접시에 남아 있는 완두콩을 쳐다보면서 한 알 한 알 제 입에 집어넣고 있었다. 진푸는 어미 얼굴이 불덩이처럼 시뻘개졌고, 둥그렇게 부릅뜬 눈 속의 흰자위까지도 온통 시뻘건 핏발이 가득했다. 사오싱주(紹興酒)를 몇 잔 마시지도 않았는데도, 그의 험상궂은 얼굴은 사람에게 두려움을 안겨주기에 충분했다. 두 번째 요리를 종업원이 아직 가져오기 전이라 원푸는 이야기를 마저 해야겠다고 생각했다. 그는 자리에서 일어나 지순의 옷소매를 슬쩍 잡아끌면서 말했다.

"의논할 일이 있어요!"

그는 동쪽으로 난 쪽문을 나가 차양 모퉁이에 멈춰 섰다. 뒤따르던 지순도 함께 멈춰 섰다.

“당신, 운이 터진 모양입니다.” 원푸가 입을 열었다. “요 몇 년 집안 형편이나 살림이 어떤지 잘 알고 있소이다만, 애들은 많은데다가 집안 형편이 얼마나 어려우시겠습니까? 누군들 좀 나아졌으면 하고 바라지 않겠으며, 누군들 즐기면서 살고 싶지 않겠소? 하지만 지순 씨, 내 말을 잘 들어보시오. 내가 당신한테 즐거움과 행복을 가져다줄 테니. 당신네 집안에 자식들은 주렁주렁하고 집안 형편은 또 얼마나 딱하오! 내가 하는 충고와 방법에 당신도 틀림없이 찬성할 텐데…….”

원푸가 자꾸만 자기 아이들과 집안 형편을 들먹이자 지순은 무거운 돌덩어리가 가슴을 짓누르는 것만 같았다. 불현듯 그 무거운 돌덩어리가 한 마리 재빠른 새처럼 그의 눈앞을 스쳐 그의 고향인 풍계(楓溪)로 미끄러지듯 날아가는 듯했다. 그의 눈앞에는 방금 전의 환각에서 보았던 그 처절한 장면이 다시 떠올랐다.

“그렇소. 집안과 처자식이야 다 내가 책임져야 하지요.” 지순은 방금 마음속으로 이래도 좋고 저래도 좋다고 머뭇거리던 마음을 결정했다. “이제 한 밑천 장만해서 집에 돌아가야지요! 이제 운이 따라주고 있으니 지금의 밑천을 가지고 한몫 단단히 잡아야지요. 이 지름길로 가는 수밖에 무슨 다른 수가 있겠소. 당신의 충고는 필요 없어요. 난 이미 마음먹었소. 이번에 한몫 건지면 다시는 도박하지 않겠노라고. 원푸 선생, 당신이 하겠다는 충고나 방법이 바로 이게 아닌가요? 고마운 말씀이시오!”

원푸는 지순의 말을 들으면서 연신 코를 킁킁거린 채 석양 속 성긴 버드나무의 풍경을 바라보고 있었다. 그는 노름꾼들이 걸핏하면 내뱉는 하나마나한 소리를 떠올렸다. 그는 잠시 멍하게 있다가 슬쩍 지나가는 말처럼 입을 열었다.

"집안의 처자식을 대신 책임져주는 사람이 있다면 훨씬 홀가분하지 않겠소? 게다가…… 읍내 유지인 천저성(陳哲生) 선생이 당신에게 얼마간 돈도 주겠다니 말이요. ……만약 당신이…… 원한다면……."

지순은 갑자기 가슴이 펄떡거리고 얼굴에 피가 솟구쳐 올랐다. 그는 원푸가 한 말의 의미를 깨달았다. 그는 자신의 의심이 틀렸다는 걸 알았지만, 지금은 방금 전에 짐작했던 것보다 대처하기가 훨씬 어려웠다.

원푸가 말하는 뜻은 지순에게 잠시 자신의 아내를 천저성에 빌려준다는 게 분명했다. 천저성은 읍내에서도 제일가는 부자였는데, 아쉽게도 아들이 없었다. 일찍이 첩을 두 명이나 들여 보았지만 딸만 몇 명 더 얻었을 뿐이어서 요 몇 년 여기저기 '아들 저당'을 꾸미고 있던 터였다. '아들 저당'이란 계약을 정한 기간 내에 태어난 자식들은 기한 날짜 이전에 계약자가 저당 잡아 자식으로 삼는 것이었다. 혈통의 순수 여부는 따지지 않은지라, 그런 일이 있기만 하면 무조건 그의 자식으로 인정하는 것이었다.

이 모든 것에 생각이 미치자 지순은 이런 기분을 느꼈다. 이게 얼마나 치욕적이고 남부끄러운 짓인가! 아내와 자식을 굶겨죽일지언정 이런 수치와 모욕을 당할 수야 없지.

지순이 몸을 돌이켜 들어서서 쪽문 곁에 이르렀을 때, 진푸의 고함소리가 들렸다. 뒤따라 들어오던 원푸가 슬쩍 그의 옷깃을 끌어당기면서 "어떠냐?"고 물었지만, 그는 "난 그렇게 못해!"라고 딱 잘라 말했다.

그들은 다시 자리에 돌아와 앉았다. 젓가락을 집어든 지순이 막 젓가락을 그릇 속에 가져갔을 때 그는 그 속에서 다 떨어진 누더기 차림에 젖먹이를 안은 채 아이들과 함께 서럽게 울고 있는 자신의 아내를 보았다. 그녀가 그를 가리키면서 부랑아, 짐승만도 못한 놈이라고 욕하고 있는 것 같았다.

하

이튿날 저녁 무렵, 석양은 남은 빛을 거두어가고 있었다. 어둠이 엷은 비단처럼 서서히 대지를 뒤덮을 때, 망우헌(忘憂軒)에서 기회를 틈타 빠져나와 서문을 나선 지순은 개울을 따라 걷다가 고운 모래로 뒤덮인 비단길을 가로질러 황량한 버드나무 숲으로 들어갔다. 그의 마음은 버드나무 숲에 깃든 새가 한순간 전에 하늘 저편으로 놀라 날아가 버린 듯하고, 지금 그의 육신은 쓸쓸하고 상한 버드나무와 같았다. 그는 방금 전 도박장 속의 정경을 떠올렸다. 그는 어제 3층 술집에서의 유쾌한 술자리를 떠올렸으며, 집에 있는 처자식의 현재와 앞으로의 운명을 떠올렸으며, 자신의 앞날의 절벽과 깎아지른 듯한 낭떠러지를 떠올렸다. ……엄청난 힘을 지닌 거대한 신의 손에 의해 농락당하고 지배된 운명에 생각이 미치자, 그는 하늘을 향해 울고 싶었다. ……그는 풀이 죽어 땅바닥에 주저앉았다. 석양은 마지막 빛을 거두어버렸고, 대지는 암흑에 삼켜졌다. 지순은 이 짙은 어둠 속에 묻혀버렸다. 그를 둘러싼 채 그를 위해 살랑살랑 머리를 흔들며 탄식하던 버드나무 꼭대기 외에는 어느 누구도 알지 못했다.

지순과 샤오핑 일행은 어제 3층 술집에서 거나하게 술을 마시고는 다시 망우헌으로 돌아와 두 번째 도박판을 준비했다. 그는 계속해서 기나긴 밤을 보냈지만, 단 한 차례도 흡족할 만한 승부를 내보지 못했다. 그의 마음은 이상하리만치 답답했다. 술기운은 이미 가셨지만, 가슴속에 몰래 숨어든 도적처럼 피곤이 자주 밖으로 공격해왔다. 샤오핑은 언제부터인지 도박판 옆의 침상에 잠들어 있었다. 드르렁거리며 달게 자는 소리가 때때로 노름꾼들의 귀를 파고들었다. 진푸는 까닭 없이 사람들을 욕하더니, 위아래 속눈썹을 잇달아 깜박인 이후로는 정신이 나간 듯 어느 한곳을 멍청히 바라보고 있었다. 그의 안색은 흉측하기 그지없었다.

이렇듯 모두가 피곤하여 정신이 노곤해졌을 때, 지순의 끗발이 갑자기 오르기 시작하더니 연속으로 두 판을 이겼다. 별안간 진푸도 정신을 차려 지순의 등을 치더니 그의 귀에 소곤거렸다. 두 사람은 득의만만해졌다.

"많이 땄다고는 할 수 없지만, 이번 판을 이기고 난 다음에 반드시 끝장을 내버려야 해. 끗발이 올랐을 때 잡아채야지."

두 사람은 마음속으로 이렇게 계획을 세우고는 희색이 얼굴에 가득했다.

그러나 현실은 정반대였다! 지순이 뒤이어 건 거금의 배팅을 뜻밖에도 상대편이 먹어버렸던 것이다. 거대한 타격이 그들의 머리에 가해졌다. 그들은 이미 모든 지력과 자제력을 잃어버렸다. 뜨거운 불길이 찢겨진 머리에서 솟구쳐 오르는 듯했다. 그들은 미쳐 갈팡질팡했다. 등 뒤에 서 있던 진푸는 큰소리로 욕설을 내뱉고, 지순은 정신없이 또다시 거금을 걸었다.

이것은 거의 마지막 배팅이었다. 그러나 또다시 잃고 말았다. 그들은 마치 달이 차면 기울 듯이 기세가 오른 후에는 반드시 기울어지는 이치를 확신하고 있던 듯했다. 상대가 기울어지는 때가 바로 지금이니 무조건 이 기회를 단단히 움켜잡아 상대가 쉽게 빠져나가지 못하게 해야만 한다고 생각했던 것이다. 그러나 일어나는 모든 일은 어떤 커다란 힘이 조종하고 있는 것만 같았다. 지순 일행은 마침내 판을 수습하지 못할 정도로 패해 버렸고, 상대방에게 수십 원의 빚을 지고 말았다. 도박 도구들을 거두는 순간, 지순의 낙담과 후회는 두 자루의 창처럼 그의 눈앞에서 구렁이마냥 어지럽게 굴렀다.

지순은 힘없이 샤오핑의 곁에 누웠다. 노름패들이 그의 앞에 모여 언제 노름빚을 갚겠느냐고 물었다. 그는 발악하듯 일어나 그들에게 내질렀다. "귀신이 되어 얻어먹을 밥이 없을까봐 그래?" 자신은 남의 빚을 떼먹지 않는다는 것, 그리고 그가 그럴까봐 겁내는 자는 담이 작은 놈이라는 의미였다. 그는 그 노름패들이 더 이상 말을 꺼내지 못하는 것을 보고서 다시 드러눕더니 코를 골면서 잠에 빠져 들었다.

지순이 깨어났을 때, 샤오핑은 이미 곁에 없었다. 그가 주위를 둘러보니 다음번 노름판이 한창이었다. 사람들의 정신은 이미 온통 탁자 위의 도박패에 쏠려 있어 그에게 신경을 쓰는 사람은 한 명도 없었다. 그에게서 거금을 땄던 노름꾼은 한 사람도 그곳에 남아 있지 않았다. 아마 지순네가 어제 그랬던 것처럼 3층 술집에 가서 승리의 축하주를 마시는 모양이었다. 지순은 그 자리를 뛰쳐나왔지만 사방 어디에도 그의 길이 없다는 느낌이 들었다. 견디기 힘든 수많은 생각들이 냄새를 쫓아 날아드는 파리마냥 그의 가슴에 모여들어 손을 저어 쫓아내도 금방 다시 몰려들었다. 그는 불현 듯 누군가 그에게 알려준 것처럼 버드나무숲 깊숙이 들어와 앉아 있었던 것이다.

가을바람이 성긴 버드나무 꼭대기를 스산하게 스치자 허공 속에 낙엽이 가벼이 날았다. 가을 저녁의 처량함은 지순을 혼미한 꿈에서 깨어나게 했다. 그는 어제 집에 돌아가 집의 용돈으로 몇 원이라도 꺼내주지 않은 게 후회스러웠다. 진푸네가 그렇게 많은 거금을 배팅하지 말도록 권하지 않은 것도 원망스러웠다. 또한 그는 노름빚을 갚기 어려워 사람들에게 체면이 깎일까봐 두렵기도 했다.

그는 손가는 대로 가는 모래를 한 움큼 긁어쥐었다. 자신의 타락한 육신을 묻어버리지 못하는 게 한스러웠다. 버드나무숲 너머로 졸졸졸 흐르는 물소리가 울리고, 버드나무 꼭대기의 푸른 하늘에는 어느덧 알알이 반짝이는 별들이 박혀 있었다. 사방이 끝없이 넓다는 느낌이 들었다. 갑작스러운 슬픈 기러기 소리에 그는 깜짝 놀랐다. 홀연 수만 가지 소리의 음침한 숲이 느껴지자, 자기도 모르게 온몸에 소름이 돋았다. 외로운 기러기가 푸드득거리며 그의 머리 위를 날아 지순의 시골로 날아갔다. 마치 지금 지순의 처지를 그대로 옮겨놓은 듯하고, 마치 처자식의 앞으로의 운명을 상징하는 것 같았다. 그는 손에 움켜쥐고 있던 가는 모래를 흩뿌린 채, 아무 생각 없이 다시 낙엽을 하나 주웠다. 그는 낙엽에서 지폐를 떠올렸고, 지폐에서 다시 은화를 떠올렸다. 그는 저도 모르게 모래 위를 어지러이 기어다녔다. 만에 하나 보물이라도 찾기를 바랐다. 홀연 버드나무 꼭대기에 부는 가을바람을 따라 멀리 마을에서 개 짖는 소리가 들려왔다. 기어가던 그의 손이 조용히 멈추었다. 그는 마음 속으로 생각했다. '그가 남의 집에 숨겨져 있는 보화를 파내려 하는 걸 저 개가 알고 있는 모양이군.'

그는 자리에서 일어나 버드나무숲을 나와 갈대숲을 헤치고서 한길로 나섰다. 그는 마을을 향해 한 걸음 한 걸음 나아갔다. 저 멀리 나무 그루터기가 마치 무릎을 꿇거나 허리를 구부린 사람의 그림자처럼 그에게 삿대질하며 욕하는 것만 같았다. 그는 타락해버린 자신을 나무라면서 스스로에게도, 조상에게도 면목이 없었다. 그의 마을 입구에 울창한 녹나무 한 그루가 선 채 나뭇잎이 처량한 소리를 내고 있었다. 그는 자기도 모르게 무서워졌다. 지순은 발걸음을 빨리 하여 거리로 들어섰는데, 다시 여러 마리의 개들이 떼 지어 짖어댔다. 마을 사람 중 어떤 이는 이미 깊이 잠이 들었고, 어떤 집에서는 아직도 가느다란 불빛이 벽 틈새로 새어나오고 있었다. 마치 등불 앞에서 도란도란 나누고 있는 이야기들이 벽 틈새로 새어나와 밤길을 걷는 지순의 마음을 울렁이게 만드는 듯했다. 그의 다리는 마술에 걸려 말을 듣지 않는 듯 기계처럼 움직였다. 도란거리는 말소리와 등불이 조금도 그의 주의를 끌지 못했다.

그는 자기 집 문 앞에 이르렀다. 일찌감치 닫혔으리라는 것을 알았기에 그는 뒷문으로 돌아갔다. 녹나무가 하늘을 가려 만든 그림자가 마치 기르고 있는 수많은 맹수가 으르렁거리면서 한 마리씩 그에게 달려드는 듯하고 나무들이 흔들거려, 모골이 송연해졌다. 그는 차마 문을 두드리지 못했다. 이미 며칠간 집에 들어오지 않았기 때문이다. 그는 문틈으로 훔쳐보았다. 문틈은 손가락 크기만큼 넓어 방 안 모습이 똑똑히 보였다. 방 안에 있는 물건들은 하나도 변한 것이 없었다. 콩알만 한 등불은 거의 꺼질 듯하여 청록색으로 바뀌어 도깨비불이 아닐까 의심스럽게 했다. 불빛이 비치는 곳은 겨우 조그마한 원안일 뿐, 조금 멀어지자 똑똑히 보이지 않았다. 작은 자갈 하나가 넓은 호수에 던져져 자그마한 물결을 일으키는 것과 같았다. 아이들은 모두 이미 잠에 곯아떨어졌고, 갓난아기는 아내의 품에 안겨 때때로 입에서 젖을 때고 칭얼댔다. 아내는 자주 자신의 몸을 흔들고, 아기의 등을 두드려 친근함과 연민을 드러냈다. 참담한 등불에 비친 그녀의 초췌한 얼굴과 얼굴 위로 헝클어진 머리카락은 언뜻 보면 의구심을 불어 일으켰다. 기름등의 불빛은 겨우 그녀의 얼굴을 휘감고 있을 뿐, 다른 부분은 모두 컴컴했다. 그의 눈빛은 조금씩 위로 움직이다가 저도 모르게 몸을 부르르 떨었다. 그는 그녀의 주위에 붉은 털과 초록색 머리털을 지닌 흉측한 도깨비가 이빨을 드러내고 손톱을 휘두르면서 그녀의 목숨을 앗아가려 하는 것을 발견했다. 그는 하마터면 고함을 지를 뻔했다. 그러나 마치 가위에 눌린 듯 아무리 발버둥을 쳐보아도 목구멍에선 아무 소리도 새어나오지 않았다. 그의 귓가에 누군가 자신을 나무라는 목소리가 미미하게 들렸다. 그의 눈앞이 번쩍하더니 갑자기 흑막으로 바뀌었다.

"넌 나이도 젊고 힘도 왕성할 때인데, 이렇듯 타락하여 구제불능의 노름의 바다에 빠져 정신 차리지 못한 채 네 자신의 마땅한 직무마저 저 멀리 팽개쳐버리고 심지어 처자식마저도 돌보지 못해 굶어 죽을 지경이 되었다. 이제 내가 처자식의 목숨을 거두어가는 것 말고도, 특히 너처럼 타락한 놈을 경계하고 네가 인생의 책임을 깨닫도록 사회에 대해 일할 책임과 처자식을 보호하고 부양할 책임을 이렇게 벗겨주겠노라! 하지만 넌……."

공중에서 거대한 손 하나가 그의 코끝을 가리키는 느낌이 들었지만 그는 피할 곳이 없었다. 그는 저도 모르게 머리를 '쾅' 하고 문에 부딪쳤다. 방 안의 아내가 떨리는 처량한 목소리로 "누구세요?"라고 물었다. 그는 귀신에 홀린 듯 놀라고 경황이 없어 성큼 뛰쳐나왔다.

그는 방금 전의 상황을 생각하자, 마음속이 마구 떨렸다.

'정말이란 말인가? 내 처자식이 내가 책임을 다하지 못해 굶어 죽게 된다는 말인가?' 그는 그들이 죽고 난 다음, 그 자신의 쓸쓸한 모습과 떠돌이 신세를 떠올렸다. '아! 어찌 견딜 수 있단 말인가? 내가 정말 그들을 굶겨 죽일 수 있단 말인가?' 여기에 생각이 미치자 갑자기 뇌리에 번쩍 스치는 것이 있었다. 마치 누군가 그에게 아직은 한 오라기의 희망이 있다고 말하는 것 같았다. 그는 어제 3층 술집에서 만났던 불청객인 원푸의 말이 떠올랐다.

그는 걸음을 재촉하여 원푸의 집으로 달려갔다. 마치 마음속의 근심걱정이 죄다 사라지고, 모든 것이 희망에 차고 하늘이 무너져도 솟아날 구멍이 있을 것만 같았다. 왜냐하면 그가 어제 3층 술집에서 원푸를 배척했던 주된 이유인 돈이 지금은 모두 사라져버렸기 때문이었다. 그의 마음속에 꿋꿋했던 수치심도 돈의 위력으로 말미암아 형체도 없이 사라져버렸다. 그의 마음속에는 모순된 현상이나 회의적인 생각이 조금도 없었으며, 정신이 도리어 맑게 깨는 것 같았다.

이리하여 그는 곧 풍계(楓溪)를 떠나 읍내로 다시 돌아갔다. 읍내에는 아직도 등불이 휘황했고, 현대사회의 상징적 의미를 지닌 간식 가게는 한창 성업중으로 한가로운 남녀들이 앉아 사회의 추악한 일들을 제멋대로 떠들어대고 있었다. 바라보고 있노라니 마치 파리의 퇴폐한 사람들로 가득 찬 카페와 흡사했다. 지순도 이전에 이러한 곳을 들락거린 적이 있지만, 오늘 밤만은 그곳이 몹시 싫어 들어가고 싶지 않았다.

그는 곧장 원푸의 집을 찾아가 문밖에서 큰 소리로 그를 불렀다. 누렁이가 주인을 대신해 손님을 몰아내듯 미친 듯이 짖어댔다. 개 짖는 소리에 놀란 여주인이 잠결에 누구냐고 물었다. 지순은 중요한 일로 원푸를 찾아왔노라고 대답했다. 그러나 그녀는 그가 나가서 아직 돌아오지 않았노라고 대꾸했다.

"몇 시에 돌아오지요?"

"장담할 수가 없어요. 어떤 때는 집에 돌아오지 않을 때도 있어요."

"오늘 밤 급한 일이 있어 그와 의논을 해야 하는데, 어떻게 하지요?"

"혹 관청 앞의 찻집에 있을지도 모르겠네요. 그곳에 가보시겠어요?"

그들 두 사람은 각자 목청껏 담장을 사이에 두고 묻고 대답했다. 누렁이는 여전히 쉬지 않고 짖어대어 동네 개들도 합세하는 바람에, 두 사람의 묻고 답하는 소리는 거의 들리지 않았다. 그는 잠시 머뭇거리다가 관청 앞으로 한번 가보기로 마음먹었다.

관청 앞 찻집의 손님들은 3층 술집의 손님들과 마찬가지였는데, 특히 이곳에 많이 오는 이들은 사법경찰이나 관청의 하급관리들이었다. 그들은 매일 12시 전후에 일어나는데, 지금이 바로 그들이 근무하고 즐기는 시간이었다. 그래서 관청 앞의 찻집도 늦도록 문을 닫지 않고 손님을 맞고 있었다.

지순은 정말로 이곳에서 원푸를 찾아냈다. 원푸는 동쪽 머리의 복(福) 자 자리에 앉아 있었다. 그는 왼손을 탁자 위에 괸 채 꽃무늬 벽지를 바른 허름한 벽에 몸을 기대고 있었으며, 오른손으로는 멋대로 자주 손가락을 뻗어 마주 앉은 시골 부자와 사복 차림의 사법경찰 두 명을 가리키고 있었다. 이 자리를 마련한 사람은 아마 시골 부자인 듯했다. 그래서인지 그는 아주 조심스럽게 원푸와 사법경찰의 눈치를 살피고 있었다. 지순은 걸어 들어가 바로 그 촌사람의 등 뒤로 갔지만, 원푸는 그를 보지 못한 체 했다. 지순이 '원푸 선생' 하고 부르자, 그제야 꿈에서 깨어난 듯 걸상 위에 걸쳐놓은 오른쪽 다리를 거두고는 얼른 일어나 정성스럽게 앉아 차를 마시자고 청했다. 그 시골 사람은 원푸가 정성스럽게 지순을 대하는 것을 보고는 역시 황망히 일어나서 중간에서 응대했다. 지순은 앉아 있기가 여전히 거북하여 내키지 않은 듯 입을 열었다.

"이제야 당신을 찾았군요. 원푸 선생!"

"저를 찾아요?"

지순은 몸에 냉수를 뒤집어쓴 듯 진저리를 쳤다. 그는 어제 3층 술집에서의 냉담한 태도에 대한 보복이라는 걸 알아차렸다. 아무래도 앞길에 희망이 사라졌나보다 하고 마음먹었다. 그는 그저 가만히 앉아있었다. 원푸는 다시 그들에게 방금 마무리했던 풍기사건을 의기양양하게 떠들어대기 시작했다. 지순은 무심코 차 한 잔을 들었으나 입으로 채 가져가지 못한 채, 원푸가 떠들어대는 이야기에 얼이 빠져 입가에 대고만 있었다. 그는 눈을 돌려 원푸의 기색을 살폈다. 얼마 후 원푸가 의기양양하다가 홍이 나서 탁자를 한 번 내리치자, 지순의 손에 들려 있던 찻잔이 의외의 놀라운 일에 움찔하는 바람에 찻물이 흘러 지순의 옷을 흥건히 적시고 말았다. 그들은 한바탕 웃음을 터뜨렸고, 원푸는 그에게 사과를 했다. 지순은 마치 하지 못한 말이 많은 듯, 이 기회를 틈타 얼른 입을 열었다.

"당신과 의논할 일이 있어 찾아왔어요!"

원푸는 여전히 대꾸하지 않았다. 그 시골 사람은 그를 스윽 훑어보더니, 누구라도 그의 도움을 받으려고 의논하려 하는 걸 보니 이 서생이 제법 능력이 있는 모양이라고 생각했다. 한편으로는 저도 모르게 그 자신의 신분도 많이 높아진 느낌이 들었다.

지순은 조심스럽게 원푸를 찻집 입구로 끌고 나왔다. 거리는 상점들이 이미 문을 닫아 칠흑처럼 어두웠다. 그들은 캄캄한 길모퉁이로 갔다. 갑자기 등불 아래에서 나온지라 마주선 사람의 얼굴조차 똑똑히 보이지 않았다. 이야기를 꺼내는 지순의 목소리가 매우 갈라져 나왔다. 그의 얼굴위의 표정이 어떠한가는 아마 그 자신만이 알고 있을 것이다.

"당신은 내 형편을 잘 알고 있으니 하는 말씀입니다만, 어제 했던 말에 따르겠습니다. 날 이해해주시리라 믿으니 날 좀 도와주시오."

"내가 어찌 당신을 이해하지 못하겠소? 당신이 보기만 해도 내가 왜 당신을 찾아갔는지 알 겁니다."

"그래요!"

"당신이 아직 알아듣지 못했을까봐 하는 말인데, 당신 마누라를 '저당 잡히라'고 권한 거지 '팔라'고 한 게 아니오. 팔면 영원히 당신의 것이 아니지만, 저당 잡히면 돈도 얻을 수 있고, 마누라도 영원히 당신 것이오."

"내가 어찌 모르겠소만, 명예가……."

"이런 정말 답답하기는! 내 말은 당신이 좀 미련하다는 거요. 지금의 세상에서 명예 따위가 무어란 말이오! 돈이 최고지! 명예를 따진다면야 노름꾼의 명예는 뭐가 좋소? 돈이 있어야 명예도 있지."

"그렇다면 돈은 어떻게?"

"그거야 아주 쉬운 일이지요. 말할 나위도 없지만, 우리가 무엇 때문에 하는 일인데?"

"하지만……."

"이런! 아직도 마누라에게 미련이 남아 있구먼? 몇 년의 기한만 차면 전과 다름없이 당신의 마누라야. 평소 그가 오지 않을 때에도 당신 것이고, — 그 사람은 기껏해야 한 달에 한두 번 올 텐데? 요컨대 마누라는 여전히 당신 것이고, 그는 단지 요 몇 년 기한 내에 당신 마누라가 낳은 아들을 데려갈 뿐이오. — 아이는 당신에게도 이미 몇 명이 있으니, 더 낳은 아이는 그에게 보내 기르는 게 좋지 않아? 뭐가 더 있겠소?"

원푸의 말이 완전히 옳고 논박할 수 없는 듯, 지순은 한동안 멍하니 있었다.

"그럼 그렇게 하겠소?" 원푸가 다시 다그쳤다.

"좋습니다!" 지순이 결연하게 대답했다. "하지만 서둘러주시오. 급하게 돈을 쓸 데가 있으니!"

"내가 곧바로 저성(哲生)네 댁에 가겠소. 아마 아편 침대 위에서 자지 않고 있을 거요!"

그들은 다시 찻집으로 돌아왔는데, 시골 사람은 이미 찻값을 지불하고 원푸가 오기를 멍하니 기다리고 있었다. 원푸는 그들에게 작별인사를 건네고 촌사람에게는 고맙다고 말한 후 지순과 함께 나왔다.

지순은 원푸가 앞서가는 것을 보면서 다시 자신의 무능함을 느꼈다. 더구나 이번 결정에 근본적으로 의혹이 남아 있었다. 지금 어딘가로 가서 잠시 편안히 쉴까? 어딘가에서 원푸의 답신을 기다릴까? 그는 이런 생각이 들자 원푸를 소리쳐 불렀다. 깊은 밤중 궁

벽한 골목에서 내지르는 소리는 가을 들녘의 나팔 소리만큼이나 사람을 깜짝 놀라게 했다. 뚜벅뚜벅 걷는 그의 발자국 소리가 담 모퉁이로 쫓아가더니, 양쪽으로 늘어선 높은 담에서 메아리가 낭랑하게 울렸다. 그는 모퉁이를 두 번 돌아 몇십 번이나 원푸를 불러서야 앞서가던 원푸를 불러 세웠다.

"어디 가서 당신 소식을 기다리죠?"

"일하는 게 이렇게 급해서야 원." 원푸가 웃었다. "먼저 집으로 돌아가서 잠이나 한숨 자시오! 내일 내가 꼭 연락드리리다."

"내일? 오늘 저녁으로 합시다. 어디에서 기다릴까요?"

"나와 함께 저성네 집으로 가도 괜찮아요."

지순은 난처한 듯 애매한 소리를 냈다. 저성의 집으로 가서 추한 꼬락서니를 보이고 싶지는 않았던 것이다. 이런 종류의 매매는 필경 타락한 짓이고 후안무치한 망나니의 행위이며, 적어도 도둑질과 마찬가지로 장물아비나 패거리 앞에서는 조금 당혹스럽겠지만 이들 외에는 터럭만치도 누설되어서는 안 되는 일이라고 그의 양심이 가르치는 것 같았다. 그의 의중을 알아차린 원푸는 그에게 저성의 집 밖에서 기다리도록 했다.

원푸는 신이 난 듯 잰걸음을 내디뎠다. 지순은 마치 주인에게 얻어맞고 머리를 숙이고 꼬리는 늘어뜨린 채 주인을 따라가는 개처럼 묵묵히 그의 뒤를 따랐다. 깊은 골목에서 들리는 자신의 발자국 소리에 계속 도깨비가 쫓아오는 듯한 의심이 들었다. 그는 두려워서 고개를 돌려보려고 했지만 고개를 돌릴 용기가 나지 않았다. 남의 새까만 대문을 지날 때면, 그의 놀란 눈은 거기에 그를 잡아가려는 무사가 숨어 있다고 알려주었다. 그는 정말 도둑질을 하고 있는 것처럼 몹시 창피하고 한스러웠다. 사람들이 그의 위선을 알아채고 그의 가슴을 갈라 시커먼 심보를 꺼내 많은 사람들에게 보여줄까봐 두려웠다. 그들은 저성의 문 앞에 이르렀다. 원푸가 문을 쾅쾅 두드렸다. 오랜 시간이 지났지만 문은 여전히 고요했다. 원푸는 저성이 이미 잠든 모양이라고 생각하고서, 잠시 돌아갔다가 내일 아침 일찍 다시 오기로 결정했다.

"지순 형! 돌아갑시다! 이미 깊이 잠든 모양이오."

"이상한 일이네. 평소 같으면 아편 침상에 누워 한 시 이전에는 잠이 들지 않는 아편쟁이인데, 오늘 밤은 왜 이렇듯 일찍 잠이 들었을까? 죽은 듯이 말이오?"

"한 번 더 두드려봐요! 혹시 아직 자지 않을지 모르니."

원푸가 다시 온 힘을 다해 몇 번을 두드렸다. 저성 이웃의 작은 집에 사는 사람은 이미 침대에 누웠다가 그들 때문에 잠이 깼다. 마침내 안에서 무슨 소리가 나는 듯했다. 원푸는 다시 한 번 두드리고서 자기의 이름을 알려준 뒤 귀를 기울였다. 신을 끄는 소리가 탁탁거리며 멀리서 가까워졌다. 원푸는 저성임을 알고서 "저성 선생"이라 부르면서 다가갔다.

"원푸요?" 저성이 문을 열면서 물었다. 원푸가 "그래요"라고 대답했다.

"밤이 이렇게 깊었는데, 뭐 하러 왔나? 내일 오지 않고."

"정말 이상하다싶어 당신도 잠이 들었다고 말했지요. 오랫동안 문을 두드렸는데, 아무 기척이 없으면 정말 내일 오려고 했어요."

대문이 쿵하고 열렸다. 지순은 누군가의 지시라도 받는 양 곧장 문틈으로 새어나온 불빛을 따라 어두운 담 그늘에 섰다. 저성은 대문 한가운데 서서 등 뒤의 담 아래 양초를 놓았다. 촛불이 바람을 따라 흔들리면서 어둠 속에 파묻힌 채 깜박거렸는데, 때로 작은 콩만큼 작아지더니 바람에 불려 거의 꺼질 듯했다. 저성은 짧은 후저우(湖州)산 비단옷을 걸쳐 입고 있었으며, 피곤에 젖은 얼굴빛에는 여전히 활기 넘치는 풍채가 남아 있었다. 아마 이것은 그가 아편을 피운 탓일 것이다.

"당신 혼자 온 거야?" 저성이 물었다. 원푸는 우물우물 대꾸하고서 그에게 대문을 닫게 했다.

지순은 담 모퉁이의 그늘에 선 채 그들의 수작을 똑똑히 지켜보았다. 그의 마음은 갈피를 잡을 수 없었다. 어디에 있는지 알 수 없어, 마치 꿈속인 양 흐릿하기만 했다. 저성 집의 대문이 쾅하고 닫힐 때에야 지순은 꿈속에서 뜻밖의 충격을 받는 것만 같았다. 영혼은 마치 절벽에서 떨어져내리듯 아득하고, 무한의 공간에서 마음은 몹시 긴장되었다. 그는 짧지만 무한히 이어진 시간 속에서 얼른 매듭을 짓고 싶었다. 순간 그의 다리가 무거워지더니 불꽃이 뒤꿈치에서 솟구쳐 올랐다. 그는 온몸이 불처럼 뜨거워진 느낌이 들더니, 눈앞에 불꽃이 어지럽게 터졌다. 그제야 자신의 존재를 느꼈다. (누구나 꿈속에서 깨어난 후 자신의 존재를 느끼듯이.) 그는 눈앞에서 신명에 이끌리듯 갑자기 자신의 비열함, 부끄러움, 참회할 길 없는 악행을 깨닫게 되었다. ……그는 확신했다. 그들이 이 대문을 닫고 나면 그의 명예와 생명이 박탈당하고 그는 행복의 범위에서 밀려나 떠돌다가 추위와 배고픔에 시달리고 남들의 침과 욕설을 받으리라는 것을. 이 모든 것은 징조였다. 그는 깊이 무릎을 꿇고서 머리위에서 빛나는 별들에게 절을 올리고, 위대하신 하느님의 큰 능력으로 이미 그릇되어버린 운명을 회복시켜 달라고 기도를 올리고 싶었다.

'난 어디에서부터 참회해야 하나? 저녁의 결정부터? 어제 저녁 돈을 잃었을 때부터? 아! 아무래도 내가 노름에 빠지던 그해부터야! 아마 그해가 내가 타락하던 때였어. 그때 이후로 나는 구제할 길 없는 내리막이었어. 아! 반드시 노름하는 악습을 바로잡아 정당한 일을 해야 해! 아! 나는 내 분수에 맞는 일을 부지런히 해야 해!'

지금은 잘못된 거야! '저당'이라는 이 견딜 수 없는 참극이 내 손으로 연출되었다니. '저당'이라는 혐오스러운 명사가 나의 타락에서 시작되어 나의 순결한 아이들의 어미에게까지 미치다니. 비록 그녀의 남편은 비열하지만.

내가 내일 친구들을 어떻게 대할 것이며, 어떻게 집에 돌아가 그 순결한 아이들을 만난단 말인가? 어떻게 그녀에게 알린단 말인가? 아! '저당', 그것은 생이별과 마찬가지가 아닌가? 내가 아예 그녀를 상품처럼 팔아버리는 게 아니라면 괜찮단 말인가? 아! 십여 년 전 처가에서 버럭 화를 내면서 마누라를 데리고 나와 이곳 풍계로 돌아왔을 때, 장인이 퍼부었던 악독한 예언대로 된 거야. 그래! 그의 딸이 날 따라가면 틀림없이 내가 팔아먹어 끝이 좋지 않으리라고 말했었는데, 이제 입증된 게 아닌가? ……내가 무

슨 말로 장인의 말을 부정한단 말인가? 아!'

'아! 가장 순결한 것은 그래도 아이들이야! 하지만 난 지금 그 애들도 더럽혀버렸어. 그들의 이마에 영원히 마멸되지 않을 낙인을 찍을 터이니, 그들은 나 때문에 영원히 사회에서 버려지고 능욕당하게 되겠지. 이건 영원히 사회에서 쫓겨날 범죄야! 이런 죄악의 죄악은 아마 오직 내 머리를 가르고 스스로 피와 심장을 끄집어내야 참회할 수 있을 거야. 만약 그렇지 않는다면 바다 속에 가라앉아 물고기들의 주린 배를 채우고, 만 길 깊은 연못에 빠져 영원히 빠져나올 수 없는 귀신이 되어도, 나의 죄악의 만분의 일도 씻어내지 못할 거야.'

홀연 검은 그림자가 재빠르게 그의 눈앞을 스치고 지나갔다. 그는 어떤 정령이 참회하는 그의 미욱한 정성을 받아들여 그의 영혼을 구원하고 그의 죄업을 벗겨주는 것인가 의심이 들었다. 그는 눈을 부릅뜨고서 성큼성큼 뒤쫓아 갔는데, 빛을 내뿜는 두 개의 눈이 보였다. 아! 그것은 단지 검은 고양이에 지나지 않았다. 거기에 무슨 정령이 있겠는가? 그는 스스로를 비웃었다. 마치 친구라고 오인하여 큰 소리로 부르면서 달려갔다가 생면부지의 사람에게 무시당하는 바람에 자신의 경솔함을 멋쩍어하고 자신의 어리석음을 조소하듯이. 그는 자신을 조소하는 생각에서 출발하여 방금 전의 참회를 회의했다. 그는 조금 전의 참회를 부정하면서 지금까지의 인생을 긍정하기로 했다.

"맞아! 인생은 즐기는 거야! 돈이 있으면 행복해지고, 돈이 있으면 명예도 따르는 법. 물질의 존재야말로 진실한 존재이고, 정신은 변화무상하여 남을 속이고 우롱하는 환영에 지나지 않아! 예를 들면, 내가 지금 무엇 때문에 어두운 담 그늘에 서있는 거야? 바로 그 더러운 돈 때문이 아닌가? 내가 돈이 없으니 남의 돈을 생각하는 거지. 돈만 있으면 큰소리치면서 거드름을 피울 수 있는 거야. 참회니 죄악이니 하는 따위는 완전히 허튼 소리야! 내가 방금 전에는 뭔가에 씌운 모양이다. 돈이 없는 사람은 모욕을 당하고 고생을 감수해야 하고 추위와 배고픔을 겪어도 싸. 그게 만고불변의 유일한 진리야. 비록 하느님의 권력이라도 깨트릴 수 없는 진리야! 진리가 이렇다면 돈이 없을 때 받는 모욕, 고통, 명예의 추락은 당연한 것 아냐?"

이렇게 생각하자, 그의 정신은 무거운 족쇄를 벗은 것 같았다. 눈앞에 펼쳐진 세상이 정말이지 광활하기 그지없으니, 어딘들 자유로이 날아다니며 마음껏 노래하지 못할까? 이후의 운명을 곰곰이 생각해보니, 벼락감투의 싹이 오늘 밤 담 그늘에 잠시 우두커니 서 있는 가운데에 그 씨를 뿌리는 것이었다. 그는 미래에 돈이 많이 있을 때의 아름다운 삶이 이미 보장된 거와 진배없다고 마음먹었다.

"내가 엄청난 돈을 만지게 된다면 해서는 안 될 일이 뭐란 말인가? 노름, 장사, 투자, 기업. ……어느 것 하나 이익을 취할 수 있는 기회가 아닌가? 그때가 되면 아마 누구나 지금의 쥔칭(俊慶)이나 저성을 부르듯이 나를 나으리라고 부르지 않겠는가?"

"어험! 물렀거라, 순 나으리의 분부를 받들어라! 뭐라고? 내가 순 나으리라는 것을 모른다고? 아하! 읍내 동편의 자오(趙) 나으리가 마작을 하자고 날 오랍신다고? 저리 꺼져! 너희들, 순 나으리께서 시간을 내지 못한다고 전해라. 오늘 저녁에는 현감이 식사를 함께 하고 동부인하여 마작을 하자고 하신다! 자오 나으리 따윈, 난 알지도 못해! 내가 누군 줄 알고! …….”

저성 집의 대문이 열렸다. 원푸가 머리를 끄덕이면서 걸어 나왔다. 촛불빛이 대문 틈으로 새어나와 지순을 환상에서 깨어나게 했다. 저성이 대문을 닫자, 한 줄기 불빛을 그가 거두어가는 바람에 공간은 어둠만 남아 있었다. 등불빛을 따라 나오던 원푸는 바깥이 유독 어두워 아무것도 보이지 않는다는 느낌이 들었다. 자신의 몸을 제외하고는 사방이 그야말로 무한대의 허공이었다.

지순은 의기양양하게 뛰어가 원푸에게 어떻게 되었는지를 물었다. 그의 물음에는 여전히 환상중의 득의에 찬 기개가 남아 있었다.

“아주 잘되었소. 그가 승낙했소.” 원푸가 말했다.

“돈은? 가져오지 않았어요?”

“지금 돈은 거기에 있어. 계약서를 쓰고, 서명하고, 또 날짜를 택해 중개인을 불러야 돈을 받을 수 있지! 세상일이 어디 수월해? 당신이 성지를 내리는 황제도 아닌데, 한 마디만 내뱉으면 당신 말대로 금방 실행되게?”

지순의 마음은 다시 오그라들기 시작했다. 비웃는 것도 같고 욕하는 것 같기도 한 원푸의 몇 마디가 그의 가슴속에서 와들와들 울려 퍼졌다. 환상 속에 득의만만하게 꾸짖던 것이 현실에서 여전히 남아 있는 것 같았는지라, 원푸의 몇 마디 비아냥거림은 그를 견디기 힘들게 만들었다. 그는 원푸가 사람으로 보이지 않았다. 진즉 부자가 되어 현감이 식사하자고 청하고 자오 나으리가 마작을 하자고 불러도 거절하는 순 나으리를 네가 몰라봐? 감히 방자하게 그를 비웃어! 그러나 그는 아직도 비몽사몽간에 물었다.

"얼마에 하기로 했소? 얘기는 끝낸 거요?"

"얼마냐고? 얘기야 끝났지. 내가 얘기했으니 특별히 봐줘 80원으로 했네. 다른 사람이 얘기했으면 60원도 못 받을 거야!"

"얼마라고?" 지순은 자신의 귀가 잘못 들은 게 아닐까 싶어 다시 한 번 되물었다. 80원이라니, 그게 돈이야? 겨우 80원으로 노름은 무슨 돈으로 하고, 장사는? 투자는? ……됐네, 80원이야 돈도 아니지. 정말 믿을 수가 없구먼! 그의 사상누각은 많은 돈 위에 제멋대로 지은 것인데, 뜻밖에도 저당 잡혀 받은 돈이 그 정도로 작은 액수에 지나지 않았던 것이다. 고작 80원이라는 걸 그가 어찌 믿을 수 있겠는가? 틀림없이 잘못 말했거나 잘못 들은 거야. 그래서 그는 다시 한 번 거듭 되물었던 것이다.

"80원이라니까." 원푸는 성가시다는 듯이 다시 대답했다.

"겨우 80?"

"그래, 80." 원푸는 딱 잘라 대꾸했다. "아직도 못 믿겠어? 그것도 내 체면을 보아 20원을 더 준 거라고."

원푸의 모습은 단호하기 그지없었다. 지순은 비로소 이 액수를 분명히 알아들었다. 신기하게도 '80'이란 숫자가 지순을 환상 속에서 끌어내더니, 그의 머리 위에 찬물을 끼얹었다. 그는 어렴풋하나마 조금은 깨달았다. 원푸의 비웃음도 당연하다고 느껴졌다. 그는 자신의 체면 덕에 그나마 20원을 더 받았으니 자기의 공이 크다는 것이었다. 그래서 그는 원푸에게 "미안하오!"라는 한 마디에 "잘 가시오!"라고 덧붙이고는 서로 헤어졌다.

그는 성문을 걸어 나와 3층 술집에 이르렀다. 한밤중에 도취계(倒翠溪)와 자계(赭溪)가 합류하여 졸졸 유장한 음악소리를 내고 있었다. 하현달은 이미 산 위에 둥실 떠올라 있고, 동편 하늘은 회백색 짙은 구름에 뒤덮여 있었다. 짙은 구름 속 사이로 비치는 달빛에 주위의 경물들이 침묵 속에 희미한 윤곽을 드러내고 있었다. 갑자기 한 자락 서풍이 뼈가 시리도록 불어왔다. 그는 몸서리를 쳤다. 그는 두 손을 엇갈려 소매 속에 집어넣어 가슴 앞으로 바짝 당기고 고개를 최대한 숙였다. 수그린 고개가 어깨와 가슴에 파묻혔다. 그의 마음에는 아무런 생각도 떠오르지 않았다. 그는 망설임 없이 자신의 마을로 돌아갔다. 풍계 사람들은 도시 분위기를 풍기는 읍내 사람들과는 비할 바가 아니었다. 시골 사람들은 거나하게 마시고서 진즉 단잠에 빠져 있었다. 개조차도 모두 달게 자고 있었다. 그는 자신의 집 앞에서 대문을 두드렸다. 마누라가 즉시 깨어나 누구냐고 물었다. 그는 잠결에 떨고 있는 아내의 목소리를 듣자 마음속에 불화살을 맞은 듯했다.

그가 희미하게 대꾸하자, 아내가 곧바로 걸어 나와 대문을 열었다. 등잔 기름이 이미 바닥을 드러낸지라, 그녀는 성냥불을 켜서 그의 걸음을 비춰주었다. 그는 이런 집에 그가 살아서는 안 되는 곳이라 여겼다. 특이한 냄새는 아이들의 지린내, 몸의 시큼한 땀냄새, 그리고 냄새를 분간할 수 없는 폐기물의 혼합체로, 정말 역겨웠다.

"어째서 등잔 기름이 한 방울도 없는 거야?" 그는 집안에 땡전 한 푼 없다는 것을 알고 있었지만, 마치 이렇게 하지 않으면 원한을 풀 수 없다는 듯이 거들먹거리며 말했다.

"아기가 젖을 달라는데, 젖이 나오지 않아 애가 울기만 해요. 등불이라도 켜놓고 아기 옆에 앉아 있을 수밖에요. 애가 울다 지쳐 잠든 지 얼마 되지 않아 내가 얼핏 잠이 들었는데, 당신이 온 거예요."

그는 아내의 말도 옳고 행위도 옳지만, 자신의 행위만은 그녀의 기대를 크게 저버렸다고 여겼다. 성냥불이 꺼지자, 그들은 어둠 속에 묻혔다. 그의 마음속은 마치 시뻘건 쇠구슬에 막혀 있는 듯 통증이 극심한지라 뱉어내지 않으면 안 될 것만 같았다. 그의 얼굴은 갑자기 화산 분화구에 가까이 다가간 듯이 뜨거워지다가 다시 갑자기 차가운 깊은 연못에 빠진 것처럼 덜덜 떨렸다. 그의 마음은 십자가에서 사지를 찢어 죽이는 형벌을 받듯이 핏자국이 흥건하고 조각조각 빠개지는 것 같았다.

그의 아내는 이미 침상 위의 해진 이불 위에 드러누워 그녀가 돌아눕는 바람에 깨어난 아기에게 젖을 물렸다. 그는 침대 가장자리에 멍하니 앉은 채 아무 소리도 없이 눈앞의 정경을 떠올렸다.

"환상은 영원히 환상일 뿐. 가난뱅이, 특히 나 같은 노름꾼이 부자가 된다는 건 아마 낙타가 바늘구멍을 지나고 지네가 신발을 신기보다 훨씬 어려운 일이야."

"아! 저당은 무슨 놈의 저당! 난 명예를 희생했어. 아이들의 순결한 명예를. '저당' 잡히기로 마음먹고서 자신의 아내를 — 비록 사랑하는 아내라고 할 순 없지만 — 아이들의 에미를 싼값에 팔아 넘기려 했지. 그 대가로 받은 돈이 고작 80원. 다급한 돈에 미치지도 못하는데. 아! 이 무슨 정신 나간 짓인가, 저당이라니!"

"처자식들, 사랑하는 처자식들은 결국 나의 것이고, 나의 영원한 위로자인데. 실의했을 때의 웃음과 권태롭고 모욕받았을 때의 위안이 모두 그들의 자연스러운 사랑 속에서, 천진스러운 웃음 속에서 나오는, 영원히 마르지 않는 일품이요, 지고무상의 진수성찬일진대. 아! 차라리 나의 목숨을 남에게 내놓을망정 나의 사랑스러운 처자식을 팔 수는 없어. 그들 앞날의 행복을 나의 타락 때문에 모독하고 희생할 수는 없지. 아! 나의 죄악이여! 나의 죄악이여! 나는 하느님께 참회해야 해. 적어도 그들에게는 잘못을 보상해야 해, 적어도 그들을 저버린 행위는 사과해야 마땅해."

이런 생각이 들자, 그는 자신의 몸을 눕혀 천천히 아내의 몸에 다가가 그녀의 얼굴에 여태껏 한 번도 이렇게 살뜰한 적이 없는 입맞춤을 했다. 그녀는 그에게 문을 열어준 이후로 줄곧 자지 않았다. 그의 모습을 바라보면서, 오늘 저녁 그를 찾아온 몇 사람의 거만하면서도 경멸에 찬 얼굴빛으로 미루어 앞으로 며칠간 집에 돌아오지 않으리라 여겼던 터라, 틀림없이 망우헌에서 다 털리고 돌아온 게 틀림없다고 단정했다. 예전처럼 그가 노름에서 돈을 잃고 돌아오면 그를 건드리지 않은 채 자기 스스로 화를 삭이도록 했다. 그런데 지금 그가 이렇게 그녀에게 살갑게 대해주는 것을 보자, 그녀는 오늘 저녁에 두 사람이 그를 찾아왔노라고 말해주었다.

"오늘 저녁 해질 무렵에 두 사람이 당신을 찾아왔었어요. 내가 당신이 집에 지금 없다고 했더니, 내가 당신을 숨겨 놓았다고 사납게 다그치더군요. 당신이 노름판에서 돈을 잃고 망우헌에서 도망쳤다면서, 버티고 눌러앉아 있을 태세였어요. 내가 정말 집에 돌아오지 않았다고 하자 그제야 떠났어요. 하지만 오래지 않아 다시 한번 왔다 갔어요." 그녀는 한참 동안 말을 끊었다. 그의 대답을 기다리는 듯했다. 그는 여전히 한 마디 말도 하지 않았다. 마치 뭔가가 목구멍을 가로막고 있는 듯이. 그녀는 다시 조용히 말을 이었다. "난 당신의 성질을 건드릴까봐 이야기를 꺼내지 않았던 거예요."

"응!" 그는 콧소리로 짤막하게 대꾸할 수밖에 없었다. 그러나 그의 마음은 이미 견딜 수 없을 정도로 고통스러웠다. "실의에 빠졌을 때 누가 그녀처럼 알뜰히 돌봐주고 위로해줄 수 있겠는가? 아! 오늘 밤에는 내가 넋이 나갔던 거야. 원푸에게 부탁해서 교섭한 일을 어떻게 그녀에게 얘기할까? 아! 내가 악귀에게 홀렸던 거야!" 그는 마음이 쓰라렸다. 눈에서 저도 모르게 눈물이 흘러나왔다. 그는 스스로도 이상했다. 그는 평생 눈물을 흘려본 적이 없다고 평소에 호기를 부렸는데, 어째서 오늘 밤에는 이렇게 눈물이 많을 걸까. "눈물샘이 되살아났어! 눈물샘이 터진 거야!"

그의 뜨거운 눈물이 방울방울 그녀의 얼굴위로 굴러 떨어졌다. 그녀의 마음도 몹시 긴장되었다. 그녀는 그의 심정이 지금 그지없이 견디기 어렵다는 걸 알고, 얘기를 꺼낸 자신의 당돌함을 후회했다. 그녀는 어떤 말로도 그를 위로할 수 없었다. 그녀는 가만히 내뱉는 탄식으로 그에 대한 동정을 나타낼 수밖에 없었다.

그들 두 사람의 마음은 하나가 되었다. 그들 사이는 비록 해진 솜이불로 막혀 있었지만, 그들은 가슴과 가슴이 서로 닿아있다는 느낌이 들었다. 그들의 박동하는 두 개의 심장이 서로 살갑게 어루만지고 있었다. 두 알의 루비가 부드러운 플란넬 위에 놓여있는 것보다 훨씬 안온했다. 그는 일체의 고통과 번뇌, 남들에게 받은 모든 모욕과 비웃음, 버림받은 울분을 잊어버렸다. 그는 아늑한 고향에 도취되었다. 그의 마음이 그녀의 마음에 달라붙은 듯, 눈을 감자 그는 기분 좋게 잠에 빠져들었다. 그의 코고는 소리에 그녀는 그가 깊이 잠들었다는 걸 알았다. 그녀는 한 손을 뻗어 그의 목을 바짝 껴안아 이불 속으로 끌어들였다. 몽롱한 중에 잠에서 깨어난 그는 기지개를 펴고 하품을 했다. 온몸의 근육이 죄다 흐물흐물 풀어졌다고 느끼자, 그는 그녀의 옆에 털썩 누웠다. 침대가 정말 너무 좁은지라 그는 제멋대로 비집고 들어갔다. 그의 다리가 이불 속으로 비집고 들어가는 바람에, 다리 밑에서 잠들어 있던 둘째 얘가 깼다. 아이는 비몽사몽간에 애비가 집에 돌아왔는지 어떤지도 알지 못한 채 잠꼬대처럼 "아빠!"를 불렀다. '아빠'라는 소리가 그의 내심에 사뭇 다른 정조를 안겨주는 걸 느꼈다. 저도 모르게 눈물이 다시 눈자위를 타고 흘러내렸다.

1925년 8월 22일

상하이에서

평자황은 후난성(湖南省) 샹인현(湘陰縣) 칭시향(清溪鄉)에서 태어났으며, 별명은 평제황(彭介黃), 필명은 웨이궁(韋公)이다.

문학 활동 초기에는 아동을 위한 동화 창작에 힘썼으며, 1926년 이후 농촌 사회와 농민의 삶에 관심을 갖고 향토소설 창작에 힘썼다. 그의 대표적인 작품으로는 〈산송장(活鬼)〉, 〈종용(慫恿)〉, 〈혼인날(喜期)〉, 〈천쓰데의 소(陳四爹的牛)〉 등이 있다.

이 책에 실린 〈천쓰데의 소〉는 1928년 2월 《문학주보(文學週報)》 제304기에 발표되었다.

펑자황

(彭家煌, 1898~1933)

천쓰뎨의 소 陳四爹的牛

1

돈 많고 땅 있는데다 나이까지 제법 든 사람이라면 소작 수입에 의지하여 반평생 눈앞의 안일을 구할 수도 있겠지만, 천쓰뎨는 그런 사람이 아니었다. 그는 애써 농사지어 집안을 일으키고 온갖 어려움을 마다하지 않았으며, 농사 짓는다는 게 얼마나 고생스러운지를 잘 알고 있었다. 세상은 나날이 나빠져 매년 날은 가물고 일기가 고르지 않아 소작인들은 이를 핑계로 소작료를 내려달라 하니, 그의 재산이 기울지 않을 수 있겠는가? 그래서 집안의 일손이 많지는 않아도 소작을 일부 거두어들이는 대신에, 마음에 드는 황소 한 마리를 사들여 열심히 해볼 요량이었다.

확실히 소는 이리저리 몰면서 일하기에는 아주 뛰어났다. 뼈대도 튼실하고 팔(八) 자 모양의 뿔도 아주 우뚝한데다, 누르스름한 빛깔의 털에 이빨도 가지런한 한창 나이의 소인지라, 열 마지기를 갈아도 끄떡없고 가을이 오면 잡아먹을 수도 있었다.

사람들은 소를 중히 여겼으며, 특히 행복과 장수를 두루 갖춘 실사구시의 천쓰데를 존중했다. 쉰네 살의 나이에도 이렇게 열심히 일하다니! 황소가 거래되는 날, 부러운 마음으로 그의 집에 축하하러 간 사람들은 찬찬히 그 황소를 뜯어보았다. 천쓰데는 정겹게 초막 옆의 우리에서 황소를 끌어내더니, 손으로 소의 엉덩이를 툭툭 쳐서 틀거지를 보여주고 또 채찍으로 소등을 슬쩍 쳐서 소의 위세를 떠보았다.

"어떻소, 속아 사지는 않았지?" 그는 흐뭇한 표정으로 물었다.

"좋은 소네요. 실한데다 몸매까지, 나무랄 데가 없어요!" 모두들 이구동성으로 찬사를 아끼지 않았다.

천쓰데는 기분이 아주 좋았다. 사람들이 떠난 후에도 그는 우리에 한참 동안 서서 멍하니 소를 바라보면 아득한 상념에 빠져들었다. 오륙년 전에도 이런 소를 샀었지. 백여 마지기 논밭을 감당하고도 힘들어하지 않았어. 집안 살림이 날이 갈수록 펴진 것도 다 그 녀석 덕분이었지! 사오 년간 부리다가 나중에 그 녀석을 잡아, 가죽은 9원 넘게 받고 고기는 30여 원에 팔았어. 지금은 이 돈이 남의 손에 있지만, 이자에 이자가 붙어 상당한 액수가 되었을 거야. ……상상에 잠겨 있는 그의 눈앞에 우리 속 그 소의 윤곽이 마치 은막 위의 영상이 스쳐 지나듯 커지더니, 소의 살은 바다물결처럼 세차게 출렁이고 빙글빙글 꼬부랑진 소꼬리는 무수한 황금으로 변했다.

지금 천쓰데는 할 일이 많았지만, 다른 건 차치하고 오직 소에만 매달렸다. 아침저녁으로 녀석을 파르스름한 숲으로 데려가 산보하고 마음에 드는 냇가로 가서 천천히 즐기다가, 틈이 나면 밭가에서 푸른 풀을 뜯어와 밤에 먹을 식량으로 저장했다. 날이 따뜻할 때면 녀석을 대나무숲 그늘진 곳으로 데려가 몸을 씻기고 솔로 녀석의 털을 골라주었으며, 우리가 더럽고 축축하여 위생에 문제가 있을까봐 늘 마른풀로 바꿔주기도 했다. 녀석이 잠들었다가 일어나지 않으면, 병이 들었나 걱정스러워 곧바로 견우성(牽牛星)에게 상황을 알렸다. 저녁에 녀석이 어쩌다가 소리라도 내면 몇 번이고 침대에서 기어 내려왔는데, 녀석이 배가 고파 그러는지 아니면 좀도둑이 들어서 그러는지 걱정스러워서였다.

아내가 말했다. "나이깨나 잡숴 남의 시중을 받아야 할 양반이 고생스럽게 짐승을 받들어 모시니! 아예 소치기를 들이시구랴!"

그는 깜짝 놀라 대꾸했다. "이 사람이 미쳤나, 소치기를 들이게! 소치기는 밥을 안 먹나? 품삯은 안 주어? 생활비를 아껴야 한 마리를 더 사들일 수 있지! 그때 집안을 일으킨 게 다 이렇게 했던 거 아냐?"

"이게 뭐 어때? 난 지금 부끄러울 게 없어!"

"어이구 불쌍한 양반아, 뭘 좀 알고나 말해야지! 요 몇 푼도 아까워서! 품삯은 주지 않고 일만 시키는 법은 없어요!"

"앞쪽의 조그마한, 주싼하(猪三哈)라는 사람이 오지 않았소? 생각나요만, 이 사람 참 불쌍한 사람이야. 밥만 먹여주고 잠만 재워주면 무어든 하겠답니다. 이 나이엔 공덕도 쌓아야지 않겠어요? 그가 내게 여러 번 말합니다. …….."아내가 근심스러운 표정을 지었다.

"쳇, 그 사람이 소 한 마리라도 돌볼 것 같아? 그렇게 패기가 없어서야!" 천쓰뎨는 눈썹을 찌푸린 채 말을 내뱉고는 눈알을 두어 번 굴리더니, 공덕을 쌓는 것도 해야 할 일이라는 생각이 들었다. 그에게는 자식이 하나도 없지 않은가. 그래서 억지로 대꾸했다. "먹고 자는 것만 해결해준다면 일을 시켜보지 뭐. 난 오히려 그 녀석이 우리 소를 망쳐버릴까 걱정이야."

"그럴 리는 없을 거예요. 그가 무능한 걸 당신이 그냥 내버려 두겠어요?"

2

주싼하의 본명은 주한하이(周涵海)인데, 여러 가지 이유로 사람들의 입에 오르내린 끝에 '주싼하'라는 이름이 본명 외에 더해졌다. 그는 땅딸막한 몸집을 지니고 있었다. 동글동글 복스러운 얼굴에 늘 웃음을 띤, 눈꺼풀이 두꺼워 약간은 부어 보이는 눈으로 사람들과 이야기를 나눌 때면, 귀신할멈이 데리고 다니는, 늘상 꼬리를 흔드는 발바리의 분위기를 풍겼다. 그는 아마 장발적의 후예인지도 모른다. 어지러이 헝클어진 머리카락은 머리끝에서 뱅글뱅글 돌아내려 눈썹을 뒤덮었다. 멀리서 그를 보면 마치 썩은 쇠똥더미처럼 보였다. 그러나 한하이는 필경 한하이였으며, 온화하고도 껄껄 웃는 웃음소리를 지니고 있었다. 그는 계진(谿鎭)에 몇 마지기 옥답과 대여섯 칸짜리 기와집을 갖고 있고, 그보다는 예쁜 아내를 맞아 자급자족했는지라 천쓰데의 소치기 노릇을 할 필요가 없었다.

근처에 저우파오피(周拋皮)라는 사람이 있었는데, 성이 같다는 이유로 자주 왕래했다. 이럭저럭 오고가는 사이에 '한하이의 아내가 재주 있다'느니 '한하이의 아내가 지혜롭다'는 말이 한하이의 아내에게 붙여졌다. 한하이는 농사일에 정신이 없어 흙탕물에서 하루를 보냈다. 이리하여 풍파가 그의 집에 불어닥치기 시작했다. 이때부터 한하이의 아내는 못된 버릇에 물들더니 걸핏하면 성질을 냈다. 한하이는 도저히 그녀의 비위를 맞출 수가 없었다. 그녀는 늘 그에게 욕설을 퍼부었으며, 잔과 접시, 그릇이 아무 까닭 없이 그녀의 손에서 날아가 우당탕 깨졌다. 특히 그가 저녁에 막 잠이 들면, 말도 되지 않는 구실을 들어 걸핏하면 떠들썩하게 포악을 부렸다.

"너 이 썩을 놈아! 더러운 냄새나는 몸뚱이를 강물 속에 처박아 콱 죽어버리기나 할 것이지, 게으름뱅이야! 네 꼬라지로 침상에 오르는 게 가당키나 해! 꺼져, 꺼지라고! 어서 내 눈앞에서 꺼져버려! ……."

한하이는 그의 아내가 아주 마음에 들었는지라 무슨 일이든 그녀를 살갑게 대했다. 특히 그녀가 자기를 위해 밥을 짓고 빨래해주는 것을 고마워했다. 평소 저녁에 그녀에게 욕을 먹고 야단을 맞아도 그는 당해도 싸다고 여기는 듯했는데, 심지어 두세 시간 침상 발판에 꿇어앉는 것은 예사이고, 드물긴 해도 아예 침상에 올라가지 못하기도 했다. 이젠 자기가 아내에게 무슨 잘못을 저질

렸나, 그녀의 마음을 상하게 한 일이 있나, 무조건 용서를 빌고 자신을 나무랐으며, 침대가에 엎드려 연신 자신의 뺨을 내리치면서 정성껏 애원했다. 하지만 침상에서는 퍽퍽 소리만 날 뿐 아무 효험이 없다는 걸 그는 알고 있었다. 그래서 그는 시뻘게진 얼굴로 방을 나와 다시 한 번 손과 발을 씻고 옷을 털었으며, 목욕을 하기도 했다. 그러고선 낟알을 훔치는 참새마냥 살금살금 방으로 들어가 기척을 살핀 다음, 침상으로 기어들어 가고 싶은 마음에 입으로 조심스럽게 온힘을 다해 미안하다면서 애걸했다. 하지만 침상에는 여전히 우당탕 하는 소리에 싸움터와 같은 살기로 가득 차 있는지라, 그는 이러지도 저러지도 못한 채 딱하기 그지없었다. 한참 동안 잠잠하다가 성지가 내렸다. "여기서 귀찮게 좀 하지마, 더러운 놈아! 마누라 성질 건드렸다간 콱—." 그는 아내가 몹시 화가 나 있다는 걸 다시금 깨달았다. 그는 자신이 무얼 잘못했는지, 어떻게 해야 속죄할 수 있는지 알 길이 없었다. 여차하면 아내의 화만 돋울 게 뻔한지라 애를 태우면서 물러나 한참 동안 곰곰이 생각해보고서야 달리 잠을 자야겠다는 생각이 들었다. 설사 그녀가 은전을 베풀어줄 때도 있지만, 침상에 올라간 후 그는 침대에 못 박힌 듯 꿈적도 하지 못했다.

이후 형세는 더욱 악화되었다. 매일 일을 마치고 돌아오면 밥상에 차려진 것은 먹다 남은 밥과 국뿐이었다. 부엌 안은 썰렁하기만 했다. 더러운 옷을 벗고 나면 썩은 냄새가 나든 말든 누가 뭐라는 사람이 없었다. 그는 아내가 병이 들었나보다고 여겼다. 그녀가 축 늘어진 채 언짢아하거나 원망스러운 듯 침상에 누워 있는 모습을 볼 때마다, 그는 넋을 잃은 듯 마음이 쓰라렸다. 정성껏 그녀의 시중을 들면서도 그는 끝내 그녀에게 무슨 일인지 묻지 못했다.

이웃 사이에 아내에 관한 소문이 차츰 퍼져나갔다. 그는 모르는 체하면서 자기에게는 논밭도 있고 집도 있는데, 파오피와 같은 가난뱅이를 아내가 좋아할 턱이 없다고 자신했다. 그렇긴 해도 파오피는 그보다 잘생겼고 체격도 훨씬 컸다. 누군가 그에게 슬쩍 말해주었다. "어이, 듣자하니 파오피가 어제 자네 집에서……." 그는 대꾸했다. "설마?" 그러자 옆에 있던 사람이 발끈 화를 냈다. "설마라니! 머리는 뒀다 어디 쓰나, 멍청이!"

"멍청이!" 그는 정신이 확 들었다. 요즘 그를 대하는 아내의 모습과 늘 그의 집에 놀러와 공짜밥을 먹으면서 어깨를 으쓱거리던 파오피가 떠올랐다. 이리하여 울적함이 그를 뒤덮었다. 그는 이모저모 해결의 실마리를 찾아 단숨에 아내를 되찾아오고 파오피를 쫓아내고 싶었다. 그는 자주 논밭에서 일하다말고 집에 돌아오거나 먼 곳에 다녀온다는 핑계로 나갔다가 도중에 돌아오기도 해보았지만, 한 번도 현장을 발견하지는 못했다.

옥산묘(玉山廟)의 마을축제가 열리던 날, 계진의 남녀노소 모두가 구경을 나갔다. 그도 따라 나갔다. 도중에 그는 희미하게나마 아는 이들이 그의 뒷전에서 비웃는 소리를 들었다. "정말 미련한 돼지 같은 자식. 제 마누라가 바람을 피우는데 무슨 낯짝으로 구경을 나와!" 그는 많은 사람들이 그를 경멸하는 모습을 보자 기분이 울적하여 돌아오고 말았다. 그가 아내의 방을 지나갈 때 방 안에서 듣기 거북한 소리가 들려왔다. 그는 깜짝 놀라 허둥지둥 창틈으로 엿보았다. "퉤, 이번에는 나에게 꼬리가 잡혔군. 빌어먹을, 정식 부부도 이렇진 않은데, 이거 기가 콱 막히는구먼!" 잠자코 씨근거리고 있자니 화가 치밀어 뜨거운 피가 거꾸로 흐르는 것 같았다. 그는 손 가는 대로 멜대를 빼들고서 이를 악문 채 비호처럼 문을 열어젖히고서 뛰어들었다. 그러나 두 년 놈은 이미 침대에서 내려와 있었는데, 벌거벗은 아내는 두 손을 벌린 채 몸으로 피파오를 가리고 있었다. 그의 멜대가 내리치는 순간 그녀가 한 손으로 막으면서 암컷 호랑이처럼 그의 앞으로 튀어 올랐다. "왜? 무엇 때문에? 날 때려죽여, 날 때려죽여라!" 그녀는 그에게 달려들자마자 울음을 터뜨리고 울부짖기 시작했다. "양심도 없는 이놈아, 주제를 모르는 이놈아! 네가 뭔데? 너하곤 못 살아! 못 살아!"

이렇게 나오자 놀란 사람은 오히려 그였다. 그는 여태껏 아내가 이렇게 우는 걸 본 적이 없었다. 자신의 노기는 그녀의 위세에 눌리고 그녀의 육체에 마취되었으며, 그녀가 말한 '양심'에 정복되고 말았다. 자신의 모습이 파오피를 따라갈 수 없고 기력도 그를 상대하지 못할 것이라 그는 여겼다. 지난 두세 해 동안 어떻게 그녀의 남편 노릇을 했는지 알 수 없었다. 정말 꿈을 꾸었던 거야, 정말 그녀를 억울하게 만들었던 거야. 그녀와 파오피는 정말 잘 어울리는 한 짝이다. 그는 그들 어느 누구보다 나은 게 없다. 그도 그녀의 이전의 좋은 점을 잊지 못할 것이다. 이 멜대로 후려친다면 원수 같은 놈은 때리지도 못한 채 그녀의 여린 살은 뭉그러지고 피가 어지러이 날릴 테지. 비참한 음성은 점점 가늘어지고 차츰 고요해져, 방 안에는 눈같이 희고 아름다운 시체만 남게 되겠지. 이 모든 건 그의 무자비한 행위 때문이겠지. 그가 더 살아야 무슨 의미가 있겠는가……. 영화와 같은 한 장면 한 장면이 그의 의식 속에 펼쳐졌다. 그의 영혼은 어둡고 아득한 바다 속에 빠져 물결을 따라 이리저리 떠도는 것만 같았다. 얼굴이 창백해지고 눈물이 방울방울 빛났다. 온몸이 부들부들 떨리더니 마침낸 손에 든 멜대가 툭 떨어졌다. 그는 머리가 핑 돌더니 땅바닥에 쓰러지고 말았다.

이 이후로 그는 다시는 무력으로 이 일을 해결할 용기도, 그럴 생각도 나지 않았다. 아내의 행위는 당연했다. 그는 자신을 책망하고 아내의 평판에 만전을 기했다. 그는 늘 짓던 환한 얼굴을 거두고 껄껄 웃던 웃음을 감추었다. 누군가 그를 "한하이, 한하이" 라고 부르면, 마치 부모상을 당한 듯 얼굴을 찌푸린 채 머리만 끄덕일 뿐이었다. 누군가 그를 "어이, 왜 그래, 벙어리가 되었나? 말을 안 하게!"라고 놀려도 역시 마찬가지였다. "어이, 저우한하이, 주싼하로 변했나 보지? 하, 하, 하. 주싼하. 소리내어 읽어보니 그래도 우렁차고 시원하구먼!" 그는 그래도 마치 못들은 체 마찬가지였다. 심지어 아이들이 대담하게 그를 놀려도 그는 마찬가지로 대거리하지 않았다. 어떤 잘못이든 모두 그 자신의 잘못이었다!

이렇게 하여 '주싼하'라는 세 글자가 전해졌으며, 그의 출신을 모르는 사람들도 모두들 그를 '주싼하'라 불렀다. 부르다보니 입에서 술술 나오고 귀에 익은데다, 백가성(百家姓)에 뉴(牛) 씨가 있으니 그의 성이 주(猪) 씨라고 해도 틀릴 리 없으리라고 여겼다. 이리하여 처음에는 '저우한하이'와 '주산하'가 막상막하였으나, 마침내 '저우한하이'가 패하여 사라지고 '주싼하'만이 세상에 남아 영웅으로 자처하게 되었던 것이다!

'주싼하'라는 칭호는 오래지 않아 사람들의 구미에 맞지 않았던 듯 '헤이장더우(黑醬豆, 검은 된장콩)'로 크게 바뀌는 추세를 보였다. 그는 아내를 잃었을 뿐만 아니라 재산도 잃었다. 그는 집에 돌아가도 자신의 방에 묵을 수도, 자기 밥을 먹을 수도 없었다. 아내와 파오피가 그를 을러댄 탓도 있겠지만, 그가 그런 일로 그들과 맞서기를 바라지 않았기 때문이다. 처음에는 날품을 팔아 한두 끼니 허기를 달래더니, 끝내는 우울과 병치레, 기침으로 인해 몸이 나날이 허약해졌다. 그는 그야말로 영혼을 잃은 바보, 멍청이가 되었다. 이렇게 되자 일할 수 있도록 그를 돌봐주는 이가 아무도 없게 되었다. 그는 떠돌아다니면서 추위와 굶주림에 시달렸으며, 머리도 빗지 않고 얼굴도 씻지 않아 온몸에서 소똥 같은 역겨운 냄새가 풍겼다. 그래도 사람들은 그의 예상과 달리 그에게 '헤이장더우'라는 존칭을 붙여주었다. 이렇게 의욕을 잃은 채 영락하는 건 옳지 않은 일이지만, 몸이 망가져 큰일은 할 수 없는 터라 남의 소를 치는 게 오래도록 바라온 꿈이었다. 세상에 소야 많이 있지만, 그 누가 그에게 보살피라고 맡기겠는가! 그런데 지금 천쓰데가 소 한 마리를 사더니 소치기를 해보겠느냐며 공식적으로 그에게 손을 내밀었으니, 이거야말로 운이 트인 것이다.

3

천쓰데의 소는 오로지 주싼하를 위해 마련해놓은 듯했다. 주싼하가 일하러 간 그날, 그는 엄숙하게 훈계를 늘어놓았다.

"주싼하, 넌 나 아니면 남의 집에서 밥 한 끼를 얻어먹고 남의 집 처마에서 하룻밤 몸을 누일 생각은 아예 하질 말아야 해. 알겠어? 이제 소를 치라고 네게 맡기는데, 이건 널 존중해주는 거야. 봐라, 누가 너에게 이런 일을 맡기겠어? 어쨌거나 부지런히 일해야 해. 이전처럼 게으름이나 피우고 여기저기 쏘다녀서는 안 돼, 알았어? 요즘 물가가 많이 오른 판에 누가 밥 먹여주고 잠 재워주나? 내가 미리 똑똑히 말해주니, 알아들었지?"

"히, 히, 힛. 네, 네, 네!" 주싼하는 활짝 웃으면서 대답했다. 주름이 져서 눈과 코조차 구분할 수 없는 비쩍 마른 낯가죽에 '예부터 지금껏 있어본 적이 없는' 미소가 떠올랐다.

"그놈의 '히, 히, 힛. 네, 네, 네' 소리! 네가 지켜야 할 약속 세 가지를 알려주마. 매일 아침 일찍 일어나 소를 산으로 끌고 가서 풀밭을 고르되 푸른 풀이 많은 곳을 골라야 한다. 이게 첫 번째야. 하이, 하이, 하이! 소를 칠 땐 말이야, 두 눈으로 소를 잘 지켜봐야 돼. 어떤 풀은 소가 좋아하고, 어떤 풀은 소가 싫어하거든. 너는 소의 뜻을 따라 소가 가는 대로 가면 돼. 소 끈을 붙든 채 꼼짝도 하지 않고 들판 구경만 해서는 안 돼! 이렇게 해서야 무슨 소를 치겠어! 하이, 하이. 이게 두 번째야. 열시가 넘어 일꾼들이 돌아와 쉴 때, 너도 소를 끌고 돌아오는데, 소가 배불리

먹었는지 잘 살펴야 해. 소는 배가 크니까 많이 먹어야겠지, 그렇지? 오후 4시가 되면 다시 끌고 나갔다가 어둑어둑해지면 돌아오너라. 이게 세 번째야. 하이, 하이, 하이! 한 가지 더 있어. 때맞추어 소 우리 풀을 갈아주고 물을 먹이고, 틈나는 대로 꼴을 베고 바쁠 때엔 일꾼들을 도와 밭일도 해야 해. 요컨대 살아있는 사람이라면 남이 시키기를 기다리지 말고 보이는 족족 해치우란 말이야, 알겠어? 하이, 하이, 하이!"

"네, 네, 네. 할 수 있고 말고요. 소를 잘 칠게요. 네, 네. ……뭐든 보이는 족족 할게요." 주싼하는 기억력이 좋지 않은지라 땀을 한바탕 뻘뻘 흘리고서야 말뜻을 단단히 기억한 끝에 그런대로 갖추어 대답했다.

"보자, 너에게 당부할 일이 더 있나 없나……. 아, 몸을 깨끗이 씻고, 저녁에는 곁채의 좁은 침상에서 자거라. 거기에는 돗자리에 겹이불이 있고 벌써 3월이니, 그리 춥지는 않을 게야. 앞으로 소를 잘 치면 솜바지와 솜저고리도 지어주마!"

"히, 히, 힛!" 주싼하는 기뻐서 눈을 뜰 수가 없었다.

주싼하는 정말 정성껏 소를 돌보았으며, 매일 일찍 일어나 늦게 잠들 때까지 콩가루를 빻고 소똥을 치우고 밭가에서 꼴을 베는 등 천쓰데가 신경 쓸 필요가 없었다. 농사일이 바쁠 때에는 일꾼들과 이 일 저 일 가리지 않고 일하는지라, 천쓰데가 이러쿵저러쿵 말할 게 없었다. 주싼하는 여전히 비쩍 마르고 더러웠지만, 황소는 나날이 살지고 털빛도 깨끗했다. 주싼하가 소를 끌고 나가고 들어올 때마다 천쓰데는 늘 소가 지나는 길가에 서서 찬찬히 살펴보다가 살진 얼굴에 기쁨의 미소를 지었다. 그는 달리 할 말이 없는지라 이렇게 말할 뿐이었다. "주싼하, 왜 소 몸에 이가 아직도 있지? 한동안 솔질하지 않았구먼!" 주싼하는 자기 몸에도 이가 있다는 걸 깨달았지만, 자기 몸의 가려움을 살필 겨를도 없이 재빨리 소를 솔질해주었다. 이리하여 천쓰데는 또 할 말이 없게 되었다. 그는 다시 한 번 집안을 일으키는 꿈에 부풀었다. 이 소가 가을이 되면 이백여 근은 나가겠지? 26원에 사들였는데, 지금은 30원 이상에 팔 수 있고, 가을에는 40원 넘게 받을 수 있을 거야. 이 소는 더욱 자랄 테니, 팔라 해도 팔지 않고 도살하라 해도 도살하지 않고 이태를 기른 다음에 보자고! 아마 이 년 뒤에는 소값이 더 오를 테니……. 남들이 올 때면 그는 의기양양하게 슬쩍 떠보기도 했다.

"어떻소, 당신 보기에. 처음에 사들였을 때에 비해 어때요?"

"좋네요. 이전보다 훨씬 튼튼해졌네요. 실한데다 몸매까지 나무랄 데가 없어요!" 사람들은 더욱 칭찬을 아끼지 않았다.

주싼하는 기분이 좋았다. 비록 천쓰데에게 칭찬을 받은 적도, 사람들에게 칭찬을 받은 적도 없었지만, 어쨌든 소는 그가 돌보고 있으니 99퍼센트는 천쓰데의 복이라 해도 1퍼센트는 그의 덕분이라 여겼다. 이제 우쭐대고 싶었다. 직업도 갖게 되었으니 더욱 노력하자. 더욱 노력하여 천쓰데가 부자가 되기를 바랐다. 천쓰데가 부자가 되도록 도우면, 천쓰데는 자식이 하나도 없으니 그에게 좋은 옷을 입히고 맛있는 음식을 먹이고, 안채에서 재우고, 심지어 그에게 아내를, 피파오가 차지한 아내보다 훨씬 예쁜 아내를 얻어줄 것이고, 나아가 백 년 후에는 천쓰뎨의 모든 재산을 그가 물려받게 될 것이다. 이렇게까지는 되지 않더라도 천쓰뎨가 부자가 되면 적어도 좀 더 나은 대우를 받을 수 있을 것이다. 소가 천쓰뎨에게, 그리고 사람들에게 칭찬을 받을 때에 그는 좀 더 깨끗한 옷을 입혀달라고 천쓰뎨에게 말하고 싶었다. 그러나 그가 천쓰뎨가 큰 부자가 되도록 도운 게 없는지라 생각을 바꾸어 먹고서 끝내 아무 말도 하지 못했다. 그가 먹는 것, 자는 것 모두 천쓰뎨의 것이었으니까.

4

주싼하는 행운이 찾아오기를 고대했지만, 행운은 멀리 그를 피했다. 스스로는 직업이 있다고 거들먹거렸지만, 머리도 빗지 않고 얼굴도 씻지 않아 후줄근한 그의 모습에 아이들조차도 그의 의기양양함을 알아채지 못했다. 그에 대한 사람들의 존칭은 여전히 혐오스러운 것이었으며, 여전히 그를 '헤이장더우'로 받들어 모셨다.

그가 소를 끌고 문을 나선 후 길에서 누군가를 만날 때마다, '헤이(黑)' '장(醬)' '더우(豆)'와 관련된 소리가 그의 귓가에 전해졌다. 이제 그는 거들먹거리기 시작한지라 누구도 두렵지 않았고, 이전처럼 고분고분하고 싶지 않았다. 비록 그는 천쓰뎨의 소치기이지만, 천쓰뎨는 계진(谿鎭)의 손꼽히는 인물이다. 세력이 크니 그 집의 소치기도 세력이 큰 게 당연하다. 그래서 그는 상대를 가늠해보면서 목구멍 속으로 낮게 투덜거렸다. “네미 양배추.” 남이 듣든 말든 그는 늘 화를 내면서 승리했다고 생각했다. 승리한 후, 남들이 그의 앞에서 ‘검은 구름’이나 ‘진창’이라고 ‘헤이’나 ‘장’과 관련된 말만 꺼내도, 그는 “네미 양배추”라고 욕설을 해댔다.

언젠가 한번, “네미 양배추”가 남의 반박을 받았다. 그 말은 어지러이 흐트러진 그의 머리카락과 같은 거라고 반박했던 것이다. 그러자 이 이후로 그를 업신여기는 사람이 있으면 방침을 바꾸어, 소를 나무에 묶어놓고서 몽둥이를 손에 들고서 휘두르거나 권법술을 선보여 위세를 보이곤 했다. 이는 아마 그의 몸이 허약하여 정신질환에 걸린 탓이리라. 그는 여태껏 이처럼 추한 꼴을 보인 적이 없었다. 이런 행위는 아이들이야 놀라게 하겠지만, 어른들은 볼수록 더욱 재미있어 하고 웃음을 터뜨렸다. 그래서 더욱 그를 놀리고 비웃어 대놓고 “헤이장더우” “헤이장더우”라고 힘차게 불렀다. 이렇게 되자 그는 더욱 기가 막혀 죽을 지경이었다. 그래서 그는 아예 입을 다문 채 씩씩 분을 삼키면서 소를 다른 곳으로 끌고 갔다. 대처하기 고약한 일을 또 만나면 소를 끌고 또 다른 곳으로 갔다. 언젠가 이런 이유로 인해 그가 집에 돌아왔을 때 소의 배는 홀쭉해져 있었다. 이게 천쓰데의 눈을 피해갈 수는 없었다.

“네 그릇, 네 그릇이야. 잘 기억해둬. 네 배는 부르겠지만, 소 배는 홀쭉하다는 게 생각나니? 소는 수십 마지기 밭을 갈 수 있지만, 넌 무얼 할 수 있니? 소도 살아 있는 거야! 네가 배고픈 걸 알 듯이, 소도 알아. 참말로 더럽게 말 안 듣는 돼지 같은 자식아!" 주싼하가 밥을 먹을 때, 그 앞에 한참 동안 서 있던 천쓰뎨가 밥그릇을 세어가면서 욕설을 퍼부었던 것이다.

주싼하는 땀을 삐질삐질 흘리면서 고개를 푹 숙인 채 한 마디 말이 없었다. 밥이 입안에 남아 있어 다른 일 하느라 입이 바빴던 것이다. 밭가에서 꼴을 많이 베어 자신의 잘못을 벌충할 작정이었는지도 모른다. 하지만 천쓰뎨는 소의 배가 푹 꺼져 있던 일을 영원히 잊지 못했으며, 주싼하의 배가 불룩한 꼴 또한 차마 볼 수 없었다. 그는 소가 꼴을 먹는 게 물론 보기 좋았고, 주싼하가 밥 먹는 것도 보기 좋았다.

"밥이란 건 말야, 한 사람이 두 그릇이면 충분해. 술은 총명한 사람을 취하게 하고, 밥은 멍청한 낙타를 배불러 죽게 만든다고 하지. 그래서 네가 똘똘하지 못한 거야. 맨날 밥만 처먹어대니! 가난뱅이는 뱃가죽이 커서 먹을수록 배가 고프고 먹을수록 가난해지지! 지당한 이치야! 하이, 하이! 나 같은 사람이 설마 먹고 싶지 않아서, 설마 먹을 게 없어서 그러겠어? 멍청한 낙타처럼 죽고 싶지 않아서야! 그래서 하는 말인데, 하이, 하이, 하이! 많이 먹는 건 좋지 않아!" 천쓰뎨는 자신의 멋진 의론을 펼치면서 주싼하를 뚫어져라 쳐다보았다.

"네, 네, 네, 히, 힛!" 주싼하는 땀을 줄줄 흘리면서 대답했다. 두 그릇이 넘을까봐 입으로 꼼꼼하게 씹었는데, 씹을수록 맛있었다. 비록 두 그릇밖에 먹지 못해 배가 좀 고프긴 했지만,복 있는 사람의 말은 믿을 만했다.

이때부터 주싼하는 뱃속이 텅 빈 채로 소를 끌고 밖으로 나갔다. 배가 너무 고프면 자주 고구마를 캐서 허기를 달랬는데, 고구마를 먹다보니 자주 설사를 했다. 설사하는 횟수가 많아지자 몸이 쪼그라들어 콩만 해졌다. 그 바람에 외부의 경멸도 분분해졌다.

어느 날 오후 그는 황소를 데리고 산으로 갔는데, 뜻밖에도 맞은편 산에도 두 명의 소치기가 있었다. 그들은 주싼하를 보자 소리 높여 욕하는 노래를 부르기 시작했다.

"건너편 산 위에 — 아흐 — 검은 된장콩(헤이장더우)이 있는데, 가져다가 — 아흐 — 개에게 먹이고 싶네. 건너편 산 위에 — 아흐 — 멍청이 돼지 한 마리가 있는데, 황소를 핥네. 그놈의 똥 묻은 엉덩이를."

노래를 듣던 주싼하는 토할 듯이 씩씩 헐떡였다. 욕하는 노래는 힘찬데다, 목소리는 크고 날카로우며 압운도 되어 있었다. 그의 뱃가죽이 텅 빈지라 힘차기는커녕 입도 달싹 할 수 없는 형편이니 압운이야 말할 나위가 있겠는가? 그래서 처음에는 "네미 양배추" 혹은 "손자뻘밖에 안 되는 자식"이라고 욕설을 퍼부었다. 하지만 목소리가 전해지지 않아 스스로를 욕하는 꼴이었다. 그래서 그는 주먹을 휘두르거나 뛰어오르는 등, 위세를 보이는 갖가지 모습을 해보였다. 그러나 이런 조롱과 장난은 그들의 비웃음을 크게 샀다. 이리하여 그는 소를 내팽개치고 비호처럼 산을 뛰어 내려갔다. 저쪽의 두 소치기 가운데 하나는 파오피의 소를 치는 녀석으로, 그는 그 소뿐만 아니라 그 아이도 잘 알고 있었다. 그래서 그가 모든 걸 아랑곳하지 않은 채 쫓아갔던 것이다. 그러나 그가 맞은편 산위에 이르렀을 때, 그 두 아이는 다른 산 위에서 욕하는 노래를 다시 부르기 시작했다.

"오동나무 위는 — 아호 — 더위 식히기에 좋은데
맞은편 꼬맹이는 — 아호 — 마누라가 없다네!
나는 삼사 년에 — 아호 — 몇 명을 얻는데
랄라랄라 — 아호 — 네 마누라를 맞아들이리."

이건 정말 주싼하의 마음속 깊은 곳에 욕설을 퍼붓는 것이었다. 지난날의 비애가 마음속에 맴돌았다. 화가 치민 그는 거의 쓰러질 듯했다. 그는 울상을 지은 채 헉헉거리면서 노랫소리가 들려오는 곳으로 쫓아갔다. 어질어질하여 길의 높낮이도 알지 못하고, 산에 가시가 있는지 없는지도 알지 못하여, 그는 미끄러져 넘어지고 손발이 가시에 찔려 터졌지만, 그래도 용감하게 앞으로 쫓아갔다. 하지만 그가 저쪽 산으로 쫓아 올라가면, 그 두 아이들은 다른 쪽 산 위에 올라가서 욕을 퍼부었다.

"맞은편 꼬맹이는 — 아호 — 쬐그만한데
내 손자 아니면 — 아호 — 내 새끼라네.
맞은편 꼬맹이는 — 아호 — 헐떡헐떡 달리는데,
난 니 에미와 — 아호 — 재미를 보았다네."

주싼하는 가슴을 후벼파는 노랫소리를 들으면서 낭떠러지로 겹겹이 가로막힌 산골짜기를 바라보았다. 마음속으로는 더 쫓아가고 싶었지만, 몸이 정말 허약해진 탓인지 온몸이 덜컹덜컹 비명을 질러댔다. 손과 발은 금이 갈라지듯 여기저기 가시에 찔려 핏자국이 얼룩덜룩했다. 그는 기가 꺾이고 말았다. 불현듯 소가 떠올랐다. 그는 곧바로 녀석들을 포기하고서 저주와 증오를 품은 채 피눈물을 뿌리면서 아득한 원래의 산으로 걸어갔다. 온갖 처량함이 그를 공격하고 있을 때에, 멀리서 조롱하는 노랫소리가 희미하게 들려왔다. "노래 있어 가더니 노래 없이 돌아가누나…….

간신히 원래의 산으로 꺾어들었는데, 눈을 부릅 떠보아도 황소가 보이지 않았다. 이리저리 살펴보아도 여전히 보이지 않았다. 그는 당황스러웠다. 이미 해가 서쪽으로 질 때인데, 설마 소가 배불리 먹고 스스로 집에 돌아갔단 말인가? 그는 몰래 뛰어 돌아가 살펴보았지만, 소 외양간은 텅 비어 있었다. 다행히 천쓰데가 그를 보지 못했기에 그는 얼른 산으로 달려왔다. 산골짜기를 뚫고 산속평지를 지나 '누렁아, 누렁아'하고 외쳤지만, 종적이 묘연했다. 깊은 산속은 점점 어둠으로 뒤덮이고, 하늘에 별들이 차츰 반짝였다. 갈대밭에서는 소의 비명소리가 들려오는 듯, 표범의 포효소리가 들려오는 듯했다. 주싼하는 절망과 두려움에 빠진 채 산을 내려와 들판과 강가에 이르렀다. 그는 슬픔 속에 걸음을 망설였다.

"제기랄, 돌아가 말해야지! 아! 하지만 천쓰데가 그 소를 얼마나 아꼈는데! 평소라면 몇 마디 욕을 먹고 말겠지만, 지금 빈손으로 돌아가면 틀림없이 날 죽이려 할 텐데. 돌아가지 말까! 저기에서 밤을 지새면, 내일 무슨 낯으로 사람들을 만나나! 날이 추워졌는데, 밤이 깊으면 춥지 않을까? 내가 몸이 약해 기침도 하고 배도 고파 죽겠으니 어떻게 한담? 만약 소가 건재하기만 하면 내일 찾아내더라도 천쓰데를 만날 수 있지. 한 바탕 욕을 듣고 몇 대 두들겨 맞고 말겠지. 혹시 날 자를지도 모르지. 하지만 황소의 구슬픈 소리가 몇 번 들리는 것 같으니, 조금이라도 잘못되는 날에는!"

주싼하는 이리저리 생각해보았지만 끝내 뾰족한 수가 생각나지 않았다. 밤이 깊어지자 그는 배고픔을 꾹 참은 채 두 손으로 몸을 꼭 안고서 한 걸음 한 걸음 천쓰뎨의 집으로 다가갔다. 대문 앞에서 귀를 기울여 들어보니, 천쓰뎨가 대청 위에 다리를 뻗고서 가슴을 치면서 아내에게 욕을 퍼붓고 있었다.

"내가 진즉 교활한 도둑놈 새끼라고 의심했었어. 믿을 수 없다고. 그런데 빌어먹을, 당신이 기어이 그를 거두자고 했지. 잘했어, 잘했어. 오늘 그 자식이 소를 끌고 도망쳐 이때까지 돌아오지 않으니. 사람들에게 찾으러 가자고 부탁하려 해도, 날은 저물었지 밤은 깊어 어디로 찾으러 간단 말이야. 이게 다 죽일 놈의 여편네가 내 일을 망친 거야. 하이, 하이, 하이! 내일 만약 소가 이곳에 있다 해도, 주싼하 이 녀석을 용서하지 않을 거야. 만약 소가 보이지 않는다면, 그 교활한 도둑놈 새끼를 찾아내 가만 두지 않을 거야. …….”

욕을 들으면서 주싼하는 온 신경이 점점 죄어들었다. 그는 벌벌 떨면서 두 손으로 몸을 꽉 감싼 채 한 걸음 한 걸음 걸었다. 이리저리 걷다보니 자기도 모르게 자기 집 문 앞에 와 있었다. 그는 가슴이 뛰었다. 아내가 지금 어떻게 되었을지, 파오피와 사이가 좋은지 어떤지, 그녀의 마음속에 나 저우 아무개가 아직도 남아 있는지 궁금했다. 그는 겸연쩍어 머뭇거리면서 문으로 다가가 도둑처럼 몰래 살폈다. 안에서 웃음소리와 함께 다정하게 속삭이는 소리가 들려왔다. 하지만 그건 파오피의 목소리가 아니라, 전에 마누라가 바람피운다고 그를 비웃었던 그 사내의 음성이었다.

그의 몸이 다시 부르르 떨렸다. 눈물이 그렁그렁한 채 문에 두 번 입을 맞춘 후, 그는 몸을 웅크린 채 한 걸음에 한 번 뒤돌아보면서 들판의 고즈넉한 연못가로 걸어갔다. 문득 그가 못가에 멈추어 섰다. 그는 못 안에 반짝이고 있는 별들을 바라보면서, 말없이 못물의 그윽함을 살펴보았다. 뱃속에서 꾸르륵거리는 소리가 울렸다. 차가운 바람이 남루한 홑옷 속으로 파고들었다. 그는 두어 번 몸을 부르르 떨더니 손을 위쪽으로 쭉 뻗고 머리를 든 채 흥건한 눈물로 세상의 모든 것을 가렸다. "소를 잃어버려 정말 면목이 없어요. 천쓰뎨, 당신이 행복과 장수를 두루 누리기를 여기에서 빌게요! 여보! 나는 가오만, 당신은 세상 즐거움을 많이 누리길 비오! 세상 사람들아, 이젠 당신들에게 즐거움을 주던 주싼하, 헤이장더우는 더 이상 없다오!"

못물이 격하게 일렁거리더니 금방 잔잔해졌다.

5

이튿날 아침, 천쓰뎨는 곳곳에 그의 소를 찾아달라고 부탁하고, 아울러 주싼하의 종적을 찾고자 했다. 주싼하를 찾아내면 소를 찾아올 수 있으리라 생각했다.

산 속에서 사람들은 소의 발자취를 좇다가 핏자국을 발견했고, 마침내 깊은 계곡의 갈대밭에서 황소의 주검을 발견했다. 소의 목에는 구멍이나 있고 복부는 심하게 찢어발겨진 채, 시체가 온전하지 않았다. 그들은 소를 천쓰뎨의 대문 앞으로 들고 가자고 소리를 질렀다. 천쓰데는 흉보를 듣고서 아무 말도 하지 않았다. 그는 그저 의기소침한 채 주싼하를 찾아 어찌된 일인지 묻고 싶을 뿐이었다. 잠시 후 다시 멍하니 그 황소를 바라보더니 한숨을 푹 내쉬었다. 목소리가 약간 떨렸다. 소의 찢겨 나온 살은 마치 자신의 살인 것만 같고, 소털은 수천수만의 바늘처럼 그의 마음을 찔렀다.

"아아, 팔 수 있다면 수십 원에라도 팔아야 해! 이 가죽과 살! ……주싼하, 이, 이 짐승 같은 놈……." 천쓰데는 실의에 빠진 채 띄엄띄엄 욕을 퍼부었다. 눈물이 거침없이 흘러내렸다.

황소가 죽었다는 흉보는 널리 전해졌다. 늙은이, 젊은이, 자식을 데리고 나온 아낙네들이 빈틈없이 모여들었다. 천쓰데를 존경하고 황소를 부러워했던 그들은 천쓰데를 위로하고, 수심 어린 얼굴로 이 불행한 황소의 주검을 둘러싸고 말했다.

"좋은 소였어. 실한데다 몸매까지, 나무랄 데가 없었지. 아, 정말 아깝구먼!"

1927년 12월 7일

깊은 밤에

젠센아이는 구이저우성(貴州省) 쭌이(遵儀)에서 태어났으며, 필명은 뤄후이(羅輝)이다.

자오슈닝(趙休寧), 천아이신(陳艾新) 등이다. 문학 활동 초기에는 신시 창작에 힘을 기울였다가, 1926년 문학연구회에 참가한 이후 자신의 고향인 구이저우를 배경으로 농촌사회의 습속과 고향에 대한 향수의식을 보여주는 작품을 다수 창작했다. 《아침안개(朝霧)》《환향집(還鄉集)》《시골의 비극(鄉間的悲劇)》 등의 단편소설집, 잡문집 《향담집(鄉談集)》 등을 남겼다.

이 책에 실린 〈수장(水葬)〉은 1926년 1월 《현대평론(現代評論)》 제3권 59호에 발표되었다.

젠셴아이

(蹇先艾, 1906~1994)

수장 水葬

“제기랄, 이 몸은 시운을 만나지 못했어! 도둑놈이 남의 걸 훔치지도 못하고 붙잡혀가지고! 정말 기가 막혀 죽겠구먼! …….”

거칠고 목쉰 소리가 음울한 공기 속에서 울려 퍼졌다. 뤄마오(駱毛)의 목구멍에서 터져 나오는 소리였다. 그의 버둥거리는 체구는 진종일 탄갱을 기어다니는 광부 같은 얼굴을 버텨주고 있고, 비쩍 마른 몸에는 살집이라곤 전혀 없이 앙상한 뼈마디만 살가죽에 달라붙어 있었다. 어지러이 풀어진 머리카락에는 퍼런 천의 두건이 감겨져 있고, 두건 아래 싯누런 눈은 부풀 듯 부릅뜨고 있었다. 가장 사람들의 시선을 끈 것은 그의 왼쪽 뺨에 나 있는 시퍼런 자국인데, 그 자국 위에 긴 털이 한 무더기 자라나 있었다. 그는 몸에 달라붙은 채 기름때가 엉겨 붙은 속옷을 열어젖힌 채 가슴을 드러내고 있었다. 그의 얼굴 모습은 수시로 바뀌었다. 코에서는 가끔씩 킁킁거리는 소리가 났다. 그의 나이는 대략 서른 살쯤 되어 보였는데, 두 손은 등 뒤로 엇갈려 묶여 있고 발아래에

딛고 있는 낡은 짚신에는 진흙이 가득 묻어 있었다. 곁에는 눈썹이 시커멓고 사납게 생긴 사내 네댓 명이 의기양양한 모습을 띤 채, 방심했다간 도망치기라도 할 듯 바짝 가까이 붙어 그를 붙들고서 소나무숲을 따라 걸었다. 이 일행은 사허(沙河)로 향하고 있는 중이었다.

그들은 뤄마오를 수장(水葬)하러 가는 길이었다. 그가 마을에서 본분을 지키지 않고 도둑질을 했기 때문이다. 신식 마을이라 여태껏 촌장이니 하는 따위의 직함은 없었으며, 죄를 지은 사람은 재판할 필요도 없이 남모르게 처리해도 괜찮았다. 좀도둑을 '수장'하여 처형하는 건 마을에서 거의 '오래전부터 있어 왔던' 일이다.

행렬은 이처럼 단순하지 않았다. 전후좌우로 수많은 남녀가 끊이지 않았던 것이다. 각양각색의 사람이 있었다. 알록달록한 옷, 크고 작은 몸집, 늙은이와 젊은이…… 이들 역시 모두가 마을의 할 일 없는 사람들인 것은 아니었지만, 그들의 공통된 목적은 구경삼아 나온 것이었다. 특히 어린아이들은 조그마한 입술로 쫑긋거리면서 웃느라 입을 다물지 못했으며, 두 손으로 갖가지 익살스런 자세를 취하는 게 마치 쓰촨(四川)에서 온 '요지경'을 보는 것보다 훨씬 재미있는 모양이었다. 신발을 끌면서 우르르 달리다가 어떤 때는 신발 끈이 남에게 밟혀 금방이라도 넘어질 위험이 있었다. 어린아이들은 날카로운 목청으로 입만 열면 욕을 해댔는데, 땀방울이 그들의 머리위로 빗방울처럼 떨어졌다.

며느리는 시어머니를 부축하고서, 할머니는 어린 손녀를 잡아끌고서, 아낙네는 젖먹이를 등에 지고서, 어떤 이는 입을 오므린 채 웃으면서, 어떤 이는 이마를 찌푸린 채 가여워하면서, 어떤 이는 냉담한 표정으로 입을 꾹 다물거나 기껏해야 쯧쯧 혀를 찼다. 노부인네는 중얼중얼 불경을 외기도 했다. 노부인네 중에 몇 사람은 전족한 다리를 절룩거리면서 날듯이 달려 행렬을 앞서가기도 했는데, 그런 다음에는 점잖게 팔자걸음으로 느릿느릿 걸었다. 사람들과 가까이하지도, 그렇다고 멀리 떨어지지도 않으려는 게 분명했다. 호기심에 가득 찬 군중들은 이때 땀 냄새 따윈 아랑곳하지 않은 채 빽빽한 사람들 사이에서 앞뒤로 이리저리 밀치는 바람에, 남의 어깨를 툭 치기도 하고 남의 발등을 밟기도 하면서 일 분 일 초도 가만히 있지 않았다. 일순간 빽빽이 합쳐졌다가도 금세 하늘의 별처럼 드문드문 흩어졌다. 마치 꿀벌들이 웅웅거리듯 옥신각신할 때, 홀연 떠들썩한 소리의 물결이 사람의 바다 속에서 훨씬 요란하게 터져 나왔다. 이 소리는 굵기나 속도가 전혀 달랐다.

"야아! 어서 봐봐. 저 강도가 입을 열었어!"

마지막 글자의 여음이 은은하게 이어지고 있는데, 뒤편 저 멀리의 구경꾼들이 뒤이어 바다물결처럼 기를 쓰고 부딪쳐왔다. 그 바람에 앞줄에 작고 약한 아녀자와 아이들이 점점 뒤로 밀려났다. 이때 목쉰 정도가 나아져 많이 낭랑해진 뤄마오의 목소리가 깨진 징이 울리듯 울려 퍼졌다.

"에잇! 니네들 조상님 구경을 나왔냐! 이 몸이 니들 마누라를 훔쳐가기라도 했어? 이 몸에게 물을 먹인다고? 니네들도 언젠가는 혼구멍이 나는 날이 올 게야! 이 개잡놈의 새끼들을 불에 태워 죽일까보다!"

뤄마오의 입에서 더러운 욕설이 튀어나오자, 대다수의 아낙네들은 얼굴을 붉히고서 귀를 틀어막았다. 노부인네들은 짐짓 귀먹은 체하면서 옆 사람에게 저놈이 무슨 말을 하느냐고 슬쩍 물었다. 마을의 글방선생은 똑똑히 알아들었는지, 입을 삐쭉이면서 한 푼의 가치도 없다는 듯 고함을 내질렀다. "도덕을 해치는도다! 도덕을 해치는도다!" 뤄마오의 두 귀에는 웅웅 울리는 소리만 날 뿐, 이때 아무 소리도 들려오지 않았다. 그는 그저 성큼성큼 마을을 빠져나갈 따름이었다. 휘청휘청 걸어가자, 몇몇 사내들은 거의 따라갈 수가 없게 되었다. 어느덧 마을을 벗어나는 참이었다. 뒤편의 사람들이 우르르 일어나더니 모두들 입을 삐쭉이면서 헤죽헤죽 웃음을 흘렸다. 뤄마오는 아마 귀가 우는 게 좀 덜한 모양이었다. 그는 귀에 거슬리는 웃음소리에 몹시 기분이 나빴는지, 힘껏 고개를 틀어 목을 쭉 빼더니 미친 듯이 고함을 질렀다.

"니네 조상님을 따라 어딜 가겠다고? 너희라고 모가지가 두 개인 줄 알아? ……이 몸이 시운을 만나지 못한 게 너희들은 신이 났구나! 너희들, 이 개잡놈의 새끼들, 제 명대로 못 살게 할 테니, 그래도 웃음이 나오는지 보자!"

그가 머리를 막 돌리려고 비쩍 마른 목을 백로처럼 길게 뻗어 바라보려는 짧은 순간, 길게 변발을 늘어뜨린 힘센 마을 농부가 억지로 고개를 되돌려놓았다. 그는 노기등등하여 걸음을 멈추더니 길가 측백나무에 기댄 채 꼼짝하지 않았다.

"이 자식아, 어서 걸어!" 변발을 늘어뜨린 사람이 그의 등에 주먹을 날렸다.

"아얏! 어느 시러베자식이 이 몸을 때려?" 그는 아프다는 듯 소리를 질렀다. 두 다리가 다시 앞으로 움직이기 시작했다. "이래선 안 돼! 제기랄 놈의 민국에는 도리도 없단 말이야? ……." 그는 울음이 터져 나올 것만 같았다.

이제 어느덧 마을에서 반리나 멀어졌다. 날이 흐린 채, 하늘에는 은회색 구름이 흘러가고 있었다. 쏴아 불어오는 바람에 나무가 흔들리면서 듣기 좋은 소리가 맑게 울렸다. 멀리 가까이에는 오래된 측백나무와 푸른 소나무가 가득 자라나 있었다. 길은 구불구불한 산길이었는데, 때로 밭두렁이나 야트막한 산언덕을 지나기도 했다. 모두들 굽이굽이 걷느라 조금은 피곤해 보이는지라 무덤 제단 아래에서 잠시 휴식을 취했다. 이 좋은 기회를 놓칠세라 모두들 무덤을 에워싸고 몰려들었다. 소슬한 소나무 가지가 머리 위를 뒤덮고 있고, 적막하기 그지없는 하늘에서 몇 가닥 햇빛이 푸른 잎을 뚫고 내리비쳤다. 뤄마오는 글자 흔적이 희미한 낡은 비석에 기대어 앉았다.

"제기랄. 이 몸 나이 서른하나!" 그는 한숨을 푹 내쉬고는 목청을 높여 말을 이었다. "몇십 년이 지나도 사내대장부가 아니겠어……?"

"뤄 형님! 아니, 말을 잘못했네요! 수양아버님! 어르신이 돌아가시면, 아들인 제가 설날이나 명절 때마다 몇 봉지씩 소지를 올려드릴게요. 안심하시고 가세요. 사후에라도 마무리 짓지 못한 일은 제가 맡아 처리하겠습니다. 수양어머님…… 아이고! 수양어머님은 무슨 수양어머님. 이젠 제 친어머니나 다름없는데……. 제가 그 어르신을 평생 봉양하면 되지 않겠습니까? …….”

쥐새끼 왕치(王七)가 무릎걸음으로 무덤 앞에 다가오더니 손으로 눈을 문질렀다. 얼마나 문질렀는지 눈자위가 벌겋게 부어 있었다. 그는 뤄마오에게 안부인사를 여쭈고서 다정하게 방금 했던 말을 건넸던 것이다. 왕치는 올해 뤄마오와 맞붙어 싸웠다가 패한 후 그를 수양아버지로 모시는, 악명 높은 사기꾼이다!

“치 아우, 수양애비고 뭐고 그만둬!” 뤄마오는 차갑게 웃더니 말을 이었다. “사내대장부가 제 일은 스스로 감당해야지, 남에게 폐를 끼치고 싶지는 않네! 내 어머니는…….”

뤄마오의 마음이 갑자기 고통스러워졌다. 그는 더 이상 말을 잇지 못한 채 몸을 일으키더니 앞으로 나아갔다. 사람들도 긴 줄처럼 그에게 이끌려 산길을 에돌았다.

길을 걷는 내내 뤄마오는 습관적으로 쿵쿵거리는 소리 외에는 아무 말이 없었다. 갑자기 벙어리가 되어버린 듯했다. 그의 뒤를 따르던 사람들은 더욱 의아스러웠지만, 그의 모습에 몇몇 사내들은 기분이 좋아진 모양이었다. 그들은 이렇게 해야 모두를 조금이나마 평안케 하고 나아가 풍속을 해치는 일도 줄어들 거라고 생각했다. 뤄마오가 하는 말마다 상스럽고 듣기 거북했기 때문이다. 그래서 뤄마오가 걸음을 늦추더라도 그를 그다지 다그치지 않았다.

뤄마오는 쓴웃음을 지은 채 느긋하게 걸을 뿐이었다. 방금 왕치가 한 말이 한없는 느낌을 불러일으켰던 것이다. 그는 마음이 쓰라렸다. 어머니를 생각하자 마음이 부드러워지는 느낌이 들었다. 죽음도 두려워하지 않던 미친 듯 뜨거운 마음이 금방 반쯤 사그라들었다. 그의 완강했던 의지도 차츰 누그러졌다.

정신적 상처 때문에 그는 입을 떼기가 싫었다. 그의 마음은 온통 머뭇거리고 망설여졌다.

"내가 죽고 나면 우리 어무이는 어떻게 하지? ……어무이, 어디 계신가요? 당신의 아들이 죽음을 앞두고 있다는 걸 아시나요? 돌아오지 않는 아들을 집에서 기다리고 계신다면, 아무것도 모르고 애만 태우고 계시겠군요! 아, 아! ……."

뤄마오는 거친 사람이지만, 자신이 죽은 후 늙으신 어머니를 봉양할 사람이 없다는 걸 생각하자 죽음에 대한 공포가 느껴졌다. 사람들이 그의 양 팔을 붙들어 물속으로 던질 때, 그는 두 눈을 질끈 감아버렸다. 늙으신 어머니의 자애로운 얼굴이 눈앞에 있다는 듯이.

하늘은 전과 다름없이 적막한 납빛을 되찾았다. 마을은 의외로 조용하기 그지없었다. 논에 불어오는 바람에 황금물결이 가벼이 일렁거렸다. 참으로 끝없는 고요와 평온으로 가득 차 있었다. 산비둘기의 낮은 울음소리가 관제묘(關帝廟)를 가리고 있는 대나무숲에서 전해져왔다. 멀리 산봉우리의 깎아지른 듯한 벼랑이 우뚝 선 채 아득한 하늘과 맞닿아 있었다. 시골마을은 온통 잠시 처량하고 적막한 분위기 속에 휩싸였다.

마을 뒤편 멀리에 초가집 한 채가 다 무너진 채 비탈에 우뚝 서 있는데, 바람 소리에 금방이라도 무너질 것만 같았다. 사립문을 밀쳐 열고서 한 노부인이 지팡이를 짚고서 걸어 나왔다. 그녀의 눈은 솔기마냥 거의 합쳐지고, 입에서는 헐떡거리는 소리가 약하게 흘러나왔다. 그녀는 한손으로 문 가장자리를 꽉 붙든 채 눈을 비비면서 눈 한 번 깜짝하지 않고서 응시하고 있었다. 마치 무언가를 기다리고 있는 듯이. 그곳에 서 있는 모습을 보니, 몸이 몹시 쇠약한 게 분명했다. 얼굴에는 자글자글한 주름살이 가득 하고 광대뼈가 툭 튀어나와 있고, 앙상한 귓가 양쪽에는 낡은 구리 귀걸이가 매달려 있었다. 등은 약간 굽은 채 잡초 같은 머리카락은 희끗희끗 앞이마에 들쑥날쑥 어지러이 퍼져 있었다. 그녀는 여기저기 헝겊을 대어 기운 겹옷을 걸치고 있는데, 소매에서 삐져나온 손은 진한 잿빛에 뼈마디마다 핏줄기가 불거져 있었다.

그녀는 가만히 문기둥에 기댄 채 꼼짝도 하지 않았다. 입술만 덜덜 떨리고 있었다. 마침내 그녀는 지팡이를 한쪽에 기대어두고서 아예 문턱에 걸터앉았다. 그녀는 미간을 잔뜩 찌푸린 채 근심에 젖어 말했다.

"마오 이 녀석은 나가서 하룻밤이 지났는데, 왜 돌아오지 않는 거지?" 말을 마치고서 다시 고개를 들어 멀리 바라다보았다.

동쪽 이웃 자오얼(招兒)의 며느리가 머리카락을 어루만지면서 웃음을 띤 채 다가왔다. 그녀는 마을에서 보기 드물게 전족을 하지 않은 아낙으로, 통통한 얼굴에 눈썹이 굵고 새카맸다. 그녀의 양쪽 소매가 높이 걷어 올려 있는 것으로 보아, 아마 밭에서 돌아오는 길인 모양이었다. 그녀가 노부인에게 막 말을 붙이려는 순간, 그녀의 열 살짜리 아거(阿哥)가 밭 가장자리를 따라 숨을 헐떡이면서 달려오는 게 보였다. 아이가 큰 소리로 외쳤다. "엄마, 놀라 죽는 줄 알았어요! 다시는 강가에 가지 않을래요."

"무슨 일인데 이렇게 호들갑이야?" 자오얼 며느리가 아들에게 말했다.

"사람들이 방금 어떤 사람을 강물에 내던졌어요."

"무슨 일로?"

"도둑질하다가 잡혔대요."

"누군데?"

아거는 입을 삐죽여 노부인을 가리키면서 말했다. "저기 저……."

자오얼 며느리는 황급히 아들의 입을 틀어막았다.

사실 그 노부인은 본래 귀머거리였다. 이번에는 아들을 기다리는 조급한 마음에 그들이 무슨 이야기를 하는지 더욱 알아듣지 못했다. 그저 그들의 입의 움직임만을 볼 뿐이었다. 노부인이 물었다. "자네들 무슨 이야기를 나누길래 이렇게 떠들썩하나? 아거, 너 마오 보지 못했니?"

아거는 차마 대답하지 못한 채 물끄러미 제 엄마만 쳐다보았다. 그녀가 아들을 대신하여 큰 소리로 말했다. "못 보았대요."

노부인은 귀를 자오얼 며느리 쪽으로 향하면서 물었다. "못 보았다고?"

자오얼 며느리는 고개를 끄덕였다. 노부인은 한숨을 푹 내쉬더니 입속으로 중얼거렸다. "이 녀석이 이제껏 집에 돌아오지 않은 적이 없었는데 어디를 간 거야!" 이렇게 중얼거리더니 고개를 들어 멀리 바라보았다. 한참 동안 바라보다가 다시 한숨을 내쉬더니 머리를 문틀에 기댔다. 자오얼 며느리는 아들의 손을 잡아끌고서 천천히 뒤로 물러섰다.

자오얼 집에서 저녁을 먹을 때, 창밖에 불어오는 바람은 밤이 되자 점점 차가워졌다. 밖의 차가운 몇 개 안되는 별빛이 새카만 하늘에서 반짝이고 있었다. 자오얼의 며느리는 몰래 노부인의 문 앞으로 달려가 살펴보았다. 그곳에 앉아 있는 그녀의 모습만이 보였다. 입에서는 똑똑히 들리지 않는 소리가 희미하게 들리는 듯했다. "마오야, 왜 돌아오지 않니?"

중국 현대 단편소설선 1

초판 1쇄 발행일 2018년 2월 28일

지은이 루쉰 · 왕퉁자오 · 쉬디산 · 예사오쥔 ·
위다푸 · 왕루옌 · 쉬제 · 펑자황 · 젠셴아이
옮긴이 이주노
펴낸이 박영희
편집 김영림
디자인 조은숙
마케팅 김유미
인쇄 · 제본 태광인쇄
펴낸곳 도서출판 어문학사
서울특별시 도봉구 해등로 357 나너울카운티 1층
대표전화: 02-998-0094/편집부1: 02-998-2267, 편집부2: 02-998-2269
홈페이지: www.amhbook.com
트위터: @with_amhbook
페이스북: https://www.facebook.com/amhbook
블로그: 네이버 http://blog.naver.com/amhbook
다음 http://blog.daum.net/amhbook
e-mail: am@amhbook.com
등록: 2004년 7월 26일 제2009-2호

ISBN 978-89-6184-464-2 03820
정가 16,000원

이 도서의 국립중앙도서관 출판예정도서목록(CIP)은 e-CIP홈페이지(http://www.nl.go.kr/ecip)와
국가자료공동목록시스템(http://www.nl.go.kr/kolisnet)에서 이용하실 수 있습니다.
(CIP제어번호: CIP 2018004997)